ベリーズ文庫

異世界で、なんちゃって王宮ナースになりました。

涙鳴

JN177693

STARTS
スターツ出版株式会社

目次

異世界で、なんちゃって王宮ナースになりました。

isekaide, nanchatte okyu nasu ni narimashita.
登場人物紹介
CHARACTER
シェイド・エヴィテオール
大国エヴィテオール王国第二王子。王位争いに敗北し、隣国に身を潜めている。
水瀬若菜
終末期病棟の看護師だったけど、異世界にトリップ。恋には縁遠く、恋愛に関しては後ろ向きな女の子。

シルヴィ・ネルラッシャー

ミグナフタ国王宮治療師長。ワンマンでアクが強く、男尊女卑の古い考えの持ち主。

マルク・クラスファー

エヴィテオール月光騎士団専属の新米医師。若菜にいろいろ教えてくれる。

エヴィテオール王国月光騎士団・第二騎士団長。腕はいいが、ノリが軽くてチャラい。

エヴィテオール王国月光騎士団・第三騎士団長。スイーツに目がなくて女子力No.1。実はおかま。

異世界で、なんちゃって
王宮ナースになりました。

プロローグ

「水瀬《みずせ》さん、今日Aチームのリーダーを任せてもいいかしら」

ナースステーションで朝の申し送りに参加しているときだった。夜勤帯の患者の経過や今日の入院、検査の有無などを手帳にメモしていると、今年で四十五歳になる看護師長から声をかけられる。

この病棟では東西に分かれるように配置されている部屋をAとBチームに分けて、看護を実践している。

中堅の看護師にもなると、新人指導に加えて毎日のようにリーダー業務を任されるため、正直に言えば負担は大きい。ただ、看護師はどこに行っても不足しているので、この道を目指した時点で激務は覚悟の上だ。

「わかりました、師長。こっちは大丈夫です。もうすぐ師長会議の時間ですよね？」

「まあ、本当だわ。じゃあ、あとはお願いね」

壁にかかっている時計を見て、慌ててナースステーションを出ていく師長を見送り、私は気を引き締める。

私、水瀬若菜《わかな》は、終末期病棟に勤める看護師だ。

癌《がん》によって余命幾ばくもない患者が入院するこの病棟では、根本的な治療はほとんどしない。優先されるのは心身の痛みを和らげる緩和ケアにより、残りの時間を自分らしく生きられるように支えていくこと。

それが主な私の役割だと自分に言い聞かせて、毎日のように失われていく命と向き合いながら働くこと九年。今年で三十歳になった。

延命処置をして苦痛を長引かせるだけだとわかっていても、目の前で息を引き取ろうとする患者を見ると、なんとか助けたいと思う気持ちは消えない。そのたびに、死に慣れることなどないのだと気づかされる。

「それじゃあ、今日も一日よろしくお願いします」

ぼんやりとそんなことを考えているうちに、申し送りが終わったらしい。副師長の声で我に返った私は、朝の健康チェックのために同じチームの看護師と病室を回る。

「二〇三号室の湊《みなと》くん、最近食事量が少ないんですよね」

廊下の端に寄って、同僚の後輩看護師が回診車に載ったパソコンの画面を見つめながら眉尻を下げる。そこには食事量や排泄《はいせつ》回数などが書かれたＡＤＬ(日常生活動作)表が表示されていて、三食とも一割程度しか摂れていないようだった。

「理由は聞いてみた？」

「それが、動いてないんだから食べられるわけないって、笑ってごまかされちゃうんですよね。水瀬先輩、理由を聞いてきてもらえませんか？　先輩だと、どんな患者さんも心を開くことですし」

他人任せにされても困るけれど、私はよくこうして患者の本音を聞いてきてほしいと同僚から頼まれる。

この病棟では一生に一度でいいから結婚式をあげたい、もう一度うな丼が食べたい。そんな些細《ささい》な願いも本人や家族の同意を得られれば、できる限りではあるけれど食事や行動の制限に関わらず叶《かな》える。他ではありえないだろうが、終末期病棟というのは特殊な場所なのだ。

「本人が望んだ最期を迎えるためには、患者の本心を知らなければならない……」

肝に銘じるように呟《つぶや》くと、同僚の怪訝《けげん》な眼差しを苦笑いでごまかす。

でも、死と隣り合わせに生きている彼らの心はガラス……いや、氷が張った湖の上を歩くように繊細で壊れやすい。死への恐怖や別れの悲しみを感じないようにと、心を閉ざしてしまっている人ばかりだ。

「わかった、今回は私が行くわ。でも、今日の湊くんの部屋持ちはあなたよ。だから次にこういうことがあったら、関わることから逃げないでほしいの」

部屋持ちとは、その日に自分が任された部屋の患者を受け持つ看護師のことだ。その部屋持ちの看護師が患者に踏み込むことを恐れていてはいけない。彼女には、自分が傷ついていても患者のために歩み寄れる看護師でいてほしいと思う。

「先輩……はい、ありがとうございます」

頭を下げる彼女に笑みを返して、私はすぐに二〇三号室へ向かう。

湊くんの家は共働きで、こんなときだというのに面会にはほとんど来ない。部屋も個室なので、きっと寂しい思いをしている。

私は病室の扉をノックして「湊くん、入るわね」と声をかけた。すぐに返事があって入室すると、湊くんの儚げな笑顔が私を出迎える。

「若菜お姉さん、今日はお仕事の日なんだね」

癖のある茶髪に、日本人にしては色素の薄いブラウンの瞳。彼は十六歳という若さで、余命三カ月を言い渡されている癌患者だ。

「ええ、だから困ったことがあったらいつでも言ってね」

他の看護師は苗字に〝さん付け〟をして呼ぶのに、湊くんは私を『若菜お姉さん』と呼ぶ。

今は〝患者はお客様〟という精神で適度な距離を取りながら看護に従事するよう教わるけれど、必ずしもそれが正しいとは思わない。つらいとき、悲しいとき、そばにいてほしいのは仕事と割り切ったような他人行儀な看護師より、親しみやすい看護師のはずだから。

「さっき看護師さんが検温に来たけど、若菜お姉さんまでどうしたの？　もしかして僕、そんなに頻繁に様子を見なきゃいけないほど病気が悪化してるとか？」

そう言った湊くんは笑っているけれど、瞳は不安に揺れている。湊くんはどうも、つらいときほど笑おうとする性格らしい。

「ううん、そうじゃないの。不安にさせてごめんなさい。ただ、ご飯をあまり食べられてないみたいだから心配になって」

ベッドに上半身を起こして座っている湊くんの隣に丸椅子を持っていくと、私はそこに腰を下ろした。

「ごめん、お腹が空いてないわけじゃないんだ。でも、気分的に……ね。次はちゃんと食べるから、今回は大目に見てよ」

肩をすくめる湊くんの声が、やけに大きく聞こえる。なぜだろうと思って病室を見回したとき、ハッとした。

私、どうして今まで気づかなかったのかしら。

湊くんはごまかすように笑って、この話題を早々に終わらせようとしている。そんな彼の本心がようやくわかった私は、さっそく提案する。

「明日は一緒にお昼ご飯を食べましょうか」

「……え？」

目を瞬かせる湊くんに、私はふたりだけの秘密とばかりに唇に人差し指を当てて、ふふっと笑う。

「今日は食堂で給食を頼んじゃってるの。でも明日はお弁当を作ってくるから、ふたりで食べましょう」

「え、急にどうしたの？」

「食事は誰かと食べなきゃ、おいしくないわよね」

話す相手もいない病室で食事を摂るなんて、お腹は満たされても心は満たされない。私も病院の寮でひとり暮らしをしているからわかる。味付けがいいだとか、そういう些細な会話が恋しくて、ここに誰かがいてくれればと何度思ったかわからない。

「なんで……」

震える声で呟いた湊くんの肩を引き寄せて、その背中をあやすようにトントンと軽く叩《たた》く。それに、明るい少年を演じすぎて甘え下手になってしまった彼の身体はビクリと跳ねた。

「なんで、若菜お姉さんにはわかっちゃうのかなぁ」

「湊くんのこと、ちゃんと見てるからよ。だから、覚えておいてほしいの。つらいことがあったとき、あなたには頼れる人がいるってこと」

頭を撫《な》でてあげると、湊くんは目に涙をためながら首を縦に振る。

「うん、覚えておく」

「よろしい」

「ははっ、若菜お姉さんってお母さんみたい。いくつなんだっけ？」

「三十路《みそじ》よ。湊くんみたいな子供がいたら、可愛くてしかたないんだろうな」

急に笑顔になった湊くんに、子供の心はコロコロ変わるな、と苦笑いする。でも、彼が元気になってくれたことが純粋にうれしかった。

仕事中ではあったが、リーダー業務は主に指示出しがメインなので、私はできるだけ時間を作って湊くんとたくさん話をした。

彼にはふたりのお兄さんがいるらしいのだけれど、今は遠くの地で暮らしていること。特に二番目のお兄さんは半分しか血が繋《つな》がっていないのに、同腹のお兄さんよりも自分のことを可愛がってくれたのだと恥ずかしそうに言っていた。

きっと、二番目のお兄さんのことが大好きなのだろう。でも、面会では一度も見かけたことがない。

お願いだから、少しでもいい。心も身体も弱っている彼に顔を見せてあげてほしいと、このときほど願ったことはなかった。


勤務終了まで、あと十五分に迫った。午後五時四十五分、夜勤者へ日勤で起きた出来事を申し送り、看護記録も書き終えた私は、帰る前に湊くんの顔を見ようとナースステーションを出た。

廊下に出ると夕食が載ったワゴンが止まっていたので、【九重《ここのえ》湊】のネームプレートが載った食事のトレイを手に病室の前にやってきたのだが、ノックをしても返事がない。

「湊くん？」

なんとなく、嫌な予感がした。この仕事についてから、こういう感覚が当たることは多々ある。でも、今回ばかりは勘違いであってほしい。

恐る恐る足を踏み入れると、呼吸にしては早すぎる息遣いが聞こえてきて、私は病室の端に寄せてあったオーバーベッドテーブルの上にトレイを置く。全身の血が引いていくのを感じながら、湊くんに駆け寄った。

「湊くん！」

人が亡くなる数十分前まで、呼吸は生命を維持しようとして早くなる。私はすぐさまベッドの手すりに巻きつけてあったナースコールを押して、家族への連絡と主治医への連絡を頼み、応援を呼ぶ。

彼はDNRといって、心肺蘇生《しんぱいそせい》はしないでくれという意思表示をしている。すなわち、どんなに呼吸器をつけて、昇圧剤を使って胸骨圧迫をしてあげたくても、延命処置を希望していない彼にはできない。

こういった場合は家族が到着するまでの延命を頼まれるケースがほとんどなのだが、湊くんの家族はそれすらも望んでいないのだ。

これほど、もどかしいことはない。救えなくても、命の時間は延ばせる。その力が私にはあるのに、彼を生かすことが許されないのだから。

「ひとりで逝くなんて、ダメよ……っ」

湊くんの手を強く握る。伝わってくる体温は、こぼれ落ちていく彼の命そのものだ。

「湊くん……っ。そばにいるから、ひとりじゃないからね……っ」

人は呼吸が止まっても、耳だけは最後まで生きていると言われている。だから私はこの声が届くようにと、湊くんの名前を呼び続ける。

そのとき一瞬だけ、手を強く握り返された気がした。驚いて湊くんの顔を見つめると、固く閉じていた目が開く。

「湊、くん……」

それだけで、私は理解した。

患者は家族に見守られて旅立てる者ばかりではない。身寄りがなかったり、家族はいても良好な関係が築けていなかったりする人は湊くんのように最期の瞬間――息を引き取るそのときもひとりだ。何度も何度も、この瞬間に立ち会ってきたからわかる。

――これが、湊くんの旅立ちのサイン。

「あり……が、と……」

それが、湊くんの最期の言葉だった。

彼は微笑んで、それから瞼《まぶた》を閉じる。その時間は一瞬だったはずなのに、私にはひどく長い時間に思えた。

家族が到着したのは、湊くんが息を引き取ったあとだった。その中に、湊くんが大好きだったお兄さんの姿はなかった。

「湊くん、頑張ったね」

窓の外に浮かぶ、黄金の油を溶いたような月と床頭台《しょうとうだい》の明かりが、彼の青白い顔を照らす。

家族には病室の外で待っていてもらい、私は湊くんの死後の処置——エンゼルケアをひとりで粛々と行っていた。

まずは目や口のケア、洗髪をした。死後硬直は一時間以内から始まるので、すみやかに洗面器に張ったお湯にタオルを浸すと身体を拭く。身を清めたら、生きている人間と同じように乾燥を防ぐ保湿のローションを塗布した。

浴衣は左前身頃の縦結びにして着せ、男の子ではあるけれど顔色が悪く見える部分をファンデーションで整える。

彼の手を胸の上で組ませながら、私は先ほどの怒涛《どとう》のように過ぎ去った時間を思い出していた。湊くんが私に『ありがとう』と言ったあとのことだ。

ゆっくりと呼吸数が減り、ときどき無呼吸になるのを繰り返した彼は最後に酸素を求めるように下顎を大きく上げる下顎呼吸をして、生きる上で必要な、息をするという動作を止めた。やがて数分で心臓も拍動を止め、対光反射《たいこうはんしゃ》といって光を当てると瞳孔が小さくなる反射が消失し散大《さんだい》したままであることを確認した医師が、湊くんの死亡を告げた。

その手が冷たくなるまで握り、看取ったのは家族ではなく私だった。

「最期に思いを伝える人が、その目に映す人が、私じゃなくてお父さんやお母さん、大好きなお兄さんだったらよかったのにね……」

私ではなく、湊くんは家族に看取られたかったはず。なのに最期の言葉が私への感謝だなんて、あまりにも切ない。

「明日、一緒にお昼ご飯を食べようねって言ったじゃない」

病状からしても逝くにはまだ早かったはずの湊くんは、神様のいたずらとしか思えない急変だった。

終末期の患者はいつなにが起こってもおかしくはないし、ある日突然眠るように亡くなっていることもある。だから、まったく予想をしていない出来事ではなかった。

でも、わかっていても慣れるものではない。

「少しでも長く、生きてほしかった。せめて、その寂しさだけでも取り除いてあげたかった……っ」

私は組ませた彼の手を包み込むように握ると、額を近づけて目を閉じた。

ほんの数十分前まで温かかった。確かに私の手を握り返してくれていた。なのに、今はピクリとも動かない。

「私はっ、湊くんのためになにかできていた？　君の力に、なれていたのかな？」

答えなんて返ってこないけれど、問わずにはいられない。

私は看護師として、いや――ひとりの人間として、湊くんの心に寄り添えていたのだろうか。

冷静でいなければと思うのに目頭が熱くなり、堪《こら》えきれない涙が湊くんの手に落ちる。いよいよ嗚咽《おえつ》が込み上げてきたとき、瞼越しに強い光を感じて目を開けた。

「なに、これ……」

湊くんの身体が、窓の向こうにある月よりも強く発光している。波が寄せては返すようにゆらゆらと明滅する光は段々と部屋全体に広がって、私の身体ごと包み込んだ。

戦場に天使現る

初めに聞こえたのは、なにかが爆《は》ぜる音と誰かの怒号。次に感じたのは、肌にまとわりつくような生暖かい風と嗅いだことのある甘くすえた臭い。これは、看護師なら誰でもわかるはず。医学的には細胞が腐っていく臭いだとも言われる死臭だ。

私は恐る恐る目を開ける。

真っ先に視界を占領したのは、赤。頭上に広がる青空とは相反して、地上は火の海だった。

立ち込める硝煙の中には剣のようなものをぶつけ合っている人影が見え、どこからか銃声に混じって悲鳴まで聞こえてくる。

「嘘《うそ》、でしょう」

ついさっきまで、私は湊くんのエンゼルケアをしていたはずだった。その証拠に、職場で着ていた真っ白なワンピースタイプのナース服姿のまま、私は土の上に座り込んでいる。

ハーフアップにしている長い黒髪が巻き上げられるほどの熱風の中でしばらく呆然《ぼうぜん》

としていると、目の前に、今の時代にはありえない中世の鎧《よろい》のようなものを身に着けた男が転がってきた。

「きゃっ」

か細い悲鳴をあげた私は、地面を滑るようにして目の前に倒れ込んだ男をじっと見つめる。鎧は肩や腕、それから胸を覆う部分的なもので、見たところ、剥き出しになっている右大腿部《みぎだいたいぶ》に切り傷があり、血がにじみ出て服をじっとりと赤く染めている。

「なんなの、ここ……」

ゴクリと唾を飲み込む。

「せ、戦場？」

私は夢を見ているのだろうか。あきらかに普通じゃない状況に、全身がカタカタと震えて目に涙がにじむ。

けれど、目の前には助けを必要としている人がいる。そこで自分が看護師であることを思い出した私は、深呼吸をして気持ちを落ち着ける。

しっかりしなさい、今はこの人の手当てをするのよ。ここは、あきらかに戦場だ。病院にいたはずの私がどうしてこんなところにいるのかは謎だけど、今はこの人を助けることだけに集中しよう。

怪我人を前に少しでも動きを止めた自分を叱咤《しった》して、私は這《は》うように彼のそばへ行く。そして裂けていたズボンの布を両手でさらに広げると、出血部位を直接確認した。

「出血の勢いは弱いし、鮮血でもない。静脈性の出血なら、すぐに止血できるわね」

私は彼の服の裾を引きちぎり、その布を傷口に当てて直接圧迫する。痛みに顔を歪《ゆが》めた男性は、私を見て警戒するように睨《にら》みつけてきた。

「ぐっ……何者、だ」

「大腿には大きな動脈があるんです。そこが切れたら大出血して、あなたを助けることは難しかったかもしれません。でも幸いなことに傷ついたのは静脈、切創も浅い。だから大丈夫、助かりますよ」

彼を安心させるように、平常心でいるよう努める。静脈の出血は勢いが弱いとはいえ、興奮させれば出血量が増える。今は少しでも気を落ち着かせてもらわないと、と笑顔を浮かべて見せた。すると、男性の表情が少しだけ緩む。

「あなたは……医術の心得があるのですか？　もしや、医師でしょうか？」

ときどき苦悶《くもん》の表情を浮かべながら、私の顔をまじまじと見つめてくる彼に首を横に振って答える。

「いいえ、私は看護師です」

「そうでしたか。それにしては詳し——」

男性がなにかを言いかけたとき、ドゴーンッと爆発音のようなものが耳に届く。その衝撃波が生み出したのか、空気が震えるといった感覚を初めて味わった。

「ここは危険ですね、どこかに避難しないと」

止血が終わると、彼に肩を貸して立ち上がらせる。そこで心の余裕が少しできたからか、彼の胸元の鎧に三日月と剣が交差するような紋章があるのに気づいた。

「でしたら……くっ、我が軍の救護幕舎《ばくしゃ》に行ってください」

足をつくと振動が傷に響くらしく、彼は顔を歪めた。

迷っている暇はない。とにもかくにも安全の確保が最優先だと思った私は「そこへ案内してください」と言って、彼を支えながら救護幕舎に向かう。

その途中、折り重なるようにして地面に倒れている人間を大勢見た。今すぐにでも駆け寄って手当てをしてあげたいけれど、私の身体はひとつしかない。

できることと、できないこと。最優先することと、後回しにすること。看護師として状況を把握し優先度の高い問題から解決していくという思考は、こんなときまで冷静に働いている。こうした自分に気づくたび、私は冷酷人間なのではないかと嫌になることもある。

「でも、今は救える命を確実に守らなければ」

そう自分に言い聞かせるように呟いて、私は周りを見ないように足を動かす。悲鳴や銃声、ぶつかり合う金属の音がひっきりなしに鳴り響く戦場の中を進みながら、ようやく目的地に到着した。

「僕、他に助けを求めている負傷兵がいないか見てきます！」

切羽詰まった声と共に幕舎の中から出てきたのは、癖のある桃色の髪にアーモンド色の瞳をした十五歳くらいの男の子だった。

「負傷兵ですね、すぐに手当てを……あれ？」

私を見て二重の大きな目を丸くしている彼は丈の長い白のスモックに、セピア色のズボンをはいている。それから濃紺のローブを羽織っており、動いても落ちないよう金の紐《ひも》で結んで留めていた。この子も変わった格好をしているな、と凝視していたら、ふいに背中に大きく金糸で刺繍《ししゅう》されている紋章が目に入る。

この紋章、どこかで……。

既視感を覚えてすぐに、私が支えている男性の鎧にも同じ紋章が刻まれていたことを思い出す。

「ここは『エヴィテオール国』の第二王子、シェイド様が率いる『月光十字軍《げっこうじゅうじぐん》』の幕舎です。シェイド様は王位争いで兄である第一王子のニドルフ様に敗れ、我ら月光十字軍ならびに治療班は敗戦軍としてその身を追われています」

応急手当てをした男性が、言葉を失っている私に説明をしてくれる。それでもなお、理解はできなかった。いや、心が受け入れられない。

エヴィテオールなんて国名、聞いたことがない。王子に月光十字軍だなんて、まるで物語に出てくるような単語ばかりだ。完全に私のキャパシティーを超えている。

「僕はマルク・クラスファー、新米医師として本軍に参加しています」

「マルク先生は医師なんですね。とってもお若いので驚きました」

「僕のことはマルクでいいですよ。それで、あなたはどちら様でしょうか」

まだあどけなさの残る男の子は外国人の名前みたいなのに、言葉が通じる。やっぱりここは私のいた日本——いや、世界ではないのだと思い知った。

「私は水瀬若菜です」

「みず、せ……みずせわかかな?」

普通に名乗ったつもりなのだけれど、苗字と名前の区切りが伝わりにくかったらしい。マルクは舌を噛《か》みそうになりながら、私の名前を呼ぼうと奮闘している。

「若菜でいいわ」

説明している暇はなさそうだったので名前だけを簡潔に伝えると、マルクは納得したのか「若菜さん」と今度はしっかり呼べた。

「あの、この手当てはあなたが？」

マルクは私の支えている男性の傷を見て、目を瞬かせている。そうだと答えようとしたとき、男性が「この方は看護師です」と言った。それを聞いたマルクの目が、希望を宿したように輝く。

「そうでしたか……！　医師は僕だけで、恥ずかしながら経験がほとんどありません。看護師も負傷していて、今は手が足りないんです。若菜さん、どうか力を貸してはもらえないでしょうか」

この戦場にひとり取り残されたら、私は生きていけない。私は目の前で救えなかった命の分だけ、看護師としてできるだけ多くの患者と向き合っていかなければならないのだ。湊くんの手の感触、最期の言葉を思い出しながら自分の使命を再確認して、死ねないと強く思う。

「わかったわ、私にできることならなんでもする」

「敗戦軍である僕たちに手を貸してくださるとのこと、感謝します」

行き場のなかった私は覚悟を決めると、頭を下げるマルクに連れられて幕舎の中に足を踏み入れる。

「これは……っ」

血と汗が混じり奇妙な臭気を充満させたそこは、惨状だった。薄っぺらい敷物に寝かされている兵たちの創部《そうぶ》は壊死《えし》し、蛆虫《うじむし》までわいている。兵士たちの傷口には包帯ではなく端切れが巻かれており、十分な処置道具もないのだと悟った。

今にもパニックを起こしそうなほど、気が動転している。それでもここで与えられた私の役割を全うするために恐怖や不安にはいっさい目を向けず、気持ちを切り替えた。

「ここにいる負傷兵の中で、優先して診る必要がある人はいる？」

先ほど足の手当てをした男性を幕舎の端に座らせながら尋ねると、マルクに腕を引かれる。

「でしたら、騎士の方々を優先してください」

私を幕舎の奥に連れていくマルクの背に、「騎士？」と聞き返した。地面を埋め尽くすほどの悪者を器用に避けながら進むマルクが『そんなことも知らないなんて』と言いたげな顔で振り返る。

「月光十字軍はシェイド王子と、ふたりの騎士が率いる三部隊から成るのです。この国で騎士は軍事において、王の次に意見することが許される権限をお持ちになります」

それってつまり、身分が高いから騎士を優先しろということよね。でも、私は身分も敵も味方も関係なく平等に扱うつもりだ。

「とりあえず傷は診るわ。でも、他に優先させるべき負傷者がいるのなら、私は後回しにします」

そう口にした瞬間、この場にいた全員が絶句した。

張り詰める空気に思わず足を止める。失礼なことを言ってしまったのだろうが、私は誰に仕えているわけでもないので考えを改めるつもりはない。

「マルク」

急かすように名前を呼べばマルクは「はいっ」と大きく頷《うなず》いて、私を幕舎の一番奥の壁に寄りかかっている男性の前に案内する。

私と同い年くらいだろうか、深緑の頭髪をした彼は、金の飾り緒のついた白の軍服と右肩や両前腕に銀の鎧を身に着けている。肩の鎧からは髪色と同じマントのような布が垂れており、服装から他の兵とは違って身分の高さが窺《うかが》えた。

「しっかりしてください、私の声が聞こえていますか？」

固く目を閉じている彼のそばに片膝をつくと、中央で分けられたその前髪の奥でまつげが震える。ゆっくりと瞼が持ち上がると、蠱惑的《こわくてき》で吸い込まれそうなアメジストの瞳が現れた。

「あぁ、悪いね。五日間まともに休めてなかったから、寝落ちしてたみたいだ。って、あれ？　治療班にこんないい女いたっけ？」

こんな状況だというのに、彼の軽さに拍子抜けしそうになる。見たところ血色はよさそうだが、額に玉のような汗が浮かんでいるのが気になった。

「……私は若菜です。どこか痛みますか？」

「俺はアスナ・グランノールだ。落馬したときに、右の足首を捻っちゃってね。最初は我慢できる痛みだったんだけど、今は足を地面につけるのも厳しい」

私は「失礼します」と断りを入れて彼の靴を脱がす。

足関節の腫れが強いわね。

くるぶしの外側を触診すると、アスナさんは「ぐっ……」と声にならない悲鳴をあげた。

「この足でしばらく歩けていたのなら、骨折ではないわ。折れていたら少し動いただけで、激痛が走るの。触った感じ、骨の変形もなさそうだった。腫れも次第に引いていくわ」

簡単に病状を説明して、私はマルクのほうを振り返る。

医師である彼に頼むのは申し訳ないけれど、他に手の空いている看護師もいなさそうなので仕方ない。

「足を固定したいから、包帯と、なにか台になるようなものを持ってきてくれる？」

「ほう、たい……ですか？　すみません、固定用の布は使い切ってしまってないんです。台なら物資が入っていた箱があります！」

マルクが箱に駆け寄ると、近くにいた看護師がそれを一緒に運ぶ。私はアスナさんを横たわらせて、箱を足元に置いてもらった。

さっき『包帯』って言ったら変な顔をされたわ。もしかして、この世界に包帯はないの？　そうなると、この世界の医療はかなり時代遅れなのかもしれない。

「布はあなたのマントを借りますね」

アスナさんの鎧から出ていた布を千切り、足首に巻きつけていく。それをマルクや他の看護師は物珍しそうに見ていた。

「これでしっかり固定をして足を心臓より高い位置になるように箱の上に乗せておけば、腫れを早く引かせられるから」

とはいえ彼の捻挫は、三週間は安静にしなければならないレベルだ。休んでほしいところだけれど、彼らは『敗戦軍』だと言っていた。できるだけ早く、この場所から逃げなくてはいけないのではないだろうか。

　今は根本的な治療をするときではない。きっと最低限、痛みを和らげながら走れるだけの回復を促すことしかできないのだ。そう思うと、ここは私のいた緩和ケアが主体になる終末期病棟に似ている。

「いや俺、ここで休んでる場合じゃないんだ。手当てが終わったなら、王子のところに行ってやらないと」

　台の上から足をどかそうとするアスナさんの腕を掴《つか》んで、私は「なにをしているんですか！」と叫ぶ。

「アスナさんに必要なのは安静です。戦場に戻りたい気持ちはわかりますが、その足で戻ってなにができるんです？」

「盾くらいには、なってみせるって」

　へらっと笑って命を軽んじるような言葉を吐くアスナさんに怒りがわく。

　盾ですって？　助ける側の気持ちにもなってほしいわ。私は死地に行かせるために、治療しているわけじゃない。

「私は、この手で救った命は簡単に奪わせません。たとえ本人が死を望んでいたとしても、全力で生かします」

救えないとわかっている命でない限り、私のエゴだと言われても救いたい。どんなに神様に願っても、生きられない人がいる。そんな彼らのためにも命は無駄にしてはいけない。

「ここから動いたら、許しませんからね」

強く念を押して立ち上がると、幕舎内の負傷兵を見回す。蛆虫を取り除かずに傷口に新しい布を当てて蓋をしたり、さっきの捻挫の手当ても、運ばれてきてすぐに対処できたはずなのに放置されていた。ここにいる医師のマルクも看護師も、基本的な処置の方法を知らないのかもしれない。

「負傷者がたくさんいる場合は治療者の数や道具にも限りがあるので、優先度をつけて処置にあたりましょう。歩行できるものは基本的に後回しに、呼吸がないものは気道を確保して再開すれば最優先に診ます」

この方法は大事故や災害時などでも使われるトリアージだ。手当ての緊急度に合わせて、治療の優先度をつける。

見たところ看護師は自分を含めて五人しかいない。回復の見込みがないものは、医療設備も整っていないここでは助けられない。つまり、諦めなければいけない命も出てくるということだ。

そこにいたマルクと看護師たちは戸惑いながらも「わかりました！」と声を揃《そろ》えて負傷兵のところへ走っていく。その背を見送ることなく、私も近くにいた負傷兵を診ていった。

「マルク、蛆虫は取り除いてから洗浄をして布で塞いで。それからあなた、乾燥すると傷の治りは遅くなってしまうの。ちゃんと布で密閉して、毎日布を取り換えて」

マルクと他の看護師に指示を出しながら目の前の兵の手当てをしていると、幕舎に飛び込むようにして誰かが入ってくる。

「シェイド様を助けてくれ！」

誰かを担いできた兵は、叫びながら足をもつれさせて転んでしまった。私は彼に駆け寄って、慌てて抱き起こす。

「大丈夫ですか！」

「俺のことより、王子を頼みます」

「王子って……」

言われるがまま地面にうつ伏せに倒れ込んでいる男性の横に膝をつき、その身体を仰向けにする。

金の肩章がついた紺の軍服の上に、三日月と剣の紋章が刺繍された足元まである丈の長い白のマント。現代日本ではありえない格好をした彼は夜空のような濃紺の髪に琥珀《こはく》の瞳をしている。

一瞬、彼の浮世離れした美しさに息を呑《の》んだ。

だが、その目がうつろで視点が定まっていないことに気づいた私はすぐさま意識の確認をする。

「シェイド様、私の声が聞こえますか？」

その頬を両手で包み込み、呼びかける。

シェイド様の青白い顔が湊くんの顔と重なって見えて、心臓がドクリと嫌な音を立てた。死なせてはいけないと、心のどこかで警報が鳴る。

「あなた、は……誰だ？　俺は……ここで死ぬ……の、か……」

息も絶え絶えに言葉を紡ぐシェイド様に、私は大きく頭を振った。

「死なないと、生きてみせると、強く気を持ってください。あなたは皆の希望なのでしょう？　死んだら、あなたを信じてついてきた人たちの思いはどうなるのです！」

戦争を始めたのなら、最後まで責任を持たなければ。多くの犠牲を払ったのなら、その命は簡単に手放していいものではない。

「生きて、そのために私も諦めませんから」

「はは……正論だ、な」

力なく笑ったシェイド様の瞳に、少しだけ生気が戻る。

「俺は……まだ、死ぬわけには……いかない。この命、あなたに預けてもいいだろうか」

さまよう彼の手を強く握りしめ、私は決意を込めて頷く。

「死なせない」

看護師が生死を断言することは、ほとんどしない。それは目の前の命がどうなるかを知っているのが神様だけだからだ。

期待をさせるようなことを言って、結果が伴わなかったときの絶望は計り知れない。だから、言葉のひとつひとつに責任を持つ。

でも、この人には死なせないと言ってあげたかった。絶対に助けなければならない人だから。

「感謝……す、る……」

湊くんの最期の言葉と、シェイド様の言葉が重なった。安堵《あんど》するように瞼を閉じた彼を見つめ、次々と頭に浮かぶ最悪の結末を「大丈夫」と口にすることで払拭する。

「王子は誰よりも前線で剣を振るっていましたから、あちこちに矢傷を受けて体勢を崩したところを斬られたのです」

斬られたって、剣にってことよね。

シェイド様を運んできた男性はそのときの光景がフラッシュバックしているのか、頭を抱えている。王子の身体を確認すると、胸元から腹部にかけて縦に斬られた痕があった。

「大丈夫、あなたは自分の身体を労わってください」

王子の服を脱がせながら、私は男性を安心させるように声をかけた。正直なところ大丈夫とは言えない状況だが、彼の心の傷が少しでも癒やせればと思ったのだ。

「シェイド王子が……僕はどうしたら……っ」

隣で顔を真っ青にしているマルクの肩に手を乗せる。

「大丈夫よ、マルク。まずは止血しましょう。看護師たちに、ありったけの布と水を持ってくるように指示をして」

「は、はい！」

マルクがぎこちなくも指示を出すと、看護師たちは「はい！」と返事をして一斉に動き出す。私は届いた布を当てて止血をしたのだが、傷の範囲が大きくて押さえきれない。

「手伝います」

　それに気づいたマルクが布を当ててくれたが、私は首を横に振る。

「今は治療者の手が足りないわ、あなたの役目は他の看護師に指示を出しながら兵の手当てをすることよ。こっちは軽症で動ける兵の手を借ります」

「若菜さん、ですが怪我人に手伝わせるのは……」

「でも、唯一の医師であるあなたが抜けることで救える負傷兵の数は減るのよ」

　迷っているマルクの答えは待たずに、私は誰か動ける人間はいないかと視線を巡らせる。すると「俺がやるよ」と言って、アスナさんが布の上から王子の傷を押さえた。

「アスナさん、ありがとうございます。この幕舎では、あなたが適任ですね」

　彼は自分の怪我よりも王子を優先して、ここに来た。その忠誠心に感銘を受けながら、私は自分にできることに集中する。止血はアスナさんのおかげで問題なくでき、傷口を洗浄して布を巻くところまで手伝ってもらった。

「今できるのはここまでです。傷口の発赤《はっせき》や熱感、腫れなどの感染兆候に気をつけてあげてください」

　アスナさんにシェイド様のことを頼み、私は他の負傷兵の処置にあたった。

外の怒号や銃声がやんだのは、空に月が昇る頃だった。

「なんとか、ひと息つけそうね」

マルクに聞いた話だが、照明設備がないため、野戦は決着がつかなくても日の出から日没までで終わるらしい。夜になると戦勝軍はこの近くの陣地に戻って、身体を休めているのだとか。

ニドルフ王子は戦勝軍という余裕から、奇襲すらかけてこない。袋のネズミを叩くようにじわじわと、家族であるはずの弟を追いつめている。

「若菜さんのその知識と技術は、看護師の域を超えてますよね」

私を囲む看護師のひとり、十八歳くらいの青年――オギ・リーマスがまるで珍獣を見るかのような視線を向けてくる。彼は中途半端に長い赤茶色の髪を後ろで束ねていて、頬のそばかすが印象的だ。オギも含めて、この世界の看護師は私のいた世界と違って男性が多いらしい。

「本当に医師ではないんですか？」

オギは疑いの眼差しを私に向ける。

そんなこと言われても、私のいた世界の看護師ならみんな、この程度の知識と技術は持っているはずなんだけど……。

ははは、と苦笑いしている私の隣で、マルクががっくりと肩を落とす。

「すみません……。僕は医師なのに、なにもできなくて……」

「マルク、この状況であなたはよくやってるわ。私もサポートできるように頑張るから、一緒に乗り越えましょう」

「若菜さん……ううっ、ありがとうございます」

涙目ですがりついてくるマルクの背を、私はあやすように軽く叩いた。

「まったく、五日間も戦場にいるなんて髪も頬も服も砂っぽくて敵わないわ」

私が治療班のみんなと話していると、ワインレッドのウェーブがかった長髪の男性が幕舎の中に入ってくる。彼はアスナさんと同じ白の軍服を着ており、マントの色だけが瞳や髪と同じ赤色だった。

その服装からするに騎士なのだろう。負傷兵や治療班の皆も、口をつぐんで頭を下げている。

「やぁ、ローズ。お互い三十路になると戦場がつらくなるね～」

アスナさんは横たわって足を挙上した体勢のまま、赤髪の男性――ローズさんに向かってひらひらと手を振っている。

「アスナ、休んでる場合じゃないわよ。あたしは三十三、あんたより三つも年上だっていうのに、ひとりで三部隊をまとめるのは骨が折れるったらないわ」

先ほどから気になっているのだが、ローズさんはなぜ女性の口調なのだろう。大きな目に筋の通った鼻、薄い唇の下にあるホクロ。品のある綺麗《きれい》な顔をしているとは思うけれど女性にしては背が高いし、声も低い。

デリケートな話題なだけに、切り出す言葉が思いつかない。黙って騎士のおふたりを眺めていると、ローズさんが「ん？」と訝《いぶか》しげに私へ視線を向ける。

「新顔ね」

「若菜ちゃん、こいつは自称ローズ。見ての通りお菓子とか料理を作るのが大好きで、ドレスやら装飾品やらに目がないオネエなんだ」

名前が自称って変わってるな。まさか、本名が気に入らなかったとか？

聞いてもいないのに疑問へ答えをくれたアスナさんに曖昧な笑みを返すと、目の前が陰る。顔を上げると、ローズさんが腰に手を当ててズイッと顔を近づけてきた。

「なんなのよ、この女」

「ご、ご挨拶が遅れました。若菜といいます」

頭を下げると、ローズさんは「ふうん」と言って品定めするようにじろじろと観察してくる。

「なんで戦場にあんたみたいな小娘がいるのよ。まさか、ニドルフ王子の密偵じゃないでしょうね？」

「違います！」

否定はしてみるものの、信じてもらうのは難しいわよね。私がローズさんなら、真っ先に疑うもの。

居心地の悪さを感じてアスナさんに視線を送ると、彼はため息をついた。

「彼女の行動を観察してたけど、隙がありすぎる、完全に白だね。これが演技なら、女優になれるよ」

「まあ、どんくさそうよね」

ローズさんの長い指が私の砂埃に汚れた髪を摘まむ。それを見たアスナさんは、あからさまに呆れた顔をした。

「ローズ、小姑みたいな真似はよせって」

「この子、顔は合格ラインなのに内面の地味さがにじみ出てるわ。隣国についたら、あたしが着飾ってあげる」

「お前の買い物は長いだろ。彼女を付き合わせるのは不憫《ふびん》だよ」

ここが戦場だということを忘れそうなくらい、穏やかな時間が流れている。ふたりのくだらないやりとりを見て、負傷兵たちの顔にも笑みが浮かんでいた。

夜更けになると、私はオギと交代をして幕舎の中に入る。夜間は戦闘がないので、なにかあれば医師であるマルクを呼び、そうでなければ看護師がひとり体制で負傷兵の急変に備えることにした。

今日までまともな休みをとることができていなかった治療斑の皆は交代制ではあるけれど、休息がとれることを喜んでいた。そもそも休みがとれなかったのは、毎日のようにおびただしい数の負傷兵が運ばれてくるのに、元いた兵の回復が遅いためだ。

適切な処置がされていないから患者の病状が悪化し、重症度ばかりが上がる。悪循環を断ち切れなかったのが、最大の原因だ。完治とまではいかなくても回復に向かうものがひとりでも多くなれば、兵や治療師の負担は減る。復帰できる兵や騎士が増えれば、おのずと戦況も好転するはずだ。

そのサイクルがここにいる人間には見えていない。その場その場が必死すぎて、先が読めていなかったのだろう。

私は幕舎の入り口を開けて風を送り込み、負傷兵を見て回る。「ううっ」とうめいている兵がいたので、そばに駆け寄って額の汗をぬぐった。

「額の布、換えますからね」

心もとない薄い端切れのような布を桶《おけ》の中で濡《ぬ》らして、彼の額に乗せる。

彼のように傷から菌が入ることで起こる、発熱を伴う感染症――破傷風《はしょうふう》に苦しんでいる人が幕舎内には数人いる。

兵の回復が遅い要因は、戦場ゆえに十分な睡眠がとれないことと、食糧が底を尽きかけていることだ。近くに町もないため、物資の調達ができないらしい。免疫力が落ちれば感染症にかかりやすくなるので、特に食糧不足は深刻な問題だった。

食事がダメならと、私は清潔が保たれるように幕舎内の掃除や換気をして環境の整備を行い、人の自然治癒力を高めるように努める。

「でも、これでいつまで持ち堪えられるか……」

極限の状況では、後ろ向きにもなってしまう。苦しんでいる兵たちの汗をぬぐいながら今後を憂いていたとき、幕舎の奥で誰かが体を起こした。手持ちのランプでは目を凝らして見ても誰なのかがわからない。

「どうかしましたか？」

私は手燭《しゅしょくだい》台を手に立ち上がると、他の負傷兵を起こさないように小声で話しかける。

静かに人影に近づくと、そこにいたのはシェイド様だった。

「すまない、夢見が悪くてな」

額に手を当てて苦笑を浮かべている彼は、改めて見ると精悍《せいかん》で整った面立ちをしている。その場にいるだけで空気を浄化しているような爽やかさがあった。

「心と身体は切り離せませんから、病にかかれば悪夢を見ることもあるのでしょう」

手燭台を地面に置いて、上半身を起こしている彼の傍らに座る。蝋燭《ろうそく》の明かりが私たちの影を幕舎の壁にゆらゆらと映し出していた。

「俺が助かったのは、あなたのおかげだろう。改めて心より感謝する」

頭を下げたシェイド様に、私は目を丸くする。

生を受けてから三十年間、王子はおろか自国の天皇にすら会ったことがないのでわからないけれど、身分の高い方が自分のような庶民に頭を下げたりして抵抗はないのだろうか。

私が思考の海に沈んでいる間にも、彼は気にした様子もなく友人と話すかのようなフランクさで続ける。

「名乗るのが遅くなってすまない。俺はシェイドだ。エヴィテオール国の第二王子で、誰かに聞いているとは思うが王位争いに負けてしまった。今では敗戦軍の頭ということになるな」

傍から聞けば絶望的な話題だが、彼の顔からは絶望を感じない。強い意志を瞳に宿して、私には見えない未来を見つめているようだった。

しばし、眼前の琥珀の輝きに目を奪われていると、シェイド様は姿勢を正す。

「改めて、命の恩人の名前を聞いてもいいだろうか」

「……それは私のことでしょうか？」

「あなた以外に誰がいるんだ」

小首を傾げるシェイド様は、マルクまではいかないが表情に幼さを残している。私よりは確実に年下で、おそらく二十代半ばくらいだろう。

私は彼にならって背筋を伸ばし、膝の上で両手を重ねる。恩人は私だけではないので、彼のために必死に尽力した者たちのことを語り聞かせることにしたのだ。

「あなたをここまで運んだ兵、止血用の布を集めた医師や看護師、私と一緒に止血を手伝ったアスナさん。あなたの命を救うために、多くの人が動いてくれたのですよ」

私ひとりではシェイド様を助けることは叶わなかっただろう。だから知っていてほしかった。その命がどれだけの人の手で生かされたものなのかを。

まっすぐにシェイド様を見つめていると、その長い指先が私の頬に伸びてきて目の下の辺りに優しく触れた。

「穢《けが》れのない、濡れ羽色の瞳をしているんだな。俺はこの目を見たから、命を預けようと思えた」

「そう、でしたか……」

「俺を生かそうと奮闘した者たちのためにも、この命を粗末に扱わないと約束しよう。それで……謙虚で誠実なあなたの名前を俺も呼びたいと思っているんだが、いつになったら、お聞かせ願えるのだろうか」

冗談を含んだ彼の言葉に、私は顔を綻ばせる。

「すっかり忘れていて、申し訳ありません。私は若菜といいます」

「若菜か、聞き慣れない名だ。異国の者か？」

「異国といえば、そうなるのかもしれませんが……」

なんて説明すればいいのか悩んで、あとの言葉が続かない。

おそらく国どころか、私の見解が正しければ世界さえ違う。その結論に至った私ですら信じられないことを彼に話したところでなんになる。敗戦軍として追われる心労に追い打ちをかけるように、病み上がりのシェイド様を混乱させるのだけは嫌だった。

歯切れが悪い私に、シェイド様は解せないとばかりに首を横に捻る。

「煮え切らない言い方だな。よければ思っていることをそのまま聞かせてほしい」

「シェイド様……わかりました」

彼は私を謙虚で誠実だと言ったけれど、たぶんそれはシェイド様も同じだ。この澄んだ琥珀の瞳に見つめられたら、隠し事などできるわけがない。信じてもらうことは難しいだろうけど、私はここではない世界で看護師をしていたこと、突然異世界に飛ばされたときのことをかいつまんで話した。

無言で私の話に耳を傾けているシェイド様は、夢物語を聞かせられている感覚だろう。それでもいい、こうして言葉にしていくと改めて自分の状況を整理することができたから。

「――というわけなので、私はこの世界の人間ではないのです」

「なるほど、それでは心細かっただろう」

「え……」

頬に触れていた手は、そのまま私の背中に回る。片手で引き寄せられると、私は軽く膝立ちになって彼の肩に顎を乗せるような格好になった。

今まで男性経験がまったくないわけではないけれど、後輩ができてからというもの仕事の後処理が増えて残業は当たり前。プライベートに使える時間は極限に減り、気づけば独り身生活が七年目に突入しようとしていた。なので男性に触れられるのは久々で、三十にもなって高校生のように顔が火照《ほて》る。

「お、お身体にさわりますよ。あなたは胸から腹部にかけて傷があるのですから」

うるさいくらいに激しく鳴っている動悸《どうき》が彼に伝わってしまわないように、身体を離そうとした。しかし、逃がさないとばかりにシェイド様の両腕が私の背中と腰をさらに引き寄せる。

「あなたが、若菜が俺の手を握って死なせないと言ってくれたとき、心の底から安堵した。体温というのは、誰かの不安を和らげる力があるのだな」

泣いている子供にするように背中をトントンと規則正しく叩かれ、私は彼の行動の意味を知る。

そうか、シェイド様は私を安心させるために抱きしめてくれたのね。

彼の優しさに触れて、胸に湯水のように温かい感情が広がっていく。仕事柄、人の心配ばかりしてきたので、こうして気遣われるのは久しぶりだ。

「居場所がないなら、俺と共に来てほしい」

「共にって、シェイド様はこれからどこへ向かうおつもりなんですか？」

「隣国『ミグナフタ』の王は、俺がエヴィテオールの王になることを後押ししてくれていた。もしものときは匿ってもらえる手はずになっている。だが、隣国まで逃げるには兄上からの追っ手を退けられるほど兵力を整えなければ厳しいだろう」

今日で幾分か重症度を下げることはできたけど、負傷兵の数は増えるばかりだ。なので兵力を回復させるのもそうだが、なにより新規の負傷兵の怪我の悪化を防ぐのも重要になってくるだろう。

考え込んでいると、まっすぐな視線が自分に向けられていることに気づいた。その目を見つめ返せば、シェイド様の表情は真剣みを増す。

「険しい道のりではあると思うが、俺は若菜からもらった恩を、剣をもって返していけたらと思っている。だから身を寄せるところがないのなら、俺の隣にいてもらえないだろうか」

この世界に私の居場所などないし、この人と共にいれば私の知識と技術を役立てることができる。私を必要としている人がいるのなら、できるだけ多くの人間に手を差し伸べたい。

そっとシェイド様の胸に手を当てて身体を離す。お互いの視線がぶつかると、沈黙の幕が下りてきて他の負傷者たちの寝息が聞こえてきた。

今にもこの手から滑り落ちそうな命をひとつでも多くこの世に留めるために、この戦地でできることをしよう。

「あなたの隣を私の居場所にしてもいいでしょうか？」

「もちろんだ。あなたのことは、このシェイド・エヴィテオールが全身全霊で守ろう」

地上が厚い闇に閉ざされる中、私は夜空がそのまま擬人化したような彼の姿を目に焼きつける。柔らかい琥珀の瞳は月のように穏やかで、戦場にも関わらず居心地のよさを感じていた。


翌日も翌々日も、夜明けと共にニドルフ王子率いる戦勝軍が襲ってきて、多くの負傷兵が救護幕舎の中に運ばれてきた。それでも迅速で適切な処置がされていったために、戦地に戻せる兵の数も増えてきて、万全ではないものの態勢は整いつつあった。

「急ではあるが、これからこの地を離れる」

その日の夜、ニドルフ王子の軍勢が引き上げていくと、シェイド様が救護幕舎にやってきた。

彼は戦線復帰できる状態ではなく、戦のあとは毎回傷が開いて軍服に血をにじませて帰ってくる。治すために手当てをしているのに、その倍の傷を作って戻るのだ。

もう少し休んでいてほしいと頼んでも、戦わなければ多くの命が失われるからと、私の意見はやんわりと却下されてしまう。

戦うために傷を癒すという行為に胸が痛む。手当てをするたびに、この人の傷を治したら、また戦場に立たせることになる。自分のしていることは、本当に正しいのか。こんなふうに誰かを救うことに迷いを感じたのは、生まれて初めてだった。

でも、その葛藤も今日で終わる。

そう、戦争を続けること二週間。ようやく隣国に逃げる準備が整ったのだ。生きるために逃げられるだけの体力が負傷兵や治療班の皆に戻った。

「隣国へは中間にある村を経由して、できれば二週間で向かいたい」

木箱の上に広げられた地図をのぞき込んでシェイド様の説明を聞いていると、この世界に電車や車といった移動手段がないことを知る。

馬はいるみたいだが、兵は八千人ほどいる。人数分の馬を用意するのは現実的ではないし、怪我がひどくて乗馬できない人間もいるので移動は徒歩になるだろう。

「村が休憩ポイントってこと。そこまでは小休憩を挟みながら一週間かけて向かうから」

シェイド様の隣に控えるアスナさんが、補足で教えてくれる。

小休憩はあっても、あまり進む足を止めることはできないだろう。

地図には見たことのない地形が並んでいて、途中途中に山のようなものが描かれている。動けるとはいっても、傷は辛うじて塞がっているだけ。このように険しい道を進むということは、小休憩で傷が開いた者の止血に追われることが予想できた。

薬の在庫はないって言っていたけれど、どこかで調達できないだろうか。そもそも、この世界の薬がどんな形状でどんな成分から作られているのか、ものすごく疑問だけど。

「マルク、この世界ではどうやって薬を作っているの？」

「調合の時間がないときは、薬草の汁を直接傷口に当ててるんです」

なるほど、この世界の薬は薬草なのね。本当に、僻地《へきち》どころかひと昔前にタイムスリップした勢いで医療が追いついてないわ。

「どこかで、止血の薬草を調達することはできないかしら……」

「あ、はい！　ヨモギなら路傍の草地で、コオホネは川や池沼で見つかるはずです」

ヨモギって、止血薬になるのね。

私のいた世界にもある植物がこの世界にもある。そういえば、食べ物も基本的には同じだった。中世の異国に来たみたいだ。

それにしても、困ったわ。私はすでに調合された薬しか見たことがない。薬学は勉強したが、作用と副作用が主体で成分までは深く知らない。

薬剤師の分野になるのだろうが、この世界の医師や看護師は道具に頼らない治療ができる。それは本来あるべき治療者の姿なのかもしれないと、しみじみ思った。

「若菜、移動中の小休憩はなるべく薬草が採取できそうな場所でとるよう調整しよう」

話を聞いていたシェイド様が、私の言わんとすることを先回りしてくれる。穏やかそうに見えて、すごく頭が切れる人なのかもしれない。

なにはともあれ、彼の心遣いに感謝しなければ。

「シェイド様、ありがとうございます」

「いいや、治療してくれる側の意見をもらえるのはありがたい。皆で隣国に渡れなければ、意味がないからな」

柔らかな微笑を返され、私はなんだか落ち着かなくなって目を伏せる。

きっと、前に抱きしめられたせいね。胸の辺りがむずがゆくなる奇妙な感覚に襲われながらも、表情だけは平静を保った。

悟られまいという意地が勝ったらしく、ごまかされてくれたシェイド様は私から視線を外して皆の顔を見回した。

「今は国の復興や王位の奪還ではなく、ただ生きることだけを考えてくれ。俺もそのためだけに皆を導く」

　腰に差さっているサーベルを抜き放つと、シェイド様は天に掲げた。それを見ていたアスナさんも、剣先に向かってカーブしている二本の刀剣をシェイド様の剣に添える。

「その志に、どこまでもついていくさ」

「あいにく、あたしも無様に死ぬつもりはないのよ」

　ローズさんも細身で先端の尖《とが》ったレイピアをふたりの剣に軽く当てて唇に弧を描く。

　それだけで彼らの間にある絶対的な信頼を感じ取れた。

　王子と騎士からほとばしる熱を肌に感じて、この人たちとならなんでも成し遂げられるような気になる。


「最低限の荷物を持って、一時間後にここを経つ」

　私は今まで感じたことのない高揚感を胸に、シェイド様の言葉に強く頷いた。

犠牲の上に生かされた者

村に到着したのは、予定より二日ほど遅い九日後の昼だった。

旅立ちの夜、幕舎前には焚《た》き火《び》をして人がいるかのようにカモフラージュをし、難なくその場を離れることができた。だが、途中で雨に降られた山道では体力を根こそぎ奪われ、病状が悪化する者も少なくなかった。

道すがら薬草を採取して傷口に塗り、替えのない布を葉から滴る心もとない水で洗い使いまわす。そんな不衛生さも祟《たた》って、村に着く頃には破傷風を発症している者が多くいた。

「ごめん、休める場所は確保できなかった」

アスナさんがひどく落胆した表情で、村の入り口で待っていた私たちのところへ戻ってくる。

「確保できなかったって、どういうことよ。説明してちょうだい」

ローズさんは腕組みをして眉間にシワを寄せたが、その隣に立っているシェイド様は予想をしていたのか、冷静だった。

「敗戦軍を助けたりしたら自分たちが殺される、とでも言われて追い返されたか？」

困ったように笑うシェイド様に、アスナさんは片手を挙げて「ご名答」と答える。

ここまで来て休む場所がないと知った兵や治療師たちの空気は当然だが重くなる。

私だって、とにかく村につけばゆっくり休めると思って気力を保ってきた。それが叶わないとなると、ここまで痛みに耐えて歩いてきた彼らの心は折れてしまう。そうなれば、生きる活力さえ失うかもしれない。

「私、もう一度お願いをしてみようと思います」

気づいたら、そう口にしていた。

ダメもとではあるが、村の人たちにもう一度お願いをしてみよう。一度断られたからって諦めたら、永遠に失われるかもしれない命がここにはあるから。

「ならば、俺も行こう」

「シェイド様……でも、王子様がひとりで行動してもいいんですか？　私じゃ、盾になるくらいしかできませんけど」

この村にニドルフ王子の息がかかった者が潜んでいる可能性もある。それを懸念してアスナさんが村人への交渉役に選ばれたというのに、危険ではないだろうか。

本気で心配したのだが、それを聞いていたアスナさんはぶっと吹き出した。

「それはないって～、若菜ちゃん。そこの王子様は俺ら騎士よりも腕が立つよ」

「そんな必要ないのに盾になりたいなんて、物好きよね」

ローズさんまでもが、からかうように私の額を指先で突く。

「私、おかしなことを言いましたか？」

戸惑いながら地味にヒリヒリと痛む額をさすっていると、スッと目の前にシェイド様が立つ。その表情は爽やかなのに笑いを堪えているようで、ますますわけがわからない。

「愚かなところが、可愛いじゃないか」

ぼそりと聞こえた呟きに耳を疑う。

聞き間違いじゃなければ、私のことを愚かだと言ったような……。まさか、シェイド様に限ってそんなわけないか。

ははは、とから笑いをこぼしながら細められた琥珀の目を見上げると、シェイド様は私の手をすくうようにとって甲に唇を押しつけてくる。

手の甲とはいえ、いきなり口づけられた私は身体をビクつかせて目をむいた。

「な、なにをしているんですか」

長年、強い薬液での処置道具の洗浄や頻回な手洗いで荒れた私の手。その甲に口づけられた事実に、羞恥心が込み上げてきて頬が熱を持つ。潤いをどこかに置いてきたようなカサカサの手に触られることだって耐えがたいというのに、『どんな拷問よ！』と心の中で叫ぶ。

私の焦りなど知らないシェイド様はというと、口元を手の甲で押さえて笑いを堪えていた。

「くっくっくっ……その心の気高さに敬意を払っている。それで……もし迷惑でなければ、あなたの剣となり盾となるのは俺でも構わないだろうか」

「構わないことは、ないけど……」

笑われているのは引っかかるけれど、泥水に薄汚れたナース服は白ではなくもはや灰色。手も頬も泥にまみれ、髪はぼさぼさで女性らしさなど微塵《みじん》もない。決して高貴な人の前に出られるような身なりではないのに、女性扱いをしてくれることがうれしかった。

「よかった、それでは共に行こう」

フッと微笑まれ、それに目を奪われているうちに手を引かれて村へと足を踏み入れる。ここは辺境の地なのか木々は枯れ果て大地は乾燥し、亀裂が入っていた。レンガを重ねてできた骨組みのない家なんて、あちこちが半壊している。

「驚いたか」

生活できるような状況でない村を呆然と見回していた私に、シェイド様が声をかけてくる。

私は言葉少なに「はい」と答えて、井戸で水を汲《く》みながら警戒するような視線をこちらに向けてくる子供たちを見ていた。

「これもエヴィテオールの王位争いが招いたものだ。早々に兄上と決着をつけられなかった俺に責任がある」

繋いだ手に力が込められる。そこから彼の悔しさを感じ取った私は、なんの事情も知らないけれど慰めるようにその手を握り返した。

子供たちから視線を前に戻したシェイド様は、足を進めながら淡々と私の知らない国のことを話してくれる。

「だが、こうするしかなかった。兄上が王になれば、この国は戦火に包まれる」

「それはどういうことでしょうか？」

「兄上は王位を確実に自分のものとするため、国王やオルカ……実の弟を手にかけた」

「っ……そんなっ」

耳を疑いたくなる話だった。家族の命よりも王位のほうが重い世界に身を置いていると思うと、頭から冷水をかけられた気分だ。

「俺は側室の息子で兄上と弟のオルカとは腹違いの兄弟なんだが、家族としての情は持っていた。だが、兄上は違ったらしい。目的のためなら簡単に血を流す。そんな兄上に王位を継がせるわけにはいかなかった」

その瞳の中に、静かな怒りが揺らめいている。

私の中の彼の第一印象は、どんなときも穏やかで優しい青年だった。けれど、シェイド様にはまだ、私の知らない一面があるらしい。彼は民を導く王子として聖人のように清らかな輝きを纏《まと》っているけれど、その胸を相反する黒い憎しみの炎で焦がしている。誰も気づかれないように、ひとりで苦しんでいるのだ。

……どんな理由があるにせよ、家族と争うなんて胸が痛まないはずはないわよね。

今、その目になにを映しているのかはわからないけれど、シェイド様の眼差しは厳しさを増していく。

「国を手に入れて、次に兄上が手に入れようとするのは他国だ。それを危惧していたからこそ、ミグナフタ王は助力してくれるんだ。兄上はなぜか、自分が上に立つことに固執しているからな」

どうしても避けられない戦だったのだろう。王位の奪還ではなく、国のためでもなく、ここにいる全員を生かすために導くと言った彼なら、避けられる戦はしないはずだから。

「戦争が続けば、国政に時間をかけられなくなる。それはつまり、王家に助けを求める民に手を差し伸べないことと同義だ」

やるせなさからか、シェイド様の声は震えていた。

この村も王家から物資の支給など、そういった援助を受けていたのかもしれない。それが内戦で途絶えれば、当然のことだが村も人も滅びるしかない。村の荒れ果てた理由をなんとなく悟った私は、自分がいかに幸せな地で生まれたのかを実感していた。

そのとき――。

「誰か、うちの子を助けてくれ！」

切羽詰まった村人の叫びが聞こえて、私とシェイド様は顔を見合わせる。声がしたほうへ足を向けると、先ほど通った井戸の前に人だかりができていた。

「なにがあったんだ」

シェイド様の声で人が左右に避けていき、道ができる。その向こうには右足を押さえてしゃがみ込んでいる六歳くらいの男の子がいた。

すぐに駆け寄った私は男の子の前に膝をつく。

「足、見せてくれる？」

その手を外させると、そこには赤い斑点がふたつある。なにかに噛まれた痕だとすぐにわかった。

「草むらを歩いてたら、蛇に噛まれたんだ」

目に涙を浮かべながら、男の子は私の顔を見上げる。私は安心させるように笑いかけて、傷の具合を見た。

傷まわりだけの腫れでおさまっているので、重症度は低い。噛まれてから時間が立っていなければ、入った毒の半分はしぼり出せるだろう。

私は自分の髪ゴムを外して男の子の右足に通すと、これ以上毒が回らないように傷より上で二重に留めた。

「井戸の水を汲んで、傷口にかけ続けてもらえますか」

誰に頼むでもなく声をあげると、王子であるシェイド様が「わかった」と言って、汲んだ井戸水をかけてくれる。率先して民のために動ける彼を尊敬しつつ、私は傷口に入った毒をしぼり出し、中を洗浄した。

「うちの息子は大丈夫なのかい？」

手当てが一段落すると、男の子のお父さんらしき男性が青い顔で声をかけてきた。

私は男性を落ち着かせるように笑みを浮かべる。

「これからうちの医師に解毒薬を作ってもらいます。この黒いゴム……紐は、その解毒薬が効いてから経過を見つつ外しましょう」

ゴムで縛っているとはいっても、皮下静脈を圧迫する程度なので重大な血流障害を起こすこともない。私は治療の流れをお父さんに説明して、今度は男の子に向き直る。

「本当に、よく頑張ったわね」

その頭を撫でると、うれしそうに口角を上げる。それを見た村人たちもホッと息をついて顔を見合わせ、「心配させやがって」と笑い声がわいた。

「賑《にぎ》やかだね、なにがあったのー?」

帰ってこない私たちを心配して来てくれたのか、アスナさんとローズさんがこちらに走ってくる。

「この純白の天使様に息子を救ってもらったんです。なんとお礼を言っていいやら」

男の子のお父さんが私に向かって拝み始める。

まさか、天使って私のこと? 大げさだ、地蔵にでもなった気分で居心地が悪いったらない。

そんな私の戸惑いなんてお構いなしに他の村人たちも便乗して手を合わせてくるの

で、助けを求めるようにシェイド様を見上げる。

私の視線に気づいたシェイド様は、眩《まぶ》しいものでも眺めるように目を細めた。

「若菜は月光十字軍の間でも、『戦場の天使』と呼ばれているからな。あなたにぴったりの尊称だと思うが」

悪びれもせずに民衆を煽《あお》るシェイド様は心からの称賛をくださっているのだろうけれど、今はあまりうれしくない。おかげさまで「天使様!」という呼びかけの嵐が白熱し出した。

「王子は俗に言う〝天然〟というやつなのでしょうか」

村人たちと談笑するシェイド様の横顔を盗み見ながら、控えていたアスナさんとローズさんに尋ねる。

すると、地面に座ったままの私の前にアスナさんがしゃがみ込む。

「若菜ちゃんには王子がそんなふうに見えるの?」

立てた膝に頬杖《ほおづえ》をついて、どこか楽しげに尋ねてきたアスナさんの質問の真意は図れないけれど、シェイド様のイメージを思いついたまま語ることにする。

「純粋で優しくて素直……な、好青年でしょうか」

「ぶぶぶっ、見事に騙《だま》されてるね」

カラカラと笑って意味ありげにアメジストの目を細めるアスナさんに、なぜだか胸が騒ぐ。

この数週間のうちに、シェイド様と接する機会はいくらかあった。なので少しではあるが、彼のことを理解できていると思っていたのだけれど、私の知らない顔がまだあるのだろうか。

無意識に彼の姿を探していると、中腰になったローズさんがまた私の額を人差し指で押す。

「あら、王子が純粋で優しくて好青年なのは事実でしょう。ただ、あんたのイメージは美化されすぎ」

「おふたりの言い方ですと、シェイド様が腹黒いみたいに聞こえます」

私を守ると言ってくださった彼が、意地の悪い人間には思えない。とはいえ、シェイド様と付き合いが長いふたりの言葉を違うと突っぱねられる根拠はどこにもない。

「若菜、髪留めの代わりはあるのか」

頭上から声がかかって、ローズさんの後ろを見やる。そこには村人との話が一段落したのか、シェイド様がいた。

「あ、いえ……ありません」

断りなく彼のことを話題にしていた手前、気まずさがあった私は答え方がぎこちなくなってしまう。当の本人は気にした素振りもなく、私の髪をひと房すくった。

「女性は入り用な物が多いだろうに、満足な着替えも装飾品も用意してやれず、すまない」

憂いの表情で私の髪を親指でさするシェイド様に、やっぱり腹黒いだなんて嘘だと確信する。

シェイド様は旅の途中でも私の体調を気遣い、何度も『大丈夫か』と声をかけてくれた。この月光十字軍に女性が私だけだからかもしれないけど、彼の存在が励みになっていたのは事実。私より若いというのに、人間ができている。

「シェイド様、そんなこと気になさらないでください。それに、そのような物を買うお金があるのなら、今は月光十字軍の皆に栄養のある料理を食べさせてあげたいです」

彼らに必要なのは、免疫力を高めるためにも十分な食事と睡眠をとることだ。けれど、休める場所もなく、食料も移動中に底を尽きて、常に空腹感と闘っている。このような状態で敵や病に勝てなど、あまりにも酷な話だ。

兵を思って胸を痛めていると、シェイド様はわずかに目を見張る。

「人は世の中の汚いものを瞳に映していくと穢れるものだが……。あなたの心はどうして純白を保っていられるんだ」

「シェイド様は私のことをかいかぶりすぎです。他者を助けるのは、いつだって自分のため。目の前で失われていく命を見殺しにする罪悪感に耐えられないだけです」

患者を救いたいという思いの裏にある本音。助けられなかったとき、助けたくても処置をすることが許されないとき、私は自分が大罪人のように思える。あの身を引き裂かれるような痛みを味わいたくないから、私は目の前でこぼれ落ちていく命を必死に救おうとしているのだ。

「あなたがなんと言おうと、失われていく命に傷つく若菜の心は綺麗だ」

少しも迷うことなく、シェイド様は言う。

髪に触れていた大きな手が私の頭に乗り、腰を屈めたシェイド様と至近距離で目が合った。穏やかな琥珀の煌《きら》めきに、私の心は抗えない引力に捕まってしまったかのように惹《ひ》かれる。

「もし無事に隣国に渡ることができたら、そのときは若菜をうんと着飾らせることにしよう」

「シェイド様、失礼ながら〝もし〟では困ります。絶対に、皆で隣国に渡るんです。なので、その約束は必ず叶えてください」

正直、着飾ってもらわなくても構わない。けれど、ただ約束が欲しかった。もし、だなんて弱気なものではなく、そのために死ねないと強く思えるような生きる理由が。

面食らっているシェイド様はすぐに私の言わんとすることを察したのか、前髪をかき上げると参ったというように眉尻を下げて笑う。

「若菜はいつも、俺より一枚上手だな」

「ふふふっ、たぶんあなたより年長者ですから」

口元に手を当てて、私は込み上げてくる笑いに肩を震わせる。

そんな私の顔をじっと見つめて、シェイド様は柔らかな瞳を細めた。

「若菜、女性にこのようなことを聞くのは失礼だと思うが、年はいくつだ」

「私は三十ですよ」

「ならば、たった五つの差だ」

なんの問題もないというふうに、シェイド様は軽くサラッと言ってのける。

ということは、彼は二十五歳。私からしたら、五つも年下だなんて弟にしか思えない。

でも、彼は私を年上という目線では見ていない様子だった。もしかして、私に威厳がないからかもしれない。

そう軽くショックを受けていたとき、「あのう」と村人が声をかけてくる。

「息子を助けてくれたお礼に、皆さんの食事を用意させてください。それくらいしかできず、恐縮ではありますが……」

村人たちはすでに鍋や食材を持ち寄り、外で炊飯の準備を始めている。

食材だって、この村の荒れ具合を見れば豊富でないことは確かだ。それなのに大事な食料を私たちのために使おうとしてくれている。それに目頭が熱くなり、胸に込み上げてくるものを感じながら村人を見上げる。

「それくらい、なんかじゃありません。十分すぎるほどありがたいです。お礼だなんて、お釣りが返ってくるくらいですよ」

声を震わせながら感謝を伝えると、笑顔で頭を下げる。

「いいや、あなたは村の未来ある子供を救ってくださったのです。私からも礼を言わせてください」

頭上から新たに声がかかり、私は顔を上げる。そこには、木の棒をやすりで削って作ったような、体重を支えるには少し頼りない杖をついている老人がいた。村人が「村長！」と驚いていたので、私は慌てて会釈する。

「村の東に空き家がありますから使ってください」

願ってもない村長の提案に、シェイド様は信じがたい様子で瞳を丸くする。

「村長、いいのですか？」

私たちを匿うということは、敗戦軍に加担したとしてニドルフ王子に罰せられるかもしれないのだ。それを覚悟の上で、私たちを置いてくれるということだろうか。

「はい、これは村全体の総意でしょう」

肯定するように頷いた村長は村人の姿を見回して、それから私とシェイド様に深々と頭を下げる。

「私たちはあなた方を見捨てようとしたのに、村の子供を助けてくださった。それに、シェイド王子が民のために力を尽くしてくださっているのは知っていました。この村に井戸を作ってくださったのも、シェイド王子でしたから」

そうだったんだ。

驚いてシェイド様を見ると、肩をすくめられる。

自分の偉業を自慢して歩くようなタイプではなさそうなので、これもして当たり前のことだからとわざわざ口にしなかったのだろう。

「ただ、私も村長として村人を守る責任があった」

村長は村人を守るために当然の選択をした。それは別世界の人間で、戦争も経験したことがない平和ボケした私にもわかった。

心苦しげな顔をしていた村長は「ですが……」と続けて、まるで太陽を崇めるようにシェイド様に視線を注ぐ。

「私は、下々の者にも手を差し伸べてくださった、あなた方が導く国の未来を見てみたくなった。ですから、私たちもシェイド王子と運命を共にしましょう」

お辞儀をする村長に合わせて、村人たちが平伏した。

村長の言葉を噛みしめるように目を閉じたシェイド様は少しの間のあと、静かに開眼する。

「必ずや王位を取り返し、この村も国も豊かにする。子供たちの笑顔が絶えない場所にすると、シェイド・エヴィテオールの名において誓おう」

胸に手を当てて、シェイド様は片膝をついた。誓いを聞いた村人たちの目には希望が灯っていく。

言葉ひとつでこんなにも人の心を動かせる存在。それがこの国の王子なのだと、改めて心に刻んだ。

その夜、空き家にいた私は村人と作った消化がよく栄養価の高い春菊やほうれん草、かぶの葉を入れた青菜のお粥《かゆ》を負傷した兵や看護師たちに配った。自力で食べられない者には介助して食べさせ、夕食後の服薬まで終わるとひと息つく。

「外では、歓迎の宴をしているようですね」

いくらか体調が回復してきた負傷兵のひとりが、洗った布を巻いて救急箱にしまっている私に声をかけてくる。彼は私が異世界に来て最初に手当てをした兵で、ミトさんという。

ここにいる兵や治療師たちとは手当てをきっかけに随分と打ち解けることができた。知り合いのいないこの世界で、気の知れた人間がいるというのは心強い。

「ミトさんの足の怪我はだいぶ塞がってきましたし、禁酒を約束してくださるなら、参加してもいいですよ」

傷は塞がったとはいっても完全に癒えてはいないので、大出血の誘因となるお酒は厳禁だ。

「でもミトさん、酒豪だからなぁ。若菜さん、ちゃんと見張ってないと危険ですよ」

兵にお粥を食べさせていたオギが、からかうように話に入ってくる。あながち冗談ではなかったのか、ミトさんは視線をさまよわせていた。

「ミトさん、ひと口でも飲んだら二十四時間監視しますからね」

念を押すと、ミトさんはわざとらしく背筋を伸ばした。

「わかりましたって、若菜さん。じゃあ、行ってもいいですか？」

「えぇ、肩を貸しますね」

私はミトさんの身体を支えながら、マルクや他の看護師に負傷者たちを任せて建物を出る。宴会が開かれている広場にやってくると、中央で焚き火を囲んで赤々と顔を染める村人や兵士たちの笑い声があふれていた。この場にいるだけでも愉快な気持ちになれるので、ミトさんには一番の薬かもしれない。

「俺、別に兵になって昇進したいとか、そういうのはないんです。ただ仲間ともう一度酒を飲み交わせるように、生きて守って戦い抜こうって……」

私の肩に手を回しているミトさんが、しみじみと呟く。

「それがミトさんの戦う理由なんですね」

「単純すぎて呆《あき》れるでしょう？」

自嘲的な言い方をする彼の横顔を見上げて、私は首を横に振る。

「いいえ、些細な幸せほど守る価値があると私は思います。あなたにとってそれが大事なものなら、なおさらです」

私は彼を仲間の兵たちの元へ連れていき、近くの頑丈そうな木箱の上に腰かけさせる。

ミトさんは人気者らしく、「待ってたぞ」「いつまで床に臥《ふ》せってるつもりだよ」と矢継ぎ早に声をかけられて、すぐに兵たちに囲まれた。

「若菜さんも、飲みましょうよ」

私もお酒を勧められたが、丁重にお断りをした。負傷した兵や看護師たちの病状が急変したときに酔っぱらっていたら、まともな仕事ができないからだ。

「皆さんも、お酒はほどほどになさってくださいね」

一応、医療者として注意をしておくと、なぜか皆は上機嫌に「はーい」とお酒の入った杯を持ち上げた。本当にわかっているのかと苦笑いしながら、私は静かにその場を離れる。

「何事もないといいけれど……」

負傷者たちが休んでいる空き家までの暗い道をひとりで歩きながら、ぼんやりと考えるのは、先の戦で見てきた惨状だ。

今日まで、ここが異世界であることを忘れるほど怒涛のように時間が過ぎていったので思い返す暇もなかったけれど、死と隣り合わせの戦場はやはり恐ろしかった。あの硝煙に霞《かす》む空も銃声や悲鳴も血や火薬の匂いも、すべてが鮮明に脳裏にこびりついて離れない。

私は月光の下で足を止めると、カタカタと小刻みに震える自分の手のひらを見つめる。

「私はまた、失うの？」

湊くんを看取ったときのように、冷たくなっていく手を黙って見守らなければならない日が来るのかと思うと、たまらなく恐ろしい。気を抜くと湊くんの笑顔や最期の言葉が蘇《よみがえ》って、涙腺が緩むから困る。

人の死を看取った数は覚えていないほどあるというのに、心が鋼のように強くならないのはなぜなのだろうと何度も思う。なにも感じずにいられれば楽なのにとも思う反面、この悲しみという感情を失ったら、私は看護師どころか人ではなくなる気がする。

「このような暗がりにひとりで、どうしたんだ」

ふいに背中に声がかかり、私は振り返る。そこには私の他にもうひとり、月光の下に佇《たたず》む長身で凛々《りり》しい顔をした男性がいた。

「シェイド様こそ、宴に参加されていたはずでは？」

「宴の場から離れるあなたの姿が見えて、追いかけてきたんだ」

目の前まで歩いてきたシェイド様は、私の顔を見て眉間にシワを寄せた。

「心配事か?」

この人は鋭い。笑顔や言葉で繕っても、気づいてしまうのだろう。偽ることは無意味と悟った私は、肩をすくめて素直に話すことにした。

「今日、言葉を交わした人が明日にはこの世界からいなくなっている。そんな嫌な想像をして、怖くなったのです」

せっかくの宴の日にしんみりしたことは言いたくはないのだが、自分ひとりで抱えるには限界が近かった。

気持ちが沈むのに比例して俯《うつむ》くと、伸びてきた手が顎にかかり、強制的に上向かされる。優しくはあるが、逃がさないとばかりにしっかりと顔は固定され、情けない顔をシェイド様にさらす羽目になった。

「俺は全身全霊で守ると言ったはずだ」

「え、えぇ……そう言ってくださいましたね」

「それはあなたの心も含めて、という意味だ。心細くなったら遠慮なく、この胸に飛び込んできてくれて構わない。俺は王子である前に、あなたの剣であり盾だからな」

年下だというのに、こうも安心感を覚えるのはなぜだろうか。そんなことばかりを延々と考えていると、ふいにシェイド様は私の黒髪を、宝物を扱うような手つきで梳《す》いてきた。

「そうだ、髪をまとめるものが必要ならこれを使ってくれ」

シェイド様は服の袖をまくり、手首に巻かれていた赤い打ち紐を解いて私に差し出す。無意識にそれを受け取ると、紐の中心に雫《しずく》の形をした琥珀がついていることに気づく。

「これ、シェイド様の瞳の色と同じ琥珀ですね」

親指と人差し指で琥珀を摘み、シェイド様の瞳と見比べて笑う。

「私の国にはあなたのような瞳の男性はいないので、初めて見たときは宝石みたいで綺麗だなと見惚《みと》れてしまいました」

本心から出た感想だったのだが、シェイド様を困らせてしまったらしい。滅多に余裕を崩さない彼が、私を見て面食らった表情をした。

ややあって我に返った様子の彼はため息をつく。そこには若干の呆れがにじんでおり、彼から軽く咎《とが》めるような視線が飛んできた。

「若菜、治療の現場にいないあなたは少々無防備すぎる。この数週間であなたの人となりは見てきたつもりだから、男を誘うつもりで言ったのではないことはわかるが、あなたを心配する俺の気持ちにもなってくれ」

『困った人だな』という彼の心の声が聞こえてくる。

私は、どこに男を誘うような場面があったのか、と首を傾げた。思い返してみても、そのような破廉恥なことをした覚えはないのだ。

悶々と考えていると、苦笑いが降ってくる。

いつの間にか眉間にシワを寄せて俯いていた私は、顔を上げて彼の顔を見た瞬間、呆気《あっけ》にとられた。シェイド様の優しい眼差しは、どこか愛しさをはらんでいる気がしたからだ。

「不思議だな。他人のことがこうも気になるのは初めての感覚だ」

これが情熱的な言葉に聞こえてしまうのも、瞳に渇望の色がにじんだように見えるのも、すべては何年も仕事に身を捧《ささ》げてきて男性に免疫がなくなったがゆえの妄想に違いない。

そう自分に言い聞かせていると、シェイド様は持て余している感情を抑え込むように作り笑いの奥へ隠す。

「あなたは私にとって、絶対に失くしてはいけない存在らしい」

他人事のように呟いた彼が再び私に手を伸ばしてきたときだった。

「王子、ここにいたのか！」

血相を変えて走ってきたのは、アスナさんだった。

シェイド様は伸ばした手を下ろしてアスナさんに向き直ると、「なにかあったんだな」と表情を引き締める。

「見張りの兵からの連絡。ニドルフ王子の追っ手が村から五キロ地点まで迫ってるって。宴に参加していた兵は広場で待機させてあるよ」

アスナさんの報告を受けたシェイド様は、取り乱しはしなかったが苦い顔をした。

それもそのはず、月光十字軍の兵は負傷している者がほとんどなのだ。ろくに休息もとれずにこの村を出なければならないとなると、負傷者の病状の悪化は避けられない。だが、ここに留まれば反逆の罪で処刑されるのは目に見えているので、私たちに残された道はひとつしかなかった。

「五キロ地点か、山道であっても一時間で追いつかれるな。すぐにここを発つ、準備を終えたら広場に集まるように皆に声をかけてくれ」

シェイド様が即座に指示を出したとき、村の入り口で張り込んでいたローズさんが厳しい顔つきで駆けてくる。

「まずいことになったわ。見張りが見たのは後方部隊だったのよ。ダガロフ・アルバート率いる少数精鋭の部隊が見張りの目をかいくぐって、もうそこまで来てる」

ローズさんの報告を聞いたアスナさんは、いつもの調子を崩さず、腰に差した剣の柄頭に手をかけてシェイド様の前に一歩出る。

「ダガロフ騎士団長はニドルフ王子の忠臣だもんね。あの人が相手なら、ここは俺が残るよ。でないと皆、全滅するでしょ」

「お前もローズもダガロフの下で剣術を磨いていた。かつての仲間に剣を向けられるか？」

覚悟のほどを確認するように、シェイド様はアスナさんの目を見据える。仕える主君が違ったがために、かつての仲間と戦わなければならないなんて……。迷うというほうが無理な話なのに、アスナさんは変わらず口元に笑みをたたえていた。

「俺はシェイド様を守るためにここにいるんですよ。騎士はいついかなるときも正義を守るもの。俺にとっては、あなたが正義だ」

アスナさんの言葉からは、たとえ相手が恩師であろうと主のために敵前から退却することはないという淀《よど》みない意志が窺えた。

「……わかった。その忠誠心に敬意を払って、ここで敵を引きつける役目を与える」

苦渋の決断だったことは見ている私にもわかる。平静を装ってはいるが、眉間に寄せられたシワや唇の歪みが、シェイド様の苦しみを物語っていた。

「安心しなよ、ちゃんと王子のところに帰るからさ」

ひと足先に広場に向かって歩き出すアスナさんは王子の横を通るときにそう言い残し、ひらひらと手を振りながら去っていく。

ローズさんとすれ違うとき、ふたりは無言で拳をぶつけ合う。言葉はなかったけれど、お互いが絶対の信頼を置いている相手だということはわかった。

自分の騎士の背を見送ったシェイド様は、私を振り返ると申し訳なさそうに笑う。

「また無理をさせることになる。すまないな」

それだけ言い残し、広場に向かって踵《きびす》を返す彼に胸が締めつけられる。

あの笑顔の裏側にどれほどの苦悩を抱えているのかはわからないけれど、私は私にできることをして彼を支えよう。

そう心に誓いを立てて、私も空き家にいるだろう治療師たちの元へ走った。


つかの間の休息は終わり、村を発つこととなった私たちはまたもや険しい道のりを進む。この辺りは山脈が多く、上り坂は足への負担が大きかった。

「あ、あれは……」

山の頂上にやってきたとき、隣を歩いていたマルクが後ろを振り返って青ざめた顔をした。その視線を辿《たど》ると、一時間前まで滞在していた村が燃えているのが見えた。

その光景を見ながら考えるのは、あの場に残ったアスナさん率いる第二部隊の皆や村人たちのことだった。おそらく、ここにいる全員が彼らの生死を気にしているはずだ。

騎士がひとり欠けたことで広がる動揺。しかし、この絶望的な状況でも私たちを鼓舞してくれるのは、いつもシェイド様だった。

「皆、今は進もう。生かされた者は生かしてくれた者のためにも立ち止まることは許されない。それに、月光十字軍は簡単には膝をつかない。必ず追いついてくると信じている」

再び皆の瞳に希望の光が差し込んだとき、両脇の草むらが震える。一気に緊張が走り、シェイド様は剣柄を握ると草むらをきつく見据えて声をあげた。

「隠れても無駄だ、命が惜しくば姿を現せ」

この人はこんなにも勇ましく敵と対峙《たいじ》するのかと、シェイド様の気迫に圧倒されていると、草むらから黒の軍服を着た男たちがわらわらと出てくる。その背には赤い太陽を背にした剣の刺繍が施されており、それを見た月光十字軍の皆の顔は警戒の色を増す。

「我ら『王宮騎士団《おうきゅうきしだん》』、ニドルフ王子の命により反乱軍を討伐するため、参上した。苦しみたくなければ、剣を捨てておとなしく斬られることだ」

黒い軍服の男たちが一斉に剣を抜き放ち、剣先をこちらに向けてきた。命を奪われるかもしれない恐怖によろける私の身体を近くにいたマルクが受け止めてくれた。

「大丈夫ですか」

小声で心配そうに声をかけてくるマルクに、頷くのがやっとだった。彼の腕の中で震えていると、私の前にシェイド様が立つ。

「ローズ、退けるぞ」

「もとよりそのつもりよ」

不敵に笑ってローズさんもレイピアを抜き、肘を軽く曲げると、手の甲を上にして切っ先は敵に向かって一直線になるように構える。その姿勢は美しく、見る者の目を不思議と惹きつけた。

「かかれ!」

ざっと月光十字軍の倍近くいる敵兵が一斉に襲いかかってくると、シェイド様はぎりぎりまで敵を引きつけて一気に腰から抜剣《ばっけん》した。

「うあああっ」

多くの敵兵が悲鳴をあげて後ろに吹き飛ぶ中、シェイド様は次々と敵を薙《な》ぎ倒す。その細身の身体のどこに、これほどまでの剛力を隠し持っているのだろう。しかも軽々しくやってのけるので、怖じ気づいた敵兵は彼に近づくことさえできなくなっている。対するローズさんは豪快に剣を振るうシェイド様とは違って、必要最小限の突くような動きだけで確実に敵の急所を狙っている。

ふたりだけでも多くの敵兵を退けてはいるのだが、なにせ数が多すぎる。シェイド様とローズさんが捌《さば》ききれない敵兵は負傷兵たちが剣を抜いて攻防しているのだが、月光十字軍は圧倒的に不利だった。段々と押され始め、足や利き手を負傷している兵は抵抗する術もなく敵に無残に斬り捨てられていく。手当てに駆け寄っても、心臓をひと突きにされ即死である者がほとんどだった。

それでも私は走った。地面に転がる負傷兵を見つけては、助かる見込みがありそうな者を後方へ下げて治療師と処置にあたる。

しかし後方にも敵兵がやってきて、私たちは自分の身を守るので手一杯。ここで私たちにできることなど皆無だった。

「若菜さん、危ない！」

見渡す限り戦場で自分がどこにいるのかもわからなくなっていたとき、誰かが私の名前を呼んだ。足を止めて振り向いたときには、剣を振り上げる敵兵の姿が間近にある。

私、ここで死んでしまうの？

恐怖さえ感じる間もなく、私は固く目を閉じる。

しかし、痛みはいっこうにやってこない。代わりにすぐそばで「ううっ」といううめき声が聞こえた。目を開けると誰かの身体がのしかかってきて、私は地面に尻餅をつく。膝の上にうつ伏せに倒れ込んでいる誰かの背中には赤い染みがあり、どんどん広がっていく。

彼には見覚えがあった。そんな馬鹿な、と否定をしながら彼を仰向けにして、その顔を確認した瞬間――。

「っ、あ……」

みぞおちを打たれたように、声も立てられなくなった。私を庇《かば》った誰かは、兵の中では一番仲のよかったミトさんだったからだ。

「若菜、さ……ん、無事……ですか」

力を振りしぼって顔を上げたミトさんは弱々しく笑う。

私は、彼の傷を手当てすることも忘れて放心した。でも、頭の中では理解していた。ミトさんは心臓をひと突きにされていて、手の施しようがないことを。

「今、まで……ありがと……う、ございま……した。これで、恩が……返せ……」

そこで、ミトさんの声は途切れてしまう。

「どう、して……っ」

なにもできなかった私に『ありがとう』などと言うのだろう。できるだけ多くの人間に手を差し伸べたいなんてえらそうなことを口にしながら、私は敵の剣を前に動くこともできなかった。あげく、ミトさんに庇われて……その未来を奪ってしまった。

私はここが戦場であることも忘れて彼の手を握る。それは徐々に冷たくなっていき、『助けたい』なんて口先だけだったと無力感に胸が押し潰されそうだった。

悔しさに奥歯を噛みしめると、涙がボロボロと瞳からこぼれ落ちていく。それをぬぐいもせずに座り込んでいた私は「悪く思うなよ」と言う声にゆるゆると顔を上げた。

そこには、私に向かって剣を振り上げている敵兵がいる。それでもなお動けずに、振り下ろされる剣をぼんやりと見ていると……。

「その女性に触れるな！」

空気を震わせるほどの咆哮《ほうこう》と共に、敵兵の剣が弾け飛ぶ。そのまま敵兵を斬り捨てると、すぐそばでシェイド様が片膝をついた。

「若菜、ここはローズに任せて離れる。立てるか？」

優しく諭され、私は唇を噛んでミトさんの手を握りしめる。

「私を助けたせいで、ミトさんは……っ」

なのに、置いていけるわけない。この手を離したくない。

でも、ここに残ったところで私にできることなんてなにもない。きっと無駄に命を散らすだけ。ミトさんは、どうして戦力にならない私を助けてくれたんだろう。

そこまで考えて、ミトさんの戦う理由を思い出す。

『ただ仲間ともう一度酒を飲み交わせるように、生きて守って戦い抜こうって……』

……そっか。ミトさんは私のことも仲間だと思ってくれていたから、守ってくれたんだ。ならば私は、ミトさんに生かされた者として、自分の命を粗末に扱ってはいけない。ミトさんの仲間として、彼が守りたかったもののためにも……生きて闘わなくては。

嗚咽を堪えながら、こぼれ落ちる涙を手で乱暴にぬぐうと、ここに残りたい気持ちを押し殺し、顔を上げてシェイド様にはっきりと告げる。

「行きましょう」

「その凛然《りんぜん》とした姿、あなたは強い人だな」

一瞬、目を見張ったシェイド様はそう言って微笑むと、私の手を掴んで走り出す。

その後ろに兵や治療班の皆も続いた。

足を負傷していた兵は敵兵に真っ先に狙われてしまい、今ここにいるのは怪我しながらも動ける兵だけだ。みんなもできれば、あの場に残りたかったはず。それでも、この国の未来のために進まなければならないのだと自分を鼓舞して、山道を駆け下りたのだった。


多くの仲間を戦場に残して、小休憩を入れながら走り続けること一週間。私たちは朝日と共に、ミグナフタの国境を越えることに成功した。

国境を越えてすぐ、私たちはミグナフタの国境警備兵たちに迎えられ、砲台が設置されている小さな要塞へと案内された。

「ロイ陛下からお聞きしています。よくぞ、ご無事で参られました。ここの防衛設備ならニドルフ王子の追っ手も簡単には手を出せません。優秀な狙撃兵もおりますし、まずは身体を休めてください」

国境警備兵は、私たちに部屋と食事を用意してくれた。

負傷した者はミグナフタ国の医師や看護師から処置を受けることができた。じっとしていると嫌な考えばかりが頭に浮かんでしまうので、私も微力ながら手伝わせてもらった。

全員の処置を終えて久々のお風呂に入り、新品の真っ白なネグリジェに着替える。肩口から胸元まで大きく開き、長いスカートはプリーツが施されていて美しいシルエットになっていた。

私が案内されたのは石造りの壁に木製の扉や窓、真鍮製《しんちゅうせい》のシングルベッドといったヴィンテージな空間だ。唯一の明かりは、天井から吊《つ》り下げられたキャンドルランプのみで薄暗い。これも敵に居場所を悟られないための工夫なのだとか。

女性だからと、私はひとりでベッドがもう六つほど置けるこの広い部屋をあてがわれたのだが、他の兵や治療班の皆はミグナフタ軍の兵が寝泊まりする大部屋の宿舎に泊まっている。私も宿舎でいいと申し出たが、シェイド様に『女性がむやみに男性と寝所を共にするものではない』と窘《たしな》められてしまったのだ。

私は髪も濡れたままベッドに横になったものの、頭が冴《さ》えて寝つけないでいた。少し散歩でもしてこようとベッドを出ると、気の向くままに、二階の廊下の途中にあった外の連絡通路に出る。

「風が冷たくて、気持ちいいわね」

やや強い風に巻き上げられる髪を手で押さえながら、要塞の周囲を見渡す。丘の上にあるこの要塞の前には月光十字軍が一週間かけて越えてきた山脈が広がっており、私の背には城壁に居住区が囲まれている広大なミグナフタの国の城郭都市が見える。

通路の真ん中まで来ると、胸元辺りまである石垣に肘をついて、先ほど越えた国境の辺りに視線を向けた。

あの線を越えたのは八千人もいた月光十字軍のうち、たったの三千人だけ。五千人は私たちを逃がすために戦場に残り、生死不明。私の見た限りでも、そのうちの数百人は、ここに到着するまでに亡くなっている。

こうやって、ひとりになるとどうしても考えてしまう。私に『ありがとう』と言って去っていった人たちの冷たい手と最後の表情が頭にこびりついて離れない。

私はなぜ、この世界に飛ばされてしまったのだろう。戦争などない平和な国で生まれ育った私には、ここはあまりにも過酷すぎる。でも、もしここへ来た理由があるのだとしたら……。

ミトさんのように、ただ大切な誰かとお酒を飲み交わしたい、平穏に過ごせるような日々を守りたいという単純な理由でもいい。戦地で命を賭けて、自分の中にある大事なものために戦い抜こうとする彼らを守りたい。

そして願わくば、シェイド様や騎士の皆さんが国を取り返して正しく治め、日本みたいに平和な地になればいいと思う。理想論かもしれないけれど、そのために私は目の前にある仲間の傷を癒したい。

これは別に、誰かのために、なんて綺麗な理由ではない。あの山で敵兵からの奇襲を受けたとき、剣を向けられて動けなくなった自分の弱さに腹が立った。今まで安全な幕舎で治療をしていた私は、戦場の恐ろしさをなにもわかっていなかったのだと思い知った。

もう、誰かに守られてばかりの自分は嫌。みんなに助けられてばかりの自分に甘えたくないから、他の誰でもなく己のためにこの世界で看護師として闘うことを望む。

「それが、私のすべきこと……」

顔を上げると、私の呟きは無数に煌めく星空に吸い込まれる。

どれくらいそうしていただろう、ふいにゴウゴウと響く風の音の中に靴音が混じっていることに気づいた。

「若菜、部屋にいないから探した。そのような格好で外へ出ては冷えてしまう」

柔らかい声音が耳に届き、フッと身体の力が抜ける。私は笑みを浮かべながら、シェイド様を振り向く。

「シェイド様、なにか私に御用がありましたか？」

「ミトのことがあってから、心も身体も休む暇がなかっただろう。今頃、ひとりで泣いていると思って探していたんだが……」

私を見たシェイド様は、意外だという表情をした。その顔があまりにも気が抜けたものだったので、私は笑う。

「泣かない私を薄情だと思いますか？」

「そういうわけではないが……」

解せない、と続きそうな言いよどみ方だった。

「私の覚悟は甘かったんだって痛感したんです」

突拍子もない告白をした私に、シェイド様は驚きつつも耳を傾けてくれた。そんな彼に甘えて、私は思いの丈を打ち明ける。

「最初は私を必要としている人がいるのなら、この知識と技術を役立てて、できるだけ多くの人に手を差し伸べたいと思っていました」

でも、目の前で私を庇って亡くなったミトさんを見て改めて思い知った。この世界では簡単に人が消えていく、それは星の瞬きのように呆気なく。

「実際は多くの命になんて手が届かなくて、救えるのはごくわずかです。私はそれが悔しくてたまらなかった」

戦地という特殊な場所で十分な治療時間がないこと、物資や医療器具の不足、治療者の腕が育っていないこと。私のいた世界なら救える者ばかりだったのに、そういった要因で助けられなかった者たちがいる。

ならば、ない医療器具や薬は私の世界の知識を使って、完全とはいかなくても近いものを生み出せばいい。足りない知識や技術は学んで補えばいいし、治療が円滑にできるように戦場での医療体制を整えればいい。

「自分にできることとできないこと、それを知ったからこそ……」

シェイド様のほうへ身体の向きを変えると、私たちの間をひときわ大きな風が吹き抜ける。

「私は立ち止まってなんていられない。悲観してる暇があるなら前に進みたい、進まなくちゃいけない」

予想だにしていない返答だったのだろう。目を瞬かせた彼に向かって、私は気持ちに比例するように前進した。

「自分の中にある大事なもののために、戦い抜こうとするあなたたちを守りたい」

ミトさんが繋いでくれた私の命は、彼が守りたかったであろう仲間の平穏のために使いたい。それが自分を助けてくれたミトさんへの恩返しになると信じている。いつまでこの世界にいられるのかはわからないし、突然元いた世界に帰るのかもしれない。だからせめてこの世界にいられる間だけは、できる限り力を尽くそう。

言い終えると、お互いの間に流れる空気と時間が止まったような一瞬の静寂が訪れる。

少しして、シェイド様はぷっと吹き出した。すぐに咳払《せきばら》いをしてごまかしたが、きちんと私の耳には届いている。

「シェイド様……？　私は真面目な話をしているんですよ」

「すまない、あなたはもっと可憐《かれん》で繊細なのかと思っていたんだ」

口元を手で覆い、シェイド様は私から視線を逸らすと必死に笑いを堪えながら答える。

シェイド様は、私のことを図太い女だと思ってるのね。

「もう、失礼ですよ！」

軽く眉尻を吊り上げたのだが、目の前の彼がふいに真剣な表情をしたので呆気にとられる。

「女性というのは守らなければならない対象だと考えていたんだが、あなたはその枠に当てはまらないらしい。俺はそんなあなたの強さを好ましいと思う」

その眼差しの柔らかさに、心臓が早鐘を打つ。急に褒められてたじろいでいると、シェイド様は片側の口角を吊り上げた。

「ただ、勇ましすぎるのもこちらの気苦労が絶えなそうだ。心配になるから、ほどほどに暴れるように」

「………」

暴れる、はひどい物言いだ。やれやれ、というふうに苦笑するシェイド様の腹黒い説は本当ではないかと実感した瞬間だった。

「あの……？」

王宮看護師の受難

ミグナフタの国境を越えてから、三日目のこと。シェイド様は残してきた兵の帰還を信じており、一週間はここで待つと宣言したため、私たちは要塞に身を置いている。

「兵の傷の回復が早いな。若菜の笑顔がなによりの薬になっているのだろう」

「もう、シェイド様はお世辞がお上手ですね」

負傷兵を見舞っていた私は、同じく宿舎に顔を出しに来たシェイド様と談笑していた。そこへ、慌てた様子の月光十字軍のひとりが、部屋に飛び込んでくる。

「きっ、帰還しました！　アスナ騎士隊長率いる第二部隊、ローズ騎士隊長率いる第三部隊が玄関広間にて待機しています！」

その知らせに、宿舎内にどっと歓声がわく。待ち望んだ仲間の帰還に目に涙を浮かべている者までいた。

「……すぐに向かう」

シェイド様も喜びに胸が詰まっているのか、少しの間のあとに答えた。

私はシェイド様や動ける者と共に玄関広間に向かう。廊下を歩きながら、いまだに信じられない思いだった。期待と不安が胸の底で蠕動《ぜんどう》しているのを感じながら、広間に続く大階段を下りると……。

「やっほー王子、アスナさんと愉快な仲間たちが無事に帰還しましたよ」

鬱陶しそうにしているローズさんに肩を支えられながら、ひらひらと呑気《のんき》に手を振ってくるアスナさんの姿があった。

「この馬鹿、ボロ雑巾状態で合流してきたから使い物にならないし、捨て置こうかとも思ったんだけどね。慈悲深いローズ様が拾ってきてあげたわよ。でも今、拾ってきたことを心底後悔しているところ」

ペラペラと状況報告をするローズさんの隣で「人でなし！」とアスナさんが文句をたれている。そんなふたりの後ろには全身に傷を負いながらも、笑みを浮かべた兵たちの姿があった。

彼らの顔を見渡し、シェイド様は一歩前に出るとひと言。

「よく、無事に戻った」

それだけ告げて階段を降りていくと、アスナさんやローズさん、他の兵たちと抱擁を交わして労った。

その光景を眺めながら、改めて彼らが国を取り戻す日が早く来ることを願う。そのために私はこの世界にいられる限り、自分の戦場で医療の知識や技術を武器に仲間と戦おう。皆との穏やかな日常を守るために。


戦場から仲間たちが帰還したその日のうちに、先を急いでいた私たちは動ける月光十字軍の兵たちを連れて、ミグナフタ国の城郭都市へと向かった。傷が癒えていない者は要塞で治療を受けてから、合流することになっている。

私たちは二頭の馬が引く十名乗りの大型四輪の幌馬車《ほろばしゃ》に乗って、草原の中を進む。ターコイズ色の空と心地のいいそよ風に包まれていると、戦場を駆け抜けた数日前のことが夢のことのように思えた。

ミグナフタ国って、のどかね……。

久々にぼんやりと景色を眺めていた私だったが、「あーっ、もう！」というローズさんの苛立たしげな声に我に返る。何事かと目の前に座っているローズさんを見れば、真剣に手鏡を覗き込んでいた。

「あたしの美貌に傷がついた。最悪、白粉でも隠れないじゃないっ。日焼けでシミも気になるし、いっそ日傘でも差しながら戦おうかしら」

叫んでいるローズさんに、騎士や兵の視線が集まった。前の席にいたアスナさんは、両手を軽く上げてやれやれと首を振る。

「まーた始まったよ。男なんだから傷のひとつやふたつ、勲章くらいに思えって」

呆れるアスナさんをローズさんはギンッと睨む。

「美意識に性別は関係ないわよ。なにが勲章よ、弱いからそんなボロ雑巾になんのよ。ああ、決めたわ。これからあんたのことはボロ雑巾って呼ぶわね」

「ローズだってボロ雑巾だったじゃないか」

「あたしは三六五日、〝薔薇《ばら》〟よ！」

ガヤガヤと騒いでいるふたりを視界に入れないように、明後日《あさって》のほうを向いている騎士や兵たち。不毛な争いを続けているローズさんとアスナさんを止めるべく私が腰を上げると、隣に座っていたシェイド様に腕を掴まれる。

「放っておいていい、止める時間が無駄だからな」

眩しいくらいに爽やかな笑顔だった。私は好青年の口から出た容赦ない毒に、一瞬耳を疑う。

「……疲れてるんだろうな、私」

純真な王子像とかけ離れていく彼から現実逃避するため、馬車の外に広がる緑あふれる景色を堪能することに決めた。

やがて馬車は城門で検問を受けて、城郭都市の内部へ入る。石畳の道をまっすぐ進む馬車から、十字架を掲げる白亜の教会、レンガ造りのお店や住宅が見えた。

町の中央まで来ると広場があり、果物や装飾品が売られている屋台や大道芸で賑わっている。その入り口では客待ちをしている辻馬車《つじばしゃ》が停まっていて、まるでファンタジーの世界に迷い込んだようだ。

そして要塞を出発して十四時間後、ようやく城の外観が見えてくる。石造りの塔や居館がいくつかそびえ立ち、居住区を囲むものとは別の高い城壁に守られているそこは、童話から飛び出してきた城そのものだった。

中に通されて、私たちは執事が開けてくれた大扉の中へ足を踏み入れる。

案内されたのは、シャンデリアに照らされながらも、石造りの壁がどこか重厚感を生み出している謁見の間だった。

「ここにいるのは爵位を持つ騎士と、国政を執り行う政務官です」

右隣にいるオギが小声で耳打ちしてくる。

大理石の階段の上にある王座に向かって伸びた真紅のベルベッドの絨毯《じゅうたん》を中心に、オギの言葉通り両側の壁には大勢の騎士や政務官が鋭い視線をこちらに向けて控えている。

私たちはシェイド様を先頭に王座の前に出た。途方もなく長い城の廊下を歩いている途中に左側にいるマルクから簡単に教わった付け焼き刃の作法で、私は失礼のないようにシェイドの動きに合わせて謁見の間で片膝をつき、頭を低くする。

「よく参られた、シェイド王子と月光十字軍の者たちよ」

齢《よわい》五十である柔和な切れ長の目をした男性、ロイ・ミグナフタ国王陛下は王座からシェイド様の来訪を喜んでいた。その隣には王妃と二十四歳になるというアシュリー第一王女が座っている。

ミグナフタ国の王族の方々のことは馬車の中でシェイド様が話してくれたので、難なく目の前の人物と聞かされていた名前を一致させることができた。

「ロイ国王陛下、我らを迎え入れて手厚く歓迎してくださったこと、深く感謝いたします。それから厚かましい申し出とは重々承知しておりますが、王位奪還までご尽力いただけますでしょうか」

深く頭を下げるシェイド様にロイ国王陛下は「堅苦しい挨拶はよい」と言って、笑みを浮かべる。

「そなたのことは幼い頃から知っているのだぞ。私の旧友であるそなたの父君の遺言通り、私もシェイド王子がエヴィテオール国の王となるべきだと思っておる。そのための助力は惜しまないと約束しよう」

「重ねて感謝いたします」

顔を上げたシェイド様は幼い頃から交流があったらしいロイ国王陛下に、形式的なものではなく、親しみを込めた笑みを返した。

「シェイド様、ずっとここにいてくださってもいいのよ？」

高く可愛らしい声で、アシュリー姫がシェイド様に声をかける。姫は腰の辺りからふっくらと広がったプリンセスラインのピンク色のドレスを揺らして椅子を立つと、階段から降りてきた。

編み込まれたブロンドの髪にはドレスの柄と同じ赤色の薔薇と艶のあるリボンが飾られていて、そのアンティークドールのような愛くるしさに見る者が思わず息を呑む。アシュリー姫は片膝をついているシェイド様の前に立つと、腰を屈めてふわりと花が咲いたように笑った。

「だって、シェイド様は私の婚約者なんですもの」

……え？　今、なんて？

頭の中に浮かぶ、疑問と混乱。冷静に考えればシェイド様は王子なのだから、婚約者がいてもおかしくはないはずだ。なのに、こんなにも動揺しているのはなぜだろう。

私がひとりで首を傾げていると、シェイド様はまんざらでもない様子で微笑み返す。

「アシュリー姫、滞在を歓迎してくださりうれしく思います」

「シェイド様、あとで一緒に庭園をお散歩してくださる?」

「喜んで」

戦場では見せたことがない、王子という名にふさわしい気品ある優美な微笑み。私の前ではいつもからかうような笑みを浮かべているのに、この態度の違いはなんなのだろうか。

姫と比べること自体がおこがましいことだというのに、胸にモヤモヤとしたものが鬱積する。そして気分が晴れないまま謁見は終わり、私たちは廊下へ出た。

治療師の皆と用意された客室へ向かおうとしたとき、「若菜」と名前を呼ばれて振り返る。そこには凛然と立っているシェイド様の姿があった。

「え、どうなったんですか?」

てっきりアシュリー姫と庭園へ散歩に行くと思っていたので、私は目を瞬かせる。

すると、私が驚いていることに不思議そうな顔をしながら、シェイド様が歩いてきた。

「話があるんだが、時間をもらえないだろうか」

「話……ですか?」

アシュリー姫にではなく、私になんの話があるのだろう。

心の中で嫌味を言ってしまう狭量な自分にうんざりした私は、すぐに取り繕うように笑って「はい、行きます」と答えた。

数分前にアシュリー姫がシェイド様を誘ったはずの庭園に、なぜか私がいた。光沢のある厚い花弁の赤薔薇、アンクル・ウォルターが咲き乱れるそこは、伸びっぱなしの髪に化粧どころか長らく肌の手入れもしていない飾りっ気のない私には分不相応な場所だった。

アシェリー姫とシェイド様が歩いていたら、様になっていたんだろうな。

私はこんなに後ろ向きな人間だっただろうか。仕事で嫌なことがあってもすぐに切り替えられるし、同僚の愚痴に同意を求められても愛想笑いでかわせた。悩むくらいなら行動するがモットーの私はどこへ行ったのやら。

「若菜、王宮看護師にならないか」

ひとりであれやこれや考えていると、シェイド様の声で現実に引き戻される。あてもなく庭園を歩いていた私たちは、示し合わせたように足を止めた。

「シェイド様、今なんておっしゃったんですか？」

向かい合って彼の顔を見上げると、琥珀の瞳が細められる。そっと腕が伸びてきたと思ったときには、シェイド様に手を握られていた。

「あなたのこの手は誰かを救うためにある。救えなかった命もあるかもしれないが、それ以上にあなたに救われた者は大勢いるはずだ」

手の甲を親指の腹で撫でられ、戸惑いながら続きの言葉を待った。

「町の治療院で務める看護師とは違って王宮に所属し、王の指示のもと遠征に付き添ったり、必要に応じて疫病の発生現場に派遣されたりする。過酷だとは思うが、あなたの知識と技術を最大限に生かせる職だ。ここには優秀な医師もいるから、十分に経験を積めるだろう」

私も道具のない場所での原始的な処置技術を学びたいと思っていたので、それはありがたい申し出だ。特に薬草学は知識が圧倒的に不足しているのを此度《こたび》の戦で痛感したので、ぜひともご教授願いたい。

中堅の看護師になってからは毎年後輩の教育係として指導する側であることのほうが多かった。なので学ぶ機会をもらえるというのは、いくつになっても心が浮き立つものだとしみじみ感じる。

「まあ、若菜は今でも十分優秀な看護師だからな。逆にミグナフタの医師や看護師が若菜に教わることもあるだろう」

私を過大評価するシェイド様に、首を横に振る。そよそよと吹く風に攫われる髪を耳にかけて、改めて彼に向き直った。

「私は月光十字軍の皆さんと一緒に死線をくぐり抜けてきて、少しですが皆さんの目指すものや戦う理由に触れました。そして力になりたいと思った」

仲間とのなにげない日常を守ろうとしたミトさんのように、みんながそれぞれ胸に守りたいなにかを抱いている。私は許された時間の中で、守りたいもののために戦うみんなを生かすと決めた。

「この世界にいきなり飛ばされて居場所がなかった私に、新しい道を示してくださってありがとうございます。王宮看護師になって、あなたを支えられるように頑張りますね」

この世界にいられる限り、私を助けてくれた人たちのために頑張ろう。

自分の進むべき道が見えた私は、シェイド様に深々とお辞儀をする。顔を上げると、彼は動きを止めて、じっと私に見入っているようだった。

「あの、シェイド様？」

微動だにしない彼におずおずと声をかける。それにハッと我に返った様子で目を瞬かせた彼は、繋いでいた手にギュッと力を込めた。

「やはり、あなたは強いな」

「そ、そうでしょうか？」

手に感じる自分以外の体温にどぎまぎしていると、シェイド様は微かに口角を上げて少し強引に手首を引いてきた。

「あっ……」

引き締まった筋肉質の胸にぶつかるようにして収まる私の背と腰に、シェイド様の力強い腕が回る。

むせかえる薔薇の香りとは別に、彼から発せられる甘さが私から思考を奪い去っていく。彼の腕の中でじっとしていると、頭頂部に声が降ってくる。

「俺はあの場に放り置くわけにはいかないからと、あなたを月光十字軍に同行させたが、危険な目に遭わせてしまったことを申し訳なくも思っていたんだ」

胸を締めつける切ない響きをにじませた彼の告白に、私はそっと顔を上げる。真昼の月のように煌めく琥珀の瞳の中には、私が映っていた。

「怖い思いをしてきただろうから、いつか『もう俺たちには関わりたくない』と言われてしまうことも覚悟していたが、あなたは変わらず自分にできることを全うしようとしているんだな」

閉じ込めるような抱擁に、わずかな息苦しさを感じた。でも、それが心地いい。離さないでほしいと、素直に思った。

「俺のために、月光十字軍のためになにかしたい……か。俺はあなたのように慈悲深く、芯の強い女を知らない」

シェイド様は私のことをいつもかいかぶりすぎだ。何度も言うけれど、私は慈悲深いのではない。ただ、目の前で消えようとする命に気づいていながら、傍観していることができないだけ。助けられている自分に甘えてはいけないと思ったから行動している。

「そばにいるだけで、あなたの心の美しさに自分も清められていく気さえする。きっとあなたは、俺たちを救うためにこの世界に降臨した天使なのだろうな」

彼は軽く握った拳で、私の顎を持ち上げる。親指が顎先にかかり、さらに上向かせられると、シェイド様は飽きずに私の顔を眺めた。

どのくらい、そうしていただろう。永遠にも近い時間、見つめ合っていた気がする。

シェイド様は一度視線を地面に落とすと、意を決したように焦点を私に戻す。

「この国で王宮看護師として学び、ゆくゆくは俺が王となったエヴィテオールで力を貸してくれるとうれしいのだが、構わないだろうか」

「それは……」

王子の身で国を追われただけでなく、王位を奪還するために再び戦いの中に身を投じようとしている彼の苦労は計り知れない。一筋縄ではいかない過酷な道を彼が歩むというのなら、足手まといにならない限りついていきたいけれど……。

私は、いつまでこの世界にいられるのかわからない。こちらに来たときもそうだけど、突然元の世界に戻ってしまうかもしれないし、安易に約束することはできないわ。

言いよどんだっきり返事ができずにいると、シェイド様は眉尻を下げて切なげに笑う。

「いつもの俺なら、強引に丸め込んで監禁――そばに置くと断言しているところだが、あなた相手だとどうも調子が狂う」

「おかしいわね、今物騒な単語が聞こえたような……」

顔を引きつらせる私に、シェイド様は変わらず眩しい微笑を口元にたたえる。

「答えを急くつもりはない。いつか――」

シェイド様がなにか言いかけたとき、「ここにいらしたんですね！」と聞き覚えのある声が庭園に響いた。視線を向ければ、アシュリー姫がドレスの裾を摘まんでこちらに走ってくるのが見える。

その後ろを、無造作にセットされた白髪に銀の瞳をした三十代くらいの男性が、かったるそうに歩いてくる。

第三ボタンくらいまで開けられた黒いシャツからのぞく胸元には小さな小瓶のペンダントが揺れており、中には乾燥した白い小花がいくつも入っていた。

「あーあ、面倒くせぇ」

シャツと同色のズボンのポケットに片手を突っ込み、よれた白衣を羽織った彼はあくびを噛み殺しながら頭をかいている。その背には王冠を囲うように草花が描かれているミグナフタ国の紋章が刺繍されていた。

「頼まれていた件、お話は通しておきましたわ。それでこの方が我が国の王宮医師、シルヴィ・ネルラッシャーです」

アシュリー姫が白髪の男性を手で指す。男性――シルヴィ先生は姫から紹介されたというのに「どうも」と興味なさげに答えた。

「姫、我が軍の医師と看護師たちにミグナフタ国の医術を伝授願いますなどと無理を言ったにもかかわらず、さっそく手配くださり、感謝します」

シェイド様が頭を下げると、アシュリー姫はポッと頬を赤らめる。それに姫のシェイド様への想いが本物だと気づき、胸がチクリと痛んだ。

どうして、傷ついたりなんか……。

シェイド様とアシュリー姫が一緒にいるところを見るだけで、心がささくれる自分の感情に戸惑う。

「若菜、顔色が悪いな。大丈夫か？」

唐突にシェイド様に声をかけられて、私は「あ……」と頼りない声を出してしまう。いけないと思ったときには遅く、シェイド様は心配そうに私を見ていた。

「すみません、なんでもありません。それで、そちらが医師のシルヴィ先生ですね」

私は何事もなかったように矢継ぎ早に話すと、シルヴィ先生に向き直る。折り目正しくお辞儀をして、「若菜です」と自己紹介をした。

「これから王宮看護師の仕事について、いろいろ教えてください」

「顔合わせ、これから『治療館』でやるから。さっさと付いてこい」

横暴な口ぶりで踵を返すシルヴィ先生は、なかなか癖の強そうな方だった。先が思いやられながら、私はシェイド様と姫に一礼する。

「では、失礼します」

「ああ、頑張って」

シェイド様は私の頭に手を乗せる。

アシュリー姫が見ているので気まずくはあったが、彼に触れられて胸が温かくなる。満たされた気持ちで彼に笑みを返し、その場を離れようとしたとき。

「ちょっと待ってくださる？」

アシュリー姫に呼び止められた。一歩を踏み出した状態で振り返ると、アシュリー姫は私の頭のてっぺんから足先までを品定めするように見る。

「失礼ですが、あなたのご出身は？　地位は？　誰の後ろ盾を受けて王子の隣に立っているのかしら」

嘲るように鼻を鳴らし、棘《とげ》のある言い方でまくし立てられる。私は彼女の美貌からくる近寄りがたさに圧倒されて、言葉を失っていた。

困り果てていると、私の前にスッとシェイド様が立つ。

「若菜はなんの地位もない看護師かもしれないが、戦場で勇敢に我が軍の負傷兵の治療にあたってくれた恩人だ。そして、俺が信頼のおける数少ない存在。それだけで彼女がどれほど尊い人なのか、証明になるはずです」

シェイド様は私のために庇ってくれたのだろう。きっぱりと私への信頼を示してくれた彼に胸が熱くなって、お礼を伝えたかったのだが言葉が出ない。

私とシェイド様を見比べたアシュリー姫は余裕の笑みを浮かべていた顔を上気させ、下唇を突き出すと憤慨する。

「見たところ若くもなさそうですし、取るに足らない恋敵です。心はどうだか知りませんが、身体は手入れをしなければ衰えるものでしてよ」

吐き捨てるように私を卑下したアシュリー姫に、私は曖昧に笑う。

恋敵に思われているのなら邪険にされるのは仕方ない……とはいえ、接しにくいことには変わりない。ため息をつきたくなっていると、標準装備の笑みを浮かべていたシェイド様から表情が消える。

「アシュリー姫、言葉がすぎる」

シェイド様が咎めると、アシュリー姫は恋する人が他の女を庇ったという事実に顔面の筋肉を痙攣《けいれん》させていた。

「おーい、なにやってんだよ。置いてくぞ」

随分と遠くにある庭園の入り口から、シルヴィ先生が不機嫌そうに声をかけてきた。決して好意的ではないが、今は神の声にさえ思える。

張り詰めた空気を断ち切ってくれた先生に感謝しつつ、私はアシュリー姫とシェイド様に頭を下げて誤解を解くことにした。

「私はただの看護師ですから、アシュリー姫の考えているようなことはありません」

ふたりは年齢もそう変わらないし、身分も対等だ。私のように地位も後ろ盾もない人間といるより、気が合うだろう。私にできることといえば、看護師としてシェイド様と月光十字軍を支えることとくらいなのだ。

「本気でそう思ってるのか」

ゾワリと背筋が凍るような寒気に襲われて、弾かれるようにシェイド様を見る。そこにある笑顔はどこか乾いており、声も抑揚に乏しい。

怒りを隠すような愛想笑いに、いっそアシュリー姫を見習って眉を吊り上げるなり、唇を突き出すなりしてくれればいいのにと思う。表情と感情がちぐはぐな顔ほど、不気味なものはない。

シェイド様から放たれる圧力に、息巻いていたアシュリー姫も言葉を失っていた。いつも穏やかな彼からは想像できないほどの刺々しい空気に呼吸さえ忘れる。

「鈍いとは思っていたが、ここまでとは……。あなたはことごとく、俺の予想の範《はん》疇《ちゅう》を大きく逸脱してくる」

額に手を当てて頭を振るシェイド様は、嘆かわしげに重い息をついた。そこへまた、空気の読めないシルヴィ先生の「さっさとしやがれ」と言う声が飛んできて、頭を抱えたくなった。上司に対して失礼だとは重々承知の上だが、シルヴィ先生はデリカシーがない上にせっかちだ。

「申し訳ありませんが、呼ばれておりますので失礼します」

ここで退場するのはかなり無礼だろうが、これ以上上司を待たせるわけにもいかないし、なによりこの場に留まることに耐えられなかった。

私は踵を返して、シェイド様に背を向ける。後ろ髪を引かれる思いだったが、振り返ったところで険悪な時間が延長されるだけなので、私は一度も足を止めることなく、苛立ちを募らせているシルヴィ先生の元へ歩いていった。

【治療館】と書かれた看板を掲げるそこは、城の敷地内にある本館とは別の建物だった。

二階には医師と看護師の寮があり、一階に講義ホールと治療室がある。それを淡々とシルヴィ先生から説明されて、私は看護師の制服に着替えさせられた。

マルクが着ていたものの女性版で、白いスモックワンピースに月光十字軍の刺繍が施された濃紺のローブのセットだ。髪は前にシェイド様からもらった琥珀のついた赤い打ち紐でハーフアップに結んでいる。

「俺は座学はすかん、経験あるのみだ」

シルヴィ先生はぶっきらぼうに告げると、私を治療室に案内する。部屋に足を踏み入れた途端、私は目を回しそうになった。

「これは、何事でしょうか」

眼前に広がっているのは、月光十字軍のローブを羽織った看護師と、ミグナフタ国の紋章が刺繍された緑のローブを身に着けている看護師たちが、バタバタと負傷兵の手当てに駆け回っている姿だ。

「マルク先生、この患者の炎症止めの薬の分量はどうしますか？」

「マルク先生！　この患者の熱がさっきよりも上がってます！」

そして、医師であるマルクは多くの看護師から声をかけられて、「はい、今行きます～っ」と叫びながら泣きそうになっている。

「新米とは聞いてたが、なんだあの医師は。落ち着きないわ、情けないわ……よく、あれで医師になれたな」

シルヴィ先生は、マルクをゴミを見るような目で見る。

「マルクは確に新米医師ですが、知識と技術の吸収速度が早いんです。育てがいがあると思いますよ」

フォローをしたわけではなく、ミグナフタに到着するまでの治療現場で見てきたマルクへの印象をそのまま伝えたのだが、シルヴィ先生は鼻で笑う。

「城に常駐する王宮医師になれるのは、ひとりだけだ。基本的には代々王宮医師を務めてきた一族の中から後継者を選ぶ。あのマルクとかいうガキもそうなんだろう」

「では、シルヴィ先生も？」

「一緒にするな、俺は違う。俺はもともと町の治療院で働いてた。そこで腕がいいって有名だったからな。国王直々に声がかかったんだよ。それで、代々王宮医師の役目を担ってきた一族を差し置いて、異例の王宮医師になった」

自慢げに話す彼に、私はなるほどと納得する。

最初から確約された地位にいる人間が気に食わないから、マルクを目の敵にしているわけね。自分には実力があるって、プライドを持ってるんだわ。

「いいか？　ここでは無償で、貧民の治療をする町の施療院で見きれない患者を引き受けてる。だから、わからない、できないじゃ話にならねぇぞ」

それだけ言って、患者の手当てを始めてしまうシルヴィ先生を呆然と見送る。

あれ、私……ここで王宮看護師として学ばせてもらうんじゃなかったっけ？

考える気なんてさらさらない先生に王宮看護師初日から、この場を逃げ出したくなる。とはいえ、患者に罪はないので私も手当てに取りかからなくては。

しっかりしろ、と自分の頬を叩いて患者の元へ向かうと、すでにミグナフタ国の看護師が手当てをしていたのだが、その手技を見て驚愕《きょうがく》する。

傷口をアルコールの香りがする透明な液体で直接洗っており、なにも被せることなく乾燥させて放置。他にも真っ赤な顔で咳をしている、あきらかになにかに感染しているだろう患者を別室に移動させていないのだ。これではこの部屋にいる患者に蔓延《まんえん》してしまう。

まともな感染対策もされていない、処置の仕方さえ間違っているこの状況に唇がプルプルと震えて発狂しそうになる。

……もう、私がやるしかない。

凄まじい眼力で周囲を見据えた私は、大きく息を吸って叫ぶ。

「感染の疑いがある方は、隣の治療室へ移動させてください。その際、鼻と口を患者も先生も看護師も布で覆うこと。それから、感染の処置にあたる場合、同じ看護師が見ること。この部屋と隣の部屋を行き来することは禁じます」

事務的に指示を出して、私は皆を見渡す。月光十字軍の治療師たちは「はい！」と返事をして動いてくれたのだが、ミグナフタ国の看護師はシルヴィ先生の顔色を窺っていた。

「おいおい、なに勝手に仕切ってやがる」

シルヴィ先生は頭をかきながら私の前にやってくると、威圧的な目で見下ろしてくる。けど、このような惨状を見せられて黙っているわけにはいかない。

「シルヴィ先生、治療は皆が一丸となって行うものです。このように技術の程度も治療の方向性もバラバラに動いていては事故が起きます」

ひとりだけが優秀なのでは意味がない。皆が優秀な治療者となれるように育てるのが、シルヴィ先生の役目だ。ろくな指導もしないで、基本が理解できていない人間に実践を積ませるのは危険すぎる。

「俺のやり方に文句があるのか」

「文句ではなく意見です。シルヴィ先生」

強気に見返せば、フンッと馬鹿にしたように鼻で笑われる。

「嫁ぎ先がない残り物が行き着く先ってのは不憫なことだな。女の身で看護師になるなんて、そういうことだろ」

「つまり、女が看護師になることをシルヴィ先生は馬鹿にしてらっしゃるんですね」

私の質問には答えなかったが、彼の人を食ったような態度が肯定を意味していた。

私は怒りを沈めて冷静になるため、大きく深呼吸をする。水を打ったように静まり返る治療室で、私は負けるものかとシルヴィ先生を睨みつけた。

「誰かを助けたい、力になりたい、救いたいと思う心は男女関係なく抱くものです。そのように狭い視野でしか世界を見られないあなたを不憫に思います」

私を不憫だと言った彼に、同じ言葉を返してやった。

シルヴィ先生は私がメソメソと泣き出すと思っていたのだろう。口を半開きにして、目を丸くしている。その呆気にとられた顔を見たら胸の内がすっきりして、私はマルクと看護師たちに笑みを向けた。

「私は若菜といいます」

まずは自己紹介をして、これから共に患者や負傷兵と向き合っていく仲間に挨拶をする。こういう基本的なことから直していく必要があると考えたからだ。

「国も性別も関係なしに、皆さんひとりひとりの力を患者さんは必要としています。だから、専門職として責任を持ってください。わからないことは教えます。逆に、私の知らないことは教えてください」

皆に向かって頭を下げると、空気が少しだけ和らぐのを肌で感じた。私は顔をあげて、パンッと両手を叩く。

「それでは始めましょうか。感染症患者の対応に自信のある方はいる？」

立ち尽くしているシルヴィ先生を無視して、私は皆と連携を取りながら処置にあたる。かわいそうではあるが、彼のように女性だからと見下すタイプの男性には、結果を見せることでしか納得してもらえないと思ったのだ。

「この創傷の処置なんだけど、傷口を消毒してはだめよ。傷を治そうとする細胞に害があるから、治りが遅くなってしまうの」

「そうなんですか！」

声をかけたミグナフタの看護師は驚きながらも、懸命に私の手元を見て話に耳を傾けている。患者の傷は緊急度が低かったので、私はできるだけ丁寧に手当ての仕方を教える。

「あの、石鹸《せっけん》とラップ……はこの世界にないわよね。オリーブオイルってある？」

「ええ、今用意させます！」

そう言って物を取りに行く看護師の背を見送り、私は病院ではなく在宅でやっている創傷の処置の方法を思い出す。ガーゼではなくラップで傷口を塞ぐと傷の直りが早いのだが、この世界にはない。なので、あるもので手当てしなければならないのが難しいところだ。

「若菜さん、石鹸とオリーブオイルを持ってきました！」

「その石鹸って、なにでできているの？　刺激が強いと、消毒と同じで傷にはよくないから、低刺激なものがいいわ」

現代であれば弱酸性の泡石鹸を使うのだが、これもこの世界にはないので仕方ない。ただ、目の前に差し出された石鹸が茶色かったので成分が気になった。

「これはオリーブオイルと海藻灰《かいそうばい》でできた石鹸です」

看護師の言葉に私はホッとする。

植物油のオリーブオイルは低刺激性で肌にも優しい。どうやら、石鹸は使えそうだ。

「それなら大丈夫ね。信じられないと思うけど、傷にいる細菌や汚れを石鹸で洗って水で洗い流すことが大事なの。あ、お水の温度も冷たいと痛みを誘発するから人肌程度に温めといてあげるのも大事よ」

私は患者の右下肢の傷口を石鹸で洗い、新しい肉が盛り上がってきているのを確認する。中から傷口が化膿《かのう》しないように湿らせる滲出液《しんしゅつえき》が出ているのを見て、私は皮膚に触れる面の布にオリーブオイルを塗って塞いだ。

「傷口は細胞が増えやすくするように、湿潤環境をつくることが大事なの。花に水をやるのと同じ感覚ね。でも、ガーゼや布で塞ぐと皮膚と傷口がくっついてしまうでしょう？　だから、油を塗って外しやすくしておくのよ」

講義を挟みつつ、私は次々と患者の治療にあたった。


半日を過ぎるころには、同じ症例にあたった看護師が教えた通り正しい処置をすることができていて、私ひとりの負担も少なくなっていった。

「この患者が最後です、お疲れ様でした」

皆にそう声をかけると、安堵した様子で看護師たちがその場に座り込む。全員の治療を終わらせる頃には、外が茜色《あかねいろ》に変わっていた。

でも、皆が熱心に知識や技術を吸収していってくれたので、きちんとひとりひとり休憩もとれている。その顔に疲弊はあるものの、全員笑顔だった。

「若菜さん、今日はありがとうございました」

「どこで医術を学ばれたんですか？」

「今度、講義を開いてくださいよ」

一斉に看護師たちに話しかけられて私が苦笑いしていると、静かに治療室を出ていくシルヴィ先生の姿が見えた。

「シルヴィ先生、若菜さんの指揮に圧倒されてましたからね。さすがに落ち込んでるんじゃないですか？」

オギがこっそり声をかけてきて、私は肩をすくめる。

結果的に無視をするような形になってしまったので、傷つけてしまったのかもしれない。

「皆、ごめんなさい。あとは休んで大丈夫だから、私は用事があるので先に行くわね」

患者は全員帰ってしまったので、私がここにいなくても大丈夫だろう。皆ともう少しいたかったが、私には先に話さなければならない人がいる。

がっかりした様子の皆を置いて治療室を出た私は、シルヴィ先生を追って治療館の中を探したが見つけられなかった。

今度は治療館の外に出て先ほどの庭園を進んでいくと、芝生の上にあるベンチで横になっているシルヴィ先生を発見する。腕で目元を隠していて表情はわからないけど、疲労感がにじみ出ているように感じた。

私はそっと彼に近づいて、ベンチの手すりから顔をのぞき込む。

「こんなところで寝ていたら、風邪を引きますよ」

「……なんだよ、笑いに来たのか」

シルヴィ先生はさほど驚いた様子もなく、完全に意気消沈した様子でそう言った。私はどうしたものかと思考を巡らせ、ベンチに寄りかかるようにして芝生の上に座る。

「そんなわけないじゃないですか。シルヴィ先生に認めてほしかったんです。女でも役に立てるんだってこと」

空を見上げると、燃えるような夕日が空を戦火の色に染めている。

生まれて一度も経験したことのなかった戦場ではあるけれど、守られるばかりではなく、私も王宮看護として皆を守りたい。この気持ちが決して軽いものではないことを、シルヴィ先生にも知ってほしい。

「私は、私を生かそうと命を賭けてくれた人たちのためにも、立ち止まるわけにはいかないんです」

「命を賭けてって……そうか、お前は戦場を経験したんだったな。女を戦場に駆り出すなんて、お前の国はどうかしてる」

無視されると思っていたので、返事があったことに口元がほころぶ。決して和やかとまではいかないけれど、初対面のときよりは空気が穏やかだった。

「いえ、私はエヴィテオール国の人間じゃないんです。戦場にいたところをシェイド様に拾われて、月光十字軍と行動を共にしていました」

「なら、立場の危ういエヴィテオールの王子と行動を共にしたお前の神経を疑うな。そのときは一緒にいたほうが安全だったんだろうが、途中から別行動をとろうとは思わなかったのか？」

初めて質問されて、少し距離が近づいたかもしれないと思った私はシルヴィ先生を振り返る。すると彼はうつ伏せになって手すりに肘をつき、こちらを見ていた。

「思いませんよ、今の私の居場所はシェイド様と月光十字軍のみんなですから。あの人たちを守るために、私は戦ってるんです」

帰らなければならないときが来るまで、自分にできることをすると決めたから。

きっぱり言い切れば、シルヴィ先生は呆れと驚きが混じったような顔をする。

「お前、心臓に毛が生えたみたいな女だな」

「シルヴィ先生、それは女性に対して失礼ですよ」

「俺はお前を女として見ない。そんで明日から、俺と対等の医師として働け。お前にはその知識と技術がある」

頭に乱暴に手が乗せられ、私は慌てて首を横に振る。

「私は医師ではありませんから、あくまで看護師として働きたいです」

「なんで看護師にこだわるんだよ」

「それは……一歩引いて皆さんを支えるほうが、本来の私の性に合ってるんです」

「嘘つけ、バリバリ医師向きだろ」

呆れ交じりのため息をついたシルヴィ先生は眉間を揉みながら、突然閃いたように指を鳴らす。

「決めたぞ、看護師をまとめる看護師長を作ることにする。それなら文句ねぇだろ」

「私を看護師長にって、いいんですか？」

「お前の力量も指導力も、悔しいが俺では敵わないからな」

もっと不満そうに言うかと思いきや、シルヴィ先生はやけに清々しい表情をしている。彼が認めてくれたのだとわかり、私はその場で深く頭を下げた。

「これから、よろしくお願いします。それで、お願いがあるんですけど」

「面倒そうだから、断る」

シルヴィ先生は両耳に人差し指を突っ込んで、私の声を遮断しようとする。私はその両手を掴んで外させると、問答無用で要望を口にする。

「私に薬草学の講義をしてくれませんか？」

「やっぱ面倒事じゃねぇか、断る」

「看護師を育てるのもシルヴィ先生の仕事なんですから、お願いしますね？」

私たちは対等なので遠慮なく凄むと、シルヴィ先生はげんなりした顔で天を仰いだ。

「果てしなく面倒くせぇ」

「ふふっ、長い付き合いになるんですから頑張ってくださいね」

今日一日でシルヴィ先生は、毒舌で極度の面倒くさがりであることが判明した。意地悪いことばかり口走る彼だが、邪険にはされていないようなのでうまく付き合っていけるだろう。

こうして王宮看護師になった初日のうちに、私は看護師長に就任することとなった。

隻眼の騎士、忠誠を誓う

「シルヴィ先生、夜遅くまでありがとうございました」

「まったくだ……おかげさまで寝不足だぞ」

王宮看護師長になってから一週間。日中に看護師の仕事をしたあと、私はシルヴィ先生に夜遅くまで薬草学の講義を受ける日々を送っていた。口では面倒だと言いながら、シルヴィ先生はなんだかんだ付き合ってくれている。

講義のあとは軽くお茶をして別れるのが日課になっているのだが、話題は治療や薬草学についてだ。結局、講義の延長のようになってしまい、そこから小一時間話し込んでしまう。

「そろそろ寝る、もう限界だ」

時計を確認してげっそりしたシルヴィ先生を見て、講義も休日を設けないと体力がもたなくなるなと反省する。

「長い時間、付き合わせてしまってすみません。では、また明日」

私はシルヴィ先生と別れて二階にある寮へ戻ろうとしたが、勉強のあとは頭が冴え渡ってすぐには寝つけない。

「夜風にでも、あたろう」

行き先を治療館の外に変えて、私は銀の星が煌めく濃紺の空の下へ出る。あてもなく歩いていると、いつの間にか薔薇園に来ていた。昼間だと生き生きとして見えるアンクル・ウォルターが、今は月光の雨を浴びて幻想的に映る。

私はひんやりとした風に心地よさを感じて瞼を閉じた。サワサワと揺れる薔薇と木々の音に、ここ数日で蓄積された疲れが癒されていくようだった。

「……素敵なお嬢さんに出会えるのなら、夜に散歩に出てみるのもいいものだな」

久しぶりに彼の声を聞いた気がする。

私は王宮看護師としての仕事が忙しく、彼は王位奪還に向けて毎日軍議に参加していて、ここ数日は滅多に顔を合わせることはなかった。

「私も散歩に出てきてよかったと、そう思っていたところです」

振り返って微笑めば、シェイド様が私の前まで歩いてきた。薔薇の甘い香りと柔らかな月の光に照らされた私たちは向かい合うように立つ。

「聞いたぞ、飛び級で王宮看護師長になったらしいな」

おかしそうに言うシェイド様は、私とシルヴィ先生のひと悶着の詳細を知っているようだ。どう伝わっているのかは気になるが、彼が笑っているところを見ると、噂《うわさ》の中の私はさぞかし勇ましく振る舞ったのだろう。聞くのが恐ろしい。

「シェイド様、それはシルヴィ先生から誘ってくださったんです。間違っても、私がもぎ取った地位ではありませんからね？」

「わかっている」

そうは言いながら、口元を手で覆っている彼はあきらかに笑いを堪えている。女性としては不本意だけれど、シェイド様が楽しそうなのでまぁいいかと思ってしまった。

「若菜はこの国に来てから、いろんな顔をするようになったな」

「そう、でしょうか？」

自分ではわからないけれど、彼の目にそう映るのなら真実なんだろう。戦場では生きることに必死で、笑ったり怒ったりする余裕はなかった。それはミグナフタ国の要塞に着いてからも同じで、最近になってようやく自分らしさというものを思い出せた気がする。

「俺の知らないあなたが増えた。俺にとって愉快なものでなくてもいい、もっといろんな表情を見せてくれたらいいのにと思うよ」

シェイド様は私に手を伸ばす。抵抗する理由など私にはなくて、されるがままに髪をひと房すくわれた。

たったそれだけのことなのに、落ち着かないような安心するような、様々な感情が胸にわき上がる。そわそわしながら髪に触れる骨ばった大きな手を見つめていると、シェイド様の憂いを帯びたため息が降ってくる。

「近々、また戦争が起こる。ニドルフ率いる王宮騎士団がこの国に攻めてきているという知らせを受けた」

静かに告げられたのは、できれば二度と聞きたくなかった話題だ。私は彼の手から視線を離すと、琥珀の瞳を見上げて「え?」と動揺を隠しもせずに聞き返す。

シェイド様は表情を陰らせて、苦しげに口を開いた。

「俺が軍を立て直してエヴィテオール国に攻め入る前に、協力しているミグナフタ国ごと潰そうとしているんだ。目的のためなら、どこまでも残虐になれる兄上らしい」

忌々しそうに冷たく言い放つシェイド様の手を私は握る。なぜか、彼がどこか遠くへ行ってしまうような不安を感じてしまったからだ。

私の唐突な行動に「若菜?」と、シェイド様が戸惑いの声をあげる。私は揺れる彼の瞳をまっすぐに見つめ返した。

「私も、もっといろんな表情を見せてくれたらいいのにと思います。あなたは上に立

つ人だから簡単に弱音を吐くことができないんでしょうけれど、私には話してくださ
い。剣は握れませんが、せめてあなたの心を包む真綿くらいにはなれるかと」
肩をすくめてみせると、シェイド様はぎこちなく唇に弧を描く。無理に笑おうとす
る彼の頬に手を伸ばして、親指と人差し指でむんずと摘まんでやった。
「い、いひゃいんだが……」
眉をハの字にして、されるがままになっているシェイド様を軽く睨む。いろんな表
情を見せてほしいと言ったのに、彼はさっそく作り笑いだ。
「痛くしているんですから、当然です。あなたは王子である前に人なんですから、ど
こかで弱音を吐いたり、気を抜く瞬間があっていい。でないと身体を壊しますよ？」
説教じみた言い方になってしまったが、自分が二十代半ばの頃は自分のことで精一
杯で誰かのためになんて考える余裕などなかった。
自分が先輩になり後輩ができてから初めて、誰かの手本でいなければならない緊張
感や教える立場にいる責任感を自覚したものだが、シェイド様は私が抱えてきたもの
より遥《はる》かに大きなプレッシャーと常に闘っているのだろう。だって、彼の手には国民
の未来が委ねられているのだ。
「王子として、月光十字軍の皆を導いてきたあなたを尊敬しています。でも、完璧で

ないあなたを見たからといって幻滅したりなどしません」

後ろ向きだろうが、腹黒かろうが、どんなシェイド様でも受け止める。そんな気持ちで言ったのだが、シェイド様は目を丸くして微動だにしない。目の前で手を振ってみると、彼は頬を摘まんでいた私の手首を掴んで外させ、喉の奥でクッと笑った。

「くっ、くく……。あなたはどうしてこうもすんなりと、俺の心の中に入ってこられるのだろうか。繕った仮面も叩き割ってくる勢いだしな」

目を糸のように細めて破顔する彼に、私は目を見張る。おそらく、私が初めて見たシェイド様の素の表情だったからだ。こんなにも無邪気な表情ができる人だったのかと、驚く。

年齢よりも大人びて見えるのは王子として振る舞わなければならないからであって、目の前の彼が本当の姿なのかもしれない。

ひとしきり笑ったあと、シェイド様は目尻の涙をぬぐって私に視線を寄越す。

「わかった、あなたの前では自分を繕わないと誓おう。だから若菜も、俺の前ではありのままでいてくれ」

「約束します」

「ではさっそく、俺のことはシェイドと呼び捨てにしてくれ。それから、敬語も必要ない」

ありのままを見せてとは言ったが、彼はとんでもない要求をしてきた。できることなら叶えてあげたいけれど、彼の立場を悪くするようなことがあっては本末転倒だ。

シェイド様が息抜きできる時間が必要だと思っての提案だったのだが、積み上げてきたものを崩すような危険は冒せないと首を横に振る。

「それは、まずいんじゃないかしら。他の者に示しがつかないでしょう」

「ふたりきりのときだけでも構わないから、俺が王子ではなくひとりのシェイドという男に戻るきっかけをくれ。あなたが俺を呼び捨てにしたときは、王子の鎧を脱ぐことにする」

しかし、シェイド様は頑なに呼び方にこだわった。そこまで乞われたら折れるしかなく、私はふたりきりのとき限定ということで手を打つ。

「なら、シェイドと呼ぶわね。あと、敬語もやめる」

「ああ、あなたにそう呼ばれると肩の荷が軽くなる気がする。身軽になったついでに、もうひとついいだろうか」

今度はなんだろうと身構えながら、彼になんでも隠さずに言ってほしいと願ったのは私なので責任をとってとことん聞こうと心を決める。

「ええ、どうぞ」

そう答えるとシェイドの瞳が看守のごとく鋭くなり、詰め寄られた。心当たりはないが、自分が大罪人になったような心持ちでゴクリと喉を鳴らす。

「若菜とシルヴィは、夜な夜な密会をしているというのは本当か？　そのような噂を耳にして、俺としては気が気じゃないんだが」

「……密会？」

聞き捨てならない単語が聞こえてきて、ぎょっとする。誰だ、そんな嘘っぱちを吹聴した不届き者は。夜な夜なとは、私が無理やり頼み込んで引き受けてもらった薬草学の講義のことだろう。

残念ながら、噂を流した人間と目の前のシェイドが考えているような甘い空気は私たちの間にはいっさいない。むしろ講義の最中に、お互いの治療観が食い違って険悪になることがほとんどだ。

シェイドは逢引《あいびき》に近い意味で言っているのだろうけれど、私とシルヴィ先生の誹謗《ひぼう》、中傷、罵倒、なんでもありな討論を聞いていて、ただならぬ関係だと思えることが素晴らしい。もちろん褒めてはいない、嫌みである。

「本当だけれど、どちらかというと密会じゃなくて戦闘に近いわね」

遠い目でそう答えれば、シェイドは案の定「は？」と気の抜けた声で首を傾げた。

その反応は予想していたので、今度はきちんと説明する。

「私の生まれ育った国では薬草とあまり縁がなくて、この世界に来て治療に使うことも多かったから知識不足を感じていたの。それで無理言って、薬草学の講義を頼んだのよ」

「なるほど、よく面倒くさがりのシルヴィが引き受けたな」

「私のお願いを断ることのほうが、労力を使うと思ったんじゃないかしら」

半ば押しかけるような形でシルヴィ先生を仕事のあとも治療室に監禁したのだから、お願いなどという生ぬるいものではないかもしれない。

振り返ってみると、やりすぎだったかもしれないと反省していた私の頬に手が添えられる。

顔を上げれば、シェイドの琥珀の瞳の奥底に燃えるような熱が見えた気がして息を詰まらせた。そんな私に気づいているのか、いないのか、シェイドはそっと顎を摘んで持ち上げてくる。

「シルヴィとは王位争いが起こる前にも何度か顔を合わせているが、本当に嫌なことは梃子《てこ》でも動かない男だ。だから、あの男も若菜が気に入ったに違いない」

「シェイドまでそんなことを言って。絶対にありえないわ」

断言してもいい。私とシルヴィ先生が恋仲にでもなったら、彼が私の飲み物に毒を盛るか、私が包丁を飛ばすかのどちらかだ。そんな血みどろカップルなんて、御免こうむる。

きっぱり否定したというのにシェイドは納得していないのか、顔を顰《しか》めて不服そうだ。

「その生き生きとした顔は、シルヴィがさせているのだろう？　ならば、結果的に俺は負けたことになる」

「シェイド、これは生き生きではなくて苛立ちって言うのよ。それから、あなたはなにと戦っていたの？」

仮に私とシルヴィ先生が仲よくしていると、問題でもあるのだろうか。私と彼は別段仲が悪いわけではないけど、お互いに仕事人間なところが似ていて衝突ばかりしてしまう。でも、次の日にそれは持ち込まないし、いつでも対等に言いたいことを言い合えるよき仲間だ。それ以上でも以下でもない。

「前に、若菜は俺と恋仲になるようなことはないと言っただろう？」

「……え？」

それはいつの話だと考えて、すぐにアシュリー姫とこの庭園で険悪な雰囲気になってしまったときのことだと思い出す。あのときは確か、アシュリー姫が私を恋敵だと言って……。咄嗟《とっさ》に『アシュリー姫の考えているようなことはありません』って、遠回しにシェイドと自分は釣り合わない、そう口走った気がする。

あれからアシュリー姫には廊下ですれ違うたびに、嫌味を浴びせられるようになってしまったのだ。もっと、いいあしらい方があったのではないか。絶賛反省中である私は、ため息交じりに答える。

「そんなことも、あったわね」

「あのときは俺も頭に血が上って、あなたに俺を意識させるには既成事実を作ったほうが手っ取り早い、とも思ったんだが……」

「その既成事実の詳細は聞かないことにするわね」

知ったら最後、私も武器を装備する羽目になりそうだから。

じりじりと後退する私に、シェイドは本気とも冗談ともつかない笑みを潜めた。

「俺は世界中どこを探しても、若菜より美しい女性はいないと思っている」

「……お世辞は間に合ってるわ」

「俺は、あなたの前では本心しか語らないと言っただろう」

冗談にさせはしないとばかりに、シェイドの声は真剣だった。向けられる視線は私を縫いつけるように捉えて逃がさない。

鼓動が静寂の庭園に響いてしまいそうで、今ほど強く風が吹き荒れてほしいと思ったことはない。

やがてシェイドは懇願するような眼差しで、その薄く形のいい唇を開く。

「あなたは鈍いから、はっきりと言っておく。俺は身分など関係なく、傷つきながらも誰かを救わずにはいられない博愛の心を持った若菜を好ましいと思っている。どんなものからも守り、慈しみ、甘やかしたい」

熱っぽく告げられ、私は自分がなにを言われたのかを一瞬理解できなかった。状況を把握するまでに時間を要したが、重ねられた言葉がすべて告白ともとれることを理解すると一気に顔に熱が集まる。

「シェイド、あなた疲れているんじゃない？」

平然と告白じみたことを口にする彼に内心焦っているのを悟られたくなくて、私は気づかないふりをするが、シェイドはそれを許してはくれなかった。

「若菜は疲れているせいにしたいのか」

そういうことではなくて、私にはもったいない。

シェイドは近い未来、国王になる。そのときに彼に必要なのは、アシュリー姫の言う身分や後ろ盾になれる伴侶なのだ。

私を大事にしてくれるのは、きっと私がシェイドの命の恩人だから。そして、私が彼を特別な存在に思ってしまうのは、彼がこの世界に来たばかりの私に居場所をくれた人だからだ。

お互いに一番つらいときにそばにいた相手だったから、錯覚しているだけ。それに、私はいつまでこの世界にいられるのかわからない。いつか離れ離れになる日が来るかもしれないのに彼を好きになるなんて無責任だ。

「王位を奪還して国に帰れたら、あなたはアシュリー姫と結ばれるべきよ」

「若菜。勘違いしているようだが、アシュリー姫はあくまで婚約者の候補だ」

新たな事実を知り、私は「え」っと驚愕する。

「でも、アシュリー姫はあなたを婚約者って言ったわ」

「ああやって俺の意思も関係なしに自分が婚約者だと公言する者は多いんだ。今は滞在させてもらっている手前、公に否定できないが、俺は自分の伴侶は自分で決める」

彼の口からアシュリー姫が正式な婚約者でないと聞かされてホッとした。でもすぐに、だからなんだというんだと、自分の考えに呆れる。

私がこの世界にずっといられる保証や権力がない限り、シェイドの気持ちには応えられやしないんだから。

「だとしても、私ではあなたに釣り合わない」

胸に居座る切なさに気づきながらも、私はシェイドから後ずさった。私からありのままでいてほしい、などと言ったのに愛想笑いを浮かべてしまう。

見つめた彼の瞳には悲しみがにじんでおり、傷つけてしまったことに胸が締めつけられる。

でも、傷が浅いうちに離れたほうがいい。私は彼を仲間として、他の月光十字軍の皆と同じように支えていく。そのことに変わりはない。

痛いのは今だけで、すぐにその心を満たしてくれる女性が見つかる。王である彼と歩いてゆくのにふさわしい、アシュリー姫のような存在が現れるはずだ。

自分に言い聞かせて、バカな夢を抱いてしまう前にと離れていく私を追うように、彼は近づいてくる。

「それはありえない、この心はすでに若菜に囚われている」

「っ……長話しすぎたわ。そろそろ寮に戻らないと」

これ以上は一緒にいられない。目に涙が浮かぶ理由に、私は気づいてしまいたくないのだ。熱く胸を焦がす想いに、名前をつけてしまいたくない。

……知ったら、引き返せなくなる。

そう思った私は、彼に背を向けて治療館へと戻ろうとした。だが、踏み出せたのはたったの一歩。私は後ろから伸びてきた腕に閉じ込められ、身体の動きを封じられる。

「逃げるな」

命令口調なのに、どこか乞うように耳元で囁《ささや》かれた。掠《かす》れているのに、その低くも艶のあるシェイドの声に息を呑む。

「永久にあなたを守らせてほしい。その役目をこの俺に授けてくれないだろうか」

私を包む甘い香りに思考が鈍る。この腕の中で後先考えずに身を委ねることができたら、どんなによかったか。

じわりと瞳が潤んで、視界がぼやける。私は胸に回る彼の腕にそっと触れて、抗いがたい衝動に苦しんだ。でも、この世界の人間ではない私は、やはり彼を受け入れてはいけない。いつか唐突に、元いた世界に帰るかもしれないのだから。

私は迷いを振り切るように背筋を伸ばし、前だけを見据える。

「おやすみなさい、シェイド」

短く早口で告げると、彼の腕の中から逃げ出した。

私が全力で走っても、戦場で鍛え抜かれた脚力を持つ彼には簡単に追いつかれてしまうだろう。でも、一向に追いかけてくる気配はない。その事実に安堵したのか、傲慢にも寂しさを覚えたのか、私はあふれる涙を止めることができずに足だけを動かした。

シェイドに想いを告げられてから、数日。私は廊下の先に彼の姿を見つけると踵を返して一目散に逃げるか、避けようのない看護師も交えた軍議では極力顔を合わせないようにして俯いていた。完全に子供のする所業だ。

そうやって彼との対面を全力回避する日々を送るうちに、いよいよ近々起こると聞かされていたニドルフ王子率いる王宮騎士団との戦がミグナフタの国境線で行われることとなった。

作戦としては、攻め入ってくるニドルフ王子の軍を要塞で待ち受けるというもの。王宮医師であるマルクやシルヴィ先生も、王宮看護師である私やオギたちも遠征に向かうこととなり、半日かけて要塞に到着すると戦の準備に追われた。

要塞で待ち構えること二日、ついに散々私たちを追いつめてきた黒い軍服の集団が現れる。太陽と剣の刺繍が施されている赤の旗を掲げて、騎兵が高らかに全面降伏を要求してきたが、当然シェイドもミグナフタの軍事司令官も首を縦には振らない。

そもそも降伏したところで月光十字軍は反逆罪にて処刑、ミグナフタ国も植民地化されるのは目に見えている。承諾するわけがないのにあえて降伏を促したのはニドルフ王子の慈悲ではなく、自軍の勝利を見越したゆえの侮辱だ。

城から要塞に向かう途中でアスナさんから聞いたのだが、王宮騎士団は千人の騎士が三万の兵と騎士見習いのエクスワイヤを束ねているらしい。

対する私たちは月光十字軍が七千六百人、ミグナフタ国の兵が一万五千人。人数こそ少ない月光十字軍の兵はアスナさんやローズさんに鍛えられた精鋭なので、ひとりひとりの剣術の能力は高い。月光十字軍がたった八千人でミグナフタ国まで逃げてこられたのも頷ける。

しかし、ミグナフタ国の兵のほとんどは戦争慣れしていない。軍事司令官率いる一部の兵は国同士の戦争も経験しているのだが、他の兵は内戦の経験しかないのだとか。戦の場数を踏んできた兵は皆高齢で世代交代したばかりらしく、新参の兵にシェイドが実戦に近い戦闘方法を指南したものの、時間が少なすぎた。

私たちは数や能力値からしても不利で、戦力に大きな差があるのだ。

「戦力を補うために要塞に立て籠もって籠城戦とは、シェイド王子は頭が切れる。ここは戦闘には向いていないが、守備には適してるからな」

開戦から数時間、私は治療室で運ばれてきた負傷兵の手当てにあたりながらシルヴィ先生の話に耳を傾けていた。

「それも完全な籠城じゃなく、負傷した兵や疲労の溜《た》まった兵を要塞に戻して休ませ、傷が癒えたら前線に出ていた兵と交代する。兵は万全とはいかなくても、体力を温存して戦えるからな。対する王宮騎士団は食料も体力も減っていく一方だ。シェイド様は長期戦に持ち込む気なんだろう」

ここからでは外の戦況はわからないけれど、どんな作戦でもシェイドや皆が全員無事に帰ってきてくれればそれでいい。そのために、私もこの場所で戦うのだと自分を奮い立たせて処置に専念した。


それから戦が続くこと四日目、真紅の千切れ雲が空に流れている夕方のこと。戦況は徐々にこちらが優勢となり、それはシェイドの策が功を成したことを意味していた。

「王宮騎士団を追いつめるために攻め込んだシェイド様の部隊が、敵陣に取り残された。下肢に裂傷がある怪我人をここまで運べないとかで、看護師を寄越すように要請があったんだが――」

持った。


「私が行きます」

部屋に飛び込んできた伝令役の兵の言葉を遮る。

裂傷なら、看護師の私でも対応できるわね。

目の前の負傷兵の手当てを終えた私は、必要最低限の道具と薬草を救急箱に詰めて持った。

「そんなっ、若菜さん危険です！」

駆け寄ってきたマルクが、私の腕を掴んで引き留めた。

「マルク、危険なのは誰が行っても一緒よ」

「それでもっ……なら、僕も一緒に行きます！」

目尻に涙を溜めているマルクに、私は苦笑いをして短く息を吐く。マルクとはこの世界に来てから、なんだかんだ長い付き合いだ。おどおどしていつも慌てている彼だけれど、誰よりも熱心で医師として信頼している。だからこそ、私はあえてきつい言葉をかけた。

「あなたのするべきことはここに残って多くの負傷兵を救うこと、私を救うことじゃない。私はちゃんと帰ってくるし、シェイド様たちのことも死なせないから……」

私の腕を掴むマルクの手に自分の手を重ねると、震えているのに気づいた。私を心配してくれているのがわかり、自然と顔がほころぶ。

「信じて」

「若菜さん……」

泣きながら、マルクは静かに手を放す。

安心させるように私が微笑むと、それ以上マルクはなにも言わなかった。手の甲で乱暴に目元をぬぐい、ぎこちなく口角を上げてくれる。

マルクと顔を見合わせていると、ふいに肩を掴まれて後ろに引かれた。よろけて一歩後ずさると、背中に誰かの胸板が当たる。振り返ると、お前は馬鹿かと言いたげに半目でこちらを見下ろす男の姿があった。

「お前な、じゃじゃ馬にもほどがあるぞ」

「シルヴィ先生」

「戦場には俺が行く、救急箱を寄越せ」

「それはいけません。月光十字軍のせいでミグナフタ国は戦に巻き込まれたんですよ？　あなたを死なせたら、両国の関係に亀裂が入るかもしれない」

ロイ国王陛下がシェイドに目をかけているのは知っているけれど、今はミグナフタ国の協力がなにより必要な時期なので、できるだけ関係を崩すような理由を作りたくなかった。もちろん、私がシェイドを助けに行きたいという気持ちもある。なので、引き下がることはできない。

私の顔をじっと見ていたシルヴィ先生は説得するだけ無駄だと悟ったのか、「ったく、男勝りな女だな」と呆れ交じりに言って肩から手をどけてくれた。

「お前と茶を飲む時間は悪くない。だから帰ってこい。でないと毎日墓場の前で文句たれて、寝かせねぇからな」

「それは迷惑な話ですね。快適に永眠するためにも、ちゃんと帰ってきます」

横暴な言い方ではあるけれど、シルヴィ先生の言葉には気遣いが感じられる。この世界に私の帰りを待ってくれている人がいるのだと思うと、不思議な気分だった。

私は伝令役の兵と共に戦場を駆け抜けて、敵陣である山のふもとに広がる森の中を進んでいた。小枝を踏む音、草をかき分ける音。すべてが自分の命を脅かそうとしているようで神経質になる。嫌な汗が頬を伝い、救急箱を持つ手が震えた。

「若菜さん、この先です」

「え、ええ……わかりました」

私の名前、知ってたんだ。

このミグナフタ国の紋章入りの鎧をつけた伝令役の兵とは面識がない。なので名前を呼ばれたことに驚いた。看護師なんてたくさんいるのに、全員の名前と顔を把握している彼は、優秀な伝令役らしい。

「着きましたよ」

少しだけ木々が開けた場所に出た私は、そこで待ち受けていたものを見て血の気が引くのを感じた。

目の前には、黒の軍服を着た六人の王宮騎士団の騎士とエクスワイヤがいる。その中心には右肩の鎧から黒のマントのような布を垂らしたヘーゼルの短髪に、ゴールドの瞳を持つ三十代半ばくらいの男が立っていた。

彼のがっしりとした体躯《たいく》は日に焼けて健康的な小麦色の肌をしており、その出で立ちはまさに鍛え抜かれた戦士。ただそこに立っているだけなのに、気迫が凄まじかった。

「俺が指名する前に、自分から敵陣に行くと言い出してくれて助かりましたよ。噂に違わぬ勇敢な看護師だ」

「えっ——きゃっ」

伝令の兵に羽交い締めにされて、私は救急箱を落としてしまった。身じろぐも男の力には敵わず、王宮騎士団の前に突き出される。

私、バカだ……。伝令役の彼は要塞の治療室に来たとき、普通なら医師を呼ぶはずなのに真っ先に看護師を寄越すように言った。つまり最初から、狙いは私だったということだ。

「俺はダガロフ・アルバート」

ヘーゼルの髪の男が、切れ長のゴールドの瞳で私を射貫く。

ダガロフという名前には聞き覚えがあった。月光十字軍がミグナフタ国まで逃げるときに、アスナさんが村で対峙した騎士団長の名前だ。

「あなたは豊富な医療の知識を持つ、優れた看護師だと報告を受けている。その力をニドルフ王子が欲しがっておられるので、このまま我が軍に来ていただきたい」

淡々と事務的に告げたダガロフさんの表情は、セメントで固められたように少しも動かない。来ていただきたいと言いながら、私を羽交い締めにしている時点で意見など求めていないのだと悟った。

「ダガロフさんはアスナさんたちの師匠なんでしょう？　なぜっ、なぜ……このように敵対しなければならないのでしょう」

「主が望むからだ」

それはあらかじめ用意されていたもののように空っぽな返答だった。アスナさんやローズさんのように、主の考えに正義があると信じて仕えているわけではないのだろうか。

「ニドルフ王子にそこまでして仕える意味が、ダガロフさんにはあるんですか？」

「あの方は俺の道を開いてくれた方だからな……」

静かに語り始めたダガロフさんの話は、今から十七年前まで遡る。

ニドルフ王子が現れるまで、長年のしきたりで農民が騎士になることは禁じられていたらしい。

ずっと騎士に憧れていた当時十八歳だった農民出身のダガロフさんは、身分を偽って王宮主催の馬上槍《ばじょうやり》試合《じあい》の一騎打ち――ジョストに参加した。結果は見事に優勝だったのだが、同郷の参加者によって身分を偽っていたことが露呈してしまう。罰せられそうになったところを観覧席にいたニドルフ王子が騎士見習いのエスクワイアも通り越して騎士に叙任させた。

「農民出身の俺を騎士団長に押し上げてくださったニドルフ王子は、俺の道標。たとえあの方が人の道を踏み外そうともついていくことが、俺の忠誠の証だ」

揺らぐことのない覚悟を抱いている誠実な顔つき。彼がニドルフ王子に恩義を感じているのはわかった。

でも、私には納得できない部分がある。

「ダガロフさんの忠誠は、ニドルフ王子も誰も幸せにできないものなんですね」

「どういう意味だ」

「私、仕事で新人だった頃、上司にわからないことを聞くのが怖くてできなかったんです。怒られるかもしれないって、思ってしまって」

突然仕事の話を始めた私に、ダガロフさんは真意を探るような目を向けてくる。けれど、その視線の鋭さに負けじと真っ向から受け止める。

「そんな私に上司が『医療に携わっている私の失敗は、患者を危険にさらすことになる。だから聞く勇気を持ちなさい』って言ってくれたんです。それで私は自分の仕事の責任の重さに気づくことができました」

私の経験談でダガロフさんの覚悟を簡単に変えられるとは思わないけれど、少しでもこの気持ちが届くように伝え続ける。

「わからないことをわからないままにしていると、失敗を繰り返すんです。だから本当にニドルフ王子を大切に思っているのなら、人の道を踏み外してしまったとわかった時点で止めるべきです。あなたが止めなかったら、ニドルフ王子は間違った道を進んでしまう。それでいつか、過去を悔いる日が来ます。ダガロフさんは、それを黙って見ているだけですか」

生意気なことを言っている自覚はある。しかし、私は騎士ではないけれど、もしシェイドが道を違えたときは引っ叩いてでも止める。身分なんて関係なしに、怒鳴りつけてでも説得しただろう。

「そうそう、若菜ちゃんの言う通り」

どこから聞こえてきたのか、陽気な声が張り詰めた空気を割る。羽交い締めにされたまま視線を動かすと、アスナさんが呑気に手を振っていた。その隣には長い前髪をサッと払って、「敵に捕まるなんてトロイ女ね」と呆れるローズさんの姿があった。

「ま、あたしも同感よ。主のために共に闇に落ちるのは簡単だけど、騎士なら主を光ある道へ引き戻さなきゃ。それが真の忠誠でしょう。団長、あなたが教えてくれたことなのに忘れちゃったのかしら」

指先に髪を巻きつけながら、ローズさんは不敵に笑って首を傾げる。ふたりの騎士の登場に動じることなく、ダガロフさんは強く言い返す。

「その主があえて闇に落ちると言うのだ。汚れた道だと知っていて、それでもその先に手にしたい栄光があるのなら俺は共に行く。その覚悟こそが騎士の忠誠だ」

「それは忠誠ではないぞ、ダガロフ」

胸にしっかり打ち込むような力強い声がして、心臓が跳ねる。

アスナさんとローズさんが左右にずれ、真ん中から姿を現したのは濃紺の夜空を模した髪に琥珀の色彩が月を連想させる宵の王子。

「主の未来を守るために、時にはぶつかることも大事なことだ」

そこにいたのは、微笑を浮かべながらも鋭く引き締まった顔をしたシェイドだった。

「怖い思いをさせたな」

シェイドの視線が私に向けられたので、大きく首を横に振る。

「いいえ、いいえ……っ、迎えに来てくれてありがとう……っ」

彼の柔らかい朧月《おぼろづき》のような眼差しを見た途端に、敵前だからと張っていた虚勢は崩れ去った。安堵の吐息をもらすと、頬に生暖かい雫が伝う。

涙を流す私に、シェイドは泣いている子供をあやすような口調で声をかけてくる。

「あなたのことを守ると言っただろう。すぐに助けるから、安心して待っているといい」

「はい……」

素直に頷けば、シェイドは満足げに目を細めて視線をダガロフさんに戻す。その瞬間に場の空気が一度下がった気がした。

シェイドは一見穏やかに見えるが、怒りを堪えているのか、冷ややかな目で王宮騎士団の連中を見回す。その視線が自分に向けられた者は悲鳴すらあげられずに腰を抜かし、青白い顔でエヴィテオールの第二王子を見上げていた。まともに立っているのは騎士団長のダガロフさんだけだ。

「俺はお前にも負ける気はないぞ、ダガロフ」

静かに腰のサーベルを抜き放ち、シェイドはもう片方の手を軽く刃に添える。

「俺の命よりも大事な女を攫《さら》おうとした罪は重い。よって、お前を懲らしめることとする。それから、俺は仲間が道を外れたときは力づくでも正しき道に連れ戻すぞ」

シェイドの言う仲間とは、ダガロフさんのことだろう。その言葉の意味がダガロフさんにも伝わったのか、一瞬目を見張る。それでもあとには引けないと思ったのか、迷いと決別するように瞼を閉じ、一拍おいて背負っていた太い円錐状《えんすいじょう》の槍を構えた。

持ち手が棒のようになっている大ぶりの槍は、ダガロフさんの身長と同じくらいある。

「じゃあこのアスナ・グランノール、若菜ちゃんの救出を担当しまーす」

「ならあたしは、あの男どもを全員頂いちゃってもいいってわけね」

舌なめずりするローズさんに「お好きにどうぞ」と言って、アスナさんは腕を交差するように腰に差さっている二本の剣の柄を握る。

「若菜のこと、任せたぞアスナ」

「王子の仰せのままに――ってね！」

風のような速さで地面を蹴ったアスナさんは、私を羽交い締めにしている伝令役の兵とあっという間に距離を詰める。軽やかな身のこなしで兵の背後に回り込むと、流れるような仕草で剣を交差に抜き放った。

「ぐあああっ」

悲鳴をあげて地面に倒れた伝令役の兵は背中を浅くバツ印を描くように斬られており、痛みに悶《もだ》えている。それを見下ろして、アスナさんはため息をついた。

「きみはどうやってうちの陣地に潜入したのか、たっぷり尋問するからね」

にっこりとして恐ろしいことを口走るアスナさんは、どうやら怒っているらしい。目がまったく笑っていなかった。

「うちの女神を誘拐したんだから、覚悟しといてね」

「アスナさん……」

「これで若菜ちゃんが無事じゃなかったら、本気で斬ってたかも」

軽く恐ろしいことを口走るアスナさんは、せっせと伝令役の兵を縄で縛りあげる。

そういえば、軍の司令官である三人がここにいて大丈夫なんだろうか。王宮騎士団と交戦している月光十字軍の指揮を執る人が他にいるのかが心配になって、私はおずおずとアスナさんに尋ねる。

「あのう、みなさんがいなくなって、軍のほうは平気なんでしょうか」

「ん？　ああ、司令官は俺たちだけど、月光十字軍には各部隊に副司令官がいるから大丈夫だよ。それに、ダガロフ隊長の相手は俺たちじゃないと即死するしね」

警戒は解かずに笑顔で説明してくれたアスナさんは、縛った敵兵を地面に転がし、私を背に庇うように双剣を構えた。

「ローズ、加勢は必要？」

黒い軍服の男たちを舞うようにレイピアで倒していくローズさんは、長い前髪をかき上げながらチラリとこちらを振り返ると妖艶に微笑む。

「邪魔したら、あんたも食べちゃうわよ」

それだけ言って、指揮棒のようにレイピアを振る。

シェイドはというと、ダガロフさんの槍をサーベルで流すように受け止めていた。お互いに隙を与えないほど、技を繰り出している。

「迷いが槍に出ているぞ、ダガロフ」

次第にシェイドは反撃のいとまを与えることなく、銀の閃光《せんこう》を放つように剣を振り下ろした。それはダガロフさんの左目を掠る。

「ぐっ、うっ……」

血が流れる左目を押さえて後ずさり地面に膝をつくダガロフさんに、他の王宮騎士団の騎士たちは敗戦を悟ってみっともなく逃げ出す。その場には意識を失って地面に突っ伏している伝令役の兵と騎士の数名、それからダガロフさんだけとなった。

「——殺して、ください」

ダガロフさんは苦しげにシェイドを見上げ、短く懇願する。そんなダガロフさんに近づいて、シェイドは剣先を向けた。

「その目と共に、正義に盲目だったお前は死んだ」

「シェイド王子、それはどういう……」

「お前が迷っていたのは、正義がこちらにあるとわかっていたからだろう」

そのひと言に目を見張るダガロフさんの反応を見て、シェイドの言葉が的を射ていたことは明白だった。

ダガロフさんの心を見透かしたシェイドの声が、再び静寂の訪れた空間に響く。

「ニドルフ王子への恩義と騎士としての正義を天秤《てんびん》にかけていたのだろうが、今ここで恩義のために道を踏み外そうとしているお前は死んだ。これからは俺と共に国のため、そこで生きる民のため、真の騎士となり忠義を尽くせ」

それは神の言葉のように威厳を放ち、心の奥底にまで届く。この場にいた誰もが彼の気高さにあてられていた。

見入るようにシェイドの顔へ視線を注いでいたダガロフさんは、静かに目を閉じて唇を動かす。

「やはり、あなたは王の器にふさわしい。あなたに仕えられたなら、俺は真の騎士となれたのでしょう。だからこそ、俺にはあなたのそばにいる資格がない」

自嘲的な笑みをこぼしてうなだれたダガロフさんは地面に手をつくと、なにかを悔いるように土ごと拳を握る。

「国より民より、俺はあの方を選んだ。その時点で俺は騎士ではなく、ただの賊と同じだったのです。ですから、ここで捨て置い……ぐうっ」

傷ついた左目を強く押さえて、ダガロフさんはうずくまる。

シェイドは剣を鞘《さや》に戻してダガロフさんのそばにしゃがみ込み、その背に手を添えながら私を振り返った。

「若菜、手当てを頼む」

そう言われる前に、私は駆け寄っていた。ダガロフさんの前に腰を下ろし、手首を掴んで目から外させる。その目は土のついた手で押さえたために汚れていた。

「これでは不衛生だし感染の恐れもあるわ。とにもかくにも、洗浄しないことには手当てができない。ダガロフさんを治療室に連れていきましょう」

私では大柄な彼を担いではいけないので、助力を乞うようにシェイドを見る。するとシェイドは頷いて、ダガロフさんの脇の下に腕を差し込んだ。

「アスナさん、ローズさんも手伝って……くだ、さい？」

最後に疑問符がついてしまったのは、シェイドが軽々とダガロフさんを抱えたからだ。筋肉で引き締まっているとはいえ、細い身体のどこにその力があるのだろうか。

私は一瞬呆気にとられたが、それどころではなかったと我に返る。

「団長のことだけど、運ぶなら治療室じゃないほうがいいわ」

ダガロフさんを連れて砦《とりで》に戻っていると、ローズさんが難しい顔でそう言った。なぜかと問う前に、アスナさんが口を開く。

「ダガロフ団長は敵軍の要みたいなものだからね。別室に運んで、事情を説明するまでは匿う必要がある」

なるほど、確かにアスナさんの言うとおりだ。月光十字軍やミグナフタ国の兵の中には、ダガロフさんや王宮騎士団に仲間を殺されてしまった者もいる。快く受け入れてもらえるなんて、そんな生易しい状況ではないのだ。

「では、私ひとりで看病しますね」

迷わず申し出れば、シェイドがフッと笑う。

「若菜なら志願してくれると思った。ありがとう、ダガロフのことを頼む」

「もちろん、死なせはしないわ」

たとえ敵であっても、看護の精神は個人の属性などによって差別しないこと。誰にも平等に看護を受ける権利があるのだ。

それに私も、この人を死なせてはいけないと思う。シェイドにとって大切な仲間ならなおさら。自分が持ちうるすべての力を使ってでも助けようと、強い意思を抱きながら砦を目指した。

ダガロフさんを味方の兵の目を盗みながら砦に連れ帰り、他に当てがなかったので私の部屋の寝台で休ませる。

左目は見たところ穿孔《せんこう》はしておらず、角膜の表面が傷ついてできる潰瘍《かいよう》になっていた。通常なら目薬や眼軟膏《がんなんこう》で治療するのだけれど、ここでは抗菌効果のあるびわのお茶で目を洗うのが主流らしい。原始的ではあるが、できる限り手は尽くした。

戦況は、団長を失ったことで王宮騎士団が撤退。事実上、月光十字軍とミグナフタ国の勝利となった。

そしてダガロフさんを匿うこと三日目の朝。私は彼が眠っている間に、部屋の至る所に濡れた布をかけていた。

角膜潰瘍は、細菌感染などでさらに角膜に穴が開いてしまわないようにすることが重要で、ここには根本的な治療ができる目薬も道具も揃っていないため、目のバリア機能を上げる涙が乾かないように湿度管理をする必要があった。

「本当、僻地の看護だわ」

元いた世界なら助かる病や怪我も、この世界では助からないものが多い。今回だって、ダガロフさんの角膜が穿孔していたら縫う必要があった。もちろん縫合は医者の分野であるし、そもそも麻酔なしでは不可能な処置だ。

不幸中の幸いとしか言いようがないわね。

顔を顰めていると、部屋をノックされる。ビクッと肩が震えて、恐る恐る扉を見やった。ダガロフさんがここにいるのは極秘である。敵の軍の騎士団長を匿っているなどと知れれば、彼の命もシェイドの立場も悪くなるからだ。

私は冷や汗をかきながら扉まで歩いていくと、深呼吸をして返事をする。

「はい」

「俺だ、シェイドだ」

訪問者の正体がわかり、ホッと胸を撫で下ろす。私は警戒を解いて扉を開けると、彼を笑顔で迎えた。

「彼はまだ起きてないわ」

名前は出さずにダガロフさんの状況を説明すると、シェイドは小さく頷いて素早く部屋の中に入る。

「あれから三日も眠り続けてるのか」

寝台に近づきながら尋ねるシェイドに、私は「ええ」と答えた。

そう、ダガロフさんは負傷した日から一度も目覚めていない。もうとっくに起きてもいいはずなのに、規則正しい寝息を立てて固く目を閉じているのだ。

シェイドの隣に立って、ダガロフさんの寝顔を見つめる。

思い出すのは、ダガロフさんが殺してほしいと言ったときのことだ。

「現実に戻りたくないから、まだ眠りの世界にいるのかもしれないわね」

ポツリと呟くと、頬にシェイドの視線を感じた。それでも私は、ダガロフさんに視線を注いだまま続ける。

「ダガロフさんは自分を騎士にしてくれたニドルフ王子に恩はあると思うけど、最初からニドルフ王子に仕えるつもりで騎士になろうと思ったわけじゃない。別に理由があったはずよ」

だって、騎士を目指したときにニドルフ王子との面識はなかったはずだから。これは憶測だけど、彼は命と同じくらい大切にしている騎士である自分を失ったことで心が折れてしまったのではないだろうか。

看護師は病だけでなく、ときにはその人の生活背景から精神的にどのようなストレスを抱えているのかを考える。日々の激務で優先度は下げられてしまっているけど、むしろそれが一番大事だ。

「騎士になりたいっていう強い思いがあったから、農民だと言われても頑張れたんだと思う。でも、シェイドの言葉で自分が騎士の道から外れてしまったことに気づいたとしたら？」

腑《ふ》に落ちた顔でシェイドは「そういうことか」と苦々しく呟く。

「ダガロフは騎士であることに誰よりも誇りを持っている。きっと、自分の芯を失った虚無感に苛まれているんだろうな」

私が看護師でなくなったら、なにが残るのだろう。看護師になるために勉強をして、多くの命と向き合ってきた自分。それらすべてを失くしたら、私はきっと空っぽな人間になる。

そんな空虚な思いを抱えて生きていくのは苦しいから、目覚めたくないと思う気持ちは理解できた。

「……傷の具合はどうだ？」

ふいにシェイドが話題を変える。張り詰めていた空気が柔らかくなって、私はシェイドのほうを向いた。

「そうね、今ダガロフさんに必要なのは、目を守って汚れを洗い流してくれる涙なの。でも、精神的なダメージとか戦の興奮が続くと涙の分泌を抑える交感神経が活発になるから、当分は心のケアが必要ね」

潰瘍が治るには数日、もしくは半年以上かかる。幅が広いのは、ダガロフさんの心の状態次第だからだ。

「朝食も用意したんだけど、今日も食べられなそうね」

円卓に置かれた食事に視線を向けると、私は肩を落とした。

「つきっきりで看病をして、若菜も朝食を食べてないんじゃないか？」

円卓の上にあるのは、食事が載ったふたつのトレイ。それを見たシェイドは気遣うように私の顔をのぞき込んだ。

「心なしか、目の下にくまが見える。まさか、夜も寝ないで看病しているのか？」

「えっと……ダガロフさん、夜にうなされているのよ。だから、手を握ってあげたくて」

「忘れていた。あなたは自分よりも他人を優先させる人だったな」

額に手を当ててため息をこぼしたシェイドは、こちらに手を伸ばす。指先が私の頬に触れそうになったとき、その動きがピタリと止まった。

「すまない、俺に触られるのは迷惑だろう」

「え？」

なんのことだと目を瞬かせて、すぐに薔薇園での出来事を思い出す。戦の前、私はシェイドに告白まがいのことを言われ、抱きしめられた。でも、私には彼を受け入れる資格がないのだと思い知って逃げ出したのだ。

なのにシェイドは私がダガロフさんに攫われそうになったとき、危険を承知で助けに来てくれた。あとで知った話だが、私が伝令役の兵と姿を消したと聞いて、シェイドはアスナさんとローズさんの制止も聞かずに単身で乗り込もうとしていたのだとか。

「迷惑、とかではないのよ。その、助けに来てくれたこともうれしかったわ。でも、私はあなたに同じ気持ちを返してあげられない」

シェイドは身分相応の女性と結ばれるべきだし、私はいつまでこの世界にいられるかわからない。だから、引き返せなくなる前に彼への思いに蓋をすることに決めた。

意を決して、もう一度告白を断るために彼の顔を見据える。友人でいてほしいと言おう思ったのだが、私が口を開く前にシェイドに手を握られた。

「あの日、あなたの背中を追いかけなかったことをものすごく後悔した。だから決めたんだ。迷惑でないのなら、俺はあなたを諦めない」

「シェイド、それだとあなたがつらいだけだわ」

この手を握り返せない私のことなど、早く忘れたほうが傷つかずに済むのに。どうして、シェイドは諦めてくれないのだろう。

じわりと涙がにじんで視界が歪む。唇を噛んで俯けば、彼の両手に顔を上げさせられ、目元をぬぐわれた。

「勘違いしないでほしい。俺が勝手に諦めないだけだ。あなたが気に病むことはない」

なにも言えずに唇を引き結んでいる私をシェイドは愛しそうに見つめてくる。

薔薇園で告白されたときは疲れているせいにしたけれど、もうごまかせない。彼は本当に私を想ってくれているのだ。

シェイドの気持ちを身に染みて感じていると、寝台のほうから「うっ」と声が聞こえて、ふたりで同時にダガロフさんを見る。

「ここ、は……」

視点が定まらない様子で、掠れた声をもらしたダガロフさん。私はシェイドと共に駆け寄り、彼が目を開けていることに心底安堵した。

「お前は……」

「あなたは目を怪我してから三日間、眠り続けていたのよ」

警戒するように身を硬くするダガロフさんに、私は改めて自己紹介する。

「私は若菜です」

「ああ、看護師だったな」

覚えていたのか、ダガロフさんは納得したふうに軽く頷いた。

うなされているか、痛みに悶えるように左目をかきむしる姿しか見ていなかったので、彼が苦しむことなく話せているのがうれしかった。

改めて彼の無事を喜んでいると、天井をさまよっていたダガロフさんの視線がある一点で止まる。

「シェイド王子……そうですか、ここは月光十字軍の陣地なのですね。王宮騎士団はどうなったのでしょうか」

ダガロフさんの目線の先には、シェイドがいた。

目覚めてすぐに戦況を知りたがるなんて、と私はため息をつく。もっと生還したことを実感してほしいのだが、騎士や兵には自分の身よりも大事なものがあるのだ。

「王宮騎士団は撤退した。お前の身柄は俺が預かったから、しっかり滋養になるものを食べて心身共に己を癒せ」

「シェイド王子、俺のことをなぜ殺してくださらなかったのです。今の俺は生きていることこそが苦痛だというのに」

横になったままかけ布団を握りしめ、胸の内に渦巻く憤りを静かに吐き出すように、死ねなかったことを嘆くダガロフさん。

私は命に勝るものはないと思っている。でも、この世界ではその価値観がほとんど通用しないから、私がどんなにダガロフさんに生きろと言っても届かないかもしれないけれど……。

「あなたは死んで、なにがしたいんですか」

気づいたら、責めるような言葉が口をついていた。

自決するならまだしも、殺してほしいなんて自分本位にもほどがある。殺す側であるシェイドは一生、ダガロフさんを手にかけたことを背負って生きていかなければならない。

「正義と忠誠の狭間で迷い、俺はシェイド王子を裏切って、あの方も敗戦に追いやった。結局、俺はなにも成しえていないどころか、エヴィテオールの膿《うみ》になっただけだ。だから価値などないとは思うが、この命で償うしかない」

そう言ったダガロフさんのゴールドの瞳の中に絶望の色が映る。

私もミトさんの一件で、敵兵を前に身動きひとつできなかった自分の無力さを思い知ったから、少しはダガロフさんの葛藤を理解できる。だからこそ許せない。死んだり悲観したりすることは簡単で、歩みを止めるのも楽だ。でも、生かされたからこそ、成さねばならぬことがある。

「死んだからって、罪は消えません。ダガロフさんは楽になりたいだけです。償うというのは、生きて責任を取ることを言うんですよ」

ダガロフさんはシェイドやアスナさん。そして、ローズさんや私に生かされた人間だ。誰かの生きてほしいという思いに救われた命は、もう個人のものだけではなくなる。

「こっちが必死に助けた命を、簡単に手放さないで！」

私が叫ぶとダガロフさんは目を白黒させ、シェイドは満足そうに笑みを浮かべた。

声の限り、シェイドや彼を団長と慕う騎士たちが抱いているだろう思いをぶつけたつもりだ。今理解してもらえなくても、これから毎日耳にタコができるまで伝える。

「若菜は食事もとらず、まともに寝ずに、お前の看病をしていた」

シェイドはその意味を考えろとばかりに、静かにダガロフさんを見下ろす。

「……そういえば、ぼんやりとだが誰かが手を握っていてくれたのを覚えている」

戸惑いを含んだダガロフさんの眼差しが私に注がれたので、肯定するように頷く。

すると彼は自分の手のひらをじっと見つめた。

シェイドは声を荒らげてしまった私とは反対に、ダガロフさんを優しく諭す。

「そんな彼女が繋ぎ止めようとした命を勝手に捨てるなど、義を重んじる騎士はしてはならない」

「俺はもう、騎士では……」

「戻れないと決めつけているのはダガロフ、お前自身だ」

短くも胸に切り込むような鋭いひと言を浴びせられたダガロフさんは、核心をつかれたのだろう。弾かれるように顔を上げて、シェイドへ視線を移す。

「道を違えたのなら、もう一度正しき道を歩み責任をとれ。その責任こそ、騎士となることで果たせると俺は思う」

それだけ言って、シェイドは踵を返す。こちらを振り返ることなく、「若菜、あとは頼む」と部屋を出ていってしまった。

私はダガロフさんとふたりきりになり、とりあえず寝台の横に椅子を置いて座る。

目覚めてから怒涛のように『生きろ』と説得されて、疲れてしまったのではないか。

カッとなって矢継ぎ早にしゃべってしまい、彼の体調を気遣えていなかったことを反省する。シェイドが消えた扉をじっと見つめているダガロフさんの顔色を窺いつつ、私は思い切って話しかけた。

「あの、目の調子はどうですか?」

「あ、ああ……。左目がぼやけて、なにも見えない」

私の声で我に返ったらしいダガロフさんの答えに、やっぱりかと思う。角膜穿孔には至っていないとはいえ、剣で傷つけられれば傷も広く深い。

「見えないのは不安ですよね。でも、あなたの場合は角膜に完全に穴が開いたわけではないから回復の見込みがあります。どれだけ時間がかかっても、一緒に闘っていきましょう」

にっこりと笑いかけると、ダガロフさんはなにか言いたげな顔をした。まだ、自分から前向きな言葉を発するのはためらわれるのだろう。きっと、消化できない葛藤が彼の中にはあるのだ。

「っ……どうして、あなたを攫おうとした俺に優しくしてくれるんですか」

理解できないというような戸惑いの眼差しを浮かべるダガロフさんに、私は自分の手を見つめながら答える。

「あなたの手が……温かかったからです」

そう言えば、ダガロフさんはますます疑問に満ちた顔で首を傾げる。

今までの私は、命を救うより冷たい手を握って誰かを看取ることのほうが多かった。でも、ダガロフさんの手を握ったとき、その温かさに希望を見た気がした。

「その血が通った手に触れたとき、あなたは生きようとしているのだと思った。私の仕事は命を守り、繋ぎ留めること。だから助けた、それだけのことです」

なにも特別なことをしたわけじゃないのだと、そう伝えれば、ダガロフさんは目を潤ませて私を見上げる。

「あなたは……まるで天使のような方だ」

「ダガロフさんまで、やめてください」

ミグナフタに向かう途中に寄った村で『天使様！』と崇められたことを思い出した

私は、苦い気持ちになる。

「と、ともかく！　涙の油分には青魚、傷を回復させるのに必要なのはヨーグルトやチーズに含まれるたんぱく質なんですよ」

私は感極まっている様子のダガロフさんの背を支えて、上半身を起こす。そして円卓に置いていたトレイを手に取り、彼の膝の上に乗せた。

「左側の視界がない分、空間を無視しやすいので意識して食事してください。ちゃんと残さないでしっかり食べること」

私はダガロフさんの視野に配慮して、食べやすいように食器を置くなどの介助はあえてしなかった。ダガロフさんはずっとじゃないとはいえ、右目に頼る生活を強いられる。つまり、今から左目が見えなくても難なく日常生活動作がとれるように訓練する必要があるからだ。

なんでもやってあげることが優しさではない。厳しいと言われようとも、その人が自分らしく生きられる力をつけられること。それを促せる関わりが本当の優しさだと信じて、私は数日に渡り彼の看病を続けた。


砦に滞在すること一週間。戦で負傷した兵たちも回復して、出立《しゅったつ》を明日に控えていた。ダガロフさんも目の痛みは治まったが、角膜と視力の回復にはまだかかりそうだ。

私は昼食を手に部屋に入ると、すでに寝台の上に座っているダガロフさんに声をかける。

「ただいま戻りました」

「ああ、若菜さん。お帰りなさい」

ダガロフさんはいつからか、私に対して敬語で話すようになった。理由を聞いても「時が来たら言います」の一点張り。知らぬ間に心の距離が遠くなってしまったのかと思いきや、前よりも口数が増えて笑うようになっているのでそうでもない。

彼の変化に若干の戸惑いはあるものの、元気になってくれるならこの際細かいことは気にしないでおこうと問いただすことはやめた。

「今日は賑やかですね」

寝台の周りには、私に向かって本を持った手を軽く上げるアスナさんに、素知らぬ顔で優雅にティーカップに口をつけるローズさんがいる。敵対していたとしても、師である団長のことが心配だったのだろう。

目的のために切り捨ててしまった仲間とダガロフさんが一緒にいる姿を見ると感慨深い気持ちになる。微笑ましく思いながら皆を見つめていると、ダガロフさんが頭をかいて申し訳なさそうな顔をした。

「すみません、こいつらが見舞いに押しかけてきてしまって」

「いいえ、それよりもダガロフさん。今日もしっかり栄養をつけてくださいね」

昼ご飯が載ったトレイをダガロフさんの膝の上に乗せると、なにやら視線を感じて顔を上げた。

「あの？」

私を見ていたのはアスナさんだった。ニヤニヤしながらダガロフさんの肩に腕を回して寄りかかる。

「団長が羨ましいですよ～。こんな美人に甲斐甲斐《かいがい》しく看病されて、一夜の過ちはなかっ――ごふっ」

最低なことを言いかけていたアスナさんの口を、ダガロフさんの大きな手が突きをする勢いで塞いだ。当然、アスナさんの身体は椅子ごと後ろにひっくり返る。

「若菜さんの前で卑しい言葉を発するな。清らかなこの方を汚すことは許さん」

殺気を放ってアスナさんを睨みつけるダガロフさんの発言にも気になる単語がいくつかあったのだが、考えてもきりがないのでやめにする。

「ひどいじゃないですか、団長のために夜のお供まで用意したのに」

床の上に座ったまま、本を持ち上げるアスナさん。よく見ると本にしては薄く、彼の手でほぼ隠れているけれど表紙は人の絵画が描かれているようだ。

「それはなんですか？」

不思議に思って尋ねると、アスナさんはニヤッと笑う。嫌な予感がして、やっぱり質問を取り消そうとしたのだが……。

「これはね、ムラムラッとしたいときに眺める絵画集。そんでもってこっちが、夜のお作法を赤裸々に説明している情事の本だよ」

軽い調子で二冊の本を紹介してきたけど、それってつまりコンビニなら隅の棚に置かれているような成人向けの雑誌ということだろうか。

なるほど、異世界にもこういう娯楽があるのね。こういうところは元いた世界となんら変わりがないんだな。

「あまり興奮状態が続きますと、交感神経が優位になって涙の分泌が減ります。目によくありませんから、ほどほどにお願いしますね」

私ももう三十だ。このような雑誌で恥ずかしがる年齢でもないし、病院でも成人雑誌を持ち込んでいる患者に注意したことがある。あのときは子供連れの面会があったので、ベッドテーブルなどの目に見える場所に置かないようにお願いをした気がする。

思い出を振り返っていると、病院で働いていた頃が遠い日のように感じた。

「俺の求めてた反応の斜め上を行きすぎて一瞬、思考が停止したんだけど。なんなの、この聖母様みたいな存在。なんでか、自分がどうしようもないやつに思えてきたよ」

ぎょっとした顔で私の顔を見るアスナさんに、ローズさんはふんっと鼻を鳴らした。

「それ、気づくの遅すぎ。それから、死にたくないならそろそろ黙ったほうがいいわよ。団長、拳を振り下ろしてるから」

アスナさんが「え？」と顔を上げる。その数秒後、ダガロフさんの鉄拳はアスナさんの脳天に直撃した。

「ぐえっ」

カエルが潰れたような声を出して、アスナさんは頭を抱えながら悶える。それを鬼の形相で見下ろしているダガロフさんが地を這うような声を出す。

「アースーナー……、若菜さんの耳と目を汚した罪は重い。いっぺん死んで生まれ変わってこい」

「ぐほぉあっ」

本日二発目の鉄拳を受けたアスナさんは悲鳴をあげて、寝台に突っ伏したまま動かなくなった。

いつから私の部屋は、小学校の昼休み並みに騒がしくなったのだろう。でも、ダガロフさんが私とふたりきりでいたときより生き生きとしているのでホッとした。

それから一拍おいて、アスナさんは復活した。身体を起こし、抗議の視線をローズさんに向ける。

「ローズ、忠告するなら拳を振り下ろす前にしてくれ」

「ああ、ごめん。〝気づいてた〟わ」

「忘れてた、ローズの性悪っぷりはエヴィテオール一だったよ」

半目で諦めたように言うアスナさんが、「それにしても」とダガロフさんを再び見上げた。

ダガロフさんは食べ損ねていた昼食に手をつけながら、訝しげに片眉を持ち上げる。

「なんだ？」

「いつから、そんなに若菜ちゃんを愛しちゃってるんです？」

愛、という単語を耳にしたダガロフさんは盛大に昼食の米を吹き出した。私がハンカチを差し出そうとしたとき、背後でガタンッと扉が閉まる音がする。

「その話、俺にも詳しく聞かせてくれ」

振り返ると、怖いくらいの笑みを浮かべるシェイドが立っていた。

目を丸くしてその顔を凝視していると、こちらに歩いてきたシェイドが部屋にあった椅子を私の隣に移動させて腰かける。

「ノックをしても返事がなかったから、心配になって入ってしまった。すまない、ダガロフと共同とはいえ、女性の部屋に無許可に入るものではなかったな」

礼儀正しく頭を下げてくるシェイドだが、いつもより纏う空気に棘を感じるのはなぜだろう。

私はぎこちなく笑みを返して「き、気にしないで」と顔を引きつらせながら返事をした。

シェイドから放たれる威圧感に部屋の中は凍りつく。それもそのはず、シェイドの機嫌が悪いことなど滅多にないからだ。

小声で「なんとかしろ」とアスナさんがローズさんを肘で突いているのが見える。もちろん、ローズさんは完全無視を決め込んでいた。

「ダガロフ、この一週間で随分と調子を取り戻したようだな」

最初に口を開いたのは、シェイドだった。

話しかけられたのはダガロフさんなのに、皆の背筋が伸びる。私の中にあった好青年な王子像は崩れ去り、今やその爽やかさが胡散《うさん》臭い。

あのローズさんでさえ、カップの中で揺れている紅茶を見つめながら現実逃避しているのだ。触らぬ神に祟りなし、とはこのことだと私はしみじみ思う。

「王子、失礼ながら怒っておいでですか」

そこで切り込んだダガロフさんに、さすがは騎士団長！と合いの手を入れたくなるが、彼の問いに部屋の温度は急降下中だ。恐る恐るシェイドとダガロフさんの顔を見比べる。

「そんなまさか、俺はお前が元気になってくれたことを喜んでる」

シェイドは変わらず軽薄な笑みを浮かべている。それを百戦錬磨の戦士と対面するような気迫で見返すダガロフさんに、頭痛がしてくる。ここにいたら精神的ストレスで寿命が十年は縮まりそうだ。

「本題に移るが、ダガロフは若菜のことをどう思っているんだ」

真剣な顔でなにを言い出すのかと思いきや、シェイドは不可解な質問をダガロフさんに投げかけた。

私は「え？」と思わず口を挟んでしまう。そんな私のところにアスナさんがやってきて、後ろから肩に手を置かれた。

「恋路を邪魔すると、馬に蹴られるんだよ」

耳打ちしたアスナさんに、私は首を傾げた。ふたりの会話に色恋に関わるような内容があったっけ、と不思議に思いつつも、アスナさんの必死な形相を見て素直に黙っていることにした。

「ちょうどよかったです。俺の話を聞いてもらえますか」

ダガロフさんは食べかけの昼食が乗ったトレイをいったん円卓の上に置き、寝台を出る。負傷したのは目だけだが、視界不良で転倒の恐れがあると思った私はダガロフさんに駆け寄ってその背を支えた。

「ゆっくり動かないと、転んでしまいますよ？」

「ありがとうございます、若菜さん。でも、心配はいりません。これでも若菜さんが仕事に行かれているときに素振りをしていたんです。もう十分動けます」

まさか、私に黙って剣術の訓練をしていたとは。痛みや怪我の具合を見ながら行動範囲を少しずつ広げていく治療計画が台無しだ。

「……ダガロフさん、困ります。運動だって安全が第一、傷がまた開いたらどうするんですか？　私、言いましたよね。興奮状態は涙の分泌を妨げ――」

そう言いかけたとき、首と腰に腕が回り後ろから抱き寄せられた。何事かと目を瞬かせていると、真後ろからシェイドの声が聞こえてくる。

「若菜、話が進まないから説教はあとにしてくれ」

「シェイド、止めるなら心臓に優しい方法にしてくれない？」

いきなり抱きしめられたら誰だって驚く。それに私はシェイドのことを特別に思っているから衝撃は二倍だ。

諦めようとしているそばから触れられると、意識してしまうから困る。

どうしてくれるんだ、と抗議の視線を向けるも、シェイドは気づかないふりをしているのか、私のほうをいっさい見ないでダガロフさんに対峙する。

「それで、ダガロフの話を聞かせてもらおうか」

聞いてない……。

私の話をさりげなく無視して、話を進めるシェイド。その腕は私の身体に回ったままだ。身じろいでもビクともせず、力尽きておとなしく抵抗をやめた。

「俺は若菜さんやアスナやローズ、そして王子に生かされた者。ゆえにこの命は、もうひとりだけのものではない」

怪我をした左目を押さえて、ダガロフさんは片目だけで私たちを見る。彼の金の瞳は希望を映しているかのように、いっそう煌めいていた。

「俺の命はあなた方が正しき道を歩むための礎となるように使いたい。義を重んじる騎士として、これが俺の果たすべき責任と考えます」

誠実な眼差し、迷いのないまっすぐな声。ダガロフさんは静かに私とシェイドの前にひざまずき、胸に手を当てる。一連の動きに無駄はなく、その美しい所作に見惚れた。

「ぼやけた右目の視界に再びものを映すことがあるとしたら、シェイド王子が王となり国中が笑顔に包まれるときです」

「ならばダガロフ。俺が王になり、その景色をお前に見せることができたそのときは、ちゃんと自分を許せ。それまでは右目と共に罪と向き合うといい」

シェイドはそう言って、下衣のポケットから黒の眼帯を取り出す。表面には金糸で月光十字軍の紋章が刺繍されおり、素材は革製なのか光沢がある。

その眼帯をシェイドが差し出すと、ダガロフさんは目を潤ませて受け取った。それから眼帯をつけて、再び顔を上げる。

「このダガロフ・アルバート、これよりシェイド王子と若菜さんに心からの忠誠を誓います」

昼下がりの部屋に、彼の強い決意が込められた高らかな声が響き渡った。

共に背負う運命

要塞からミグナフタの王城に帰還して一週間が経った。

ダガロフさんの処遇は月光十字軍やミグナフタ国の兵たちにシェイドから事情を説明し、団長の称号の剥奪と二十四時間監視付きという条件で行動を共にすることを許された。とはいっても、月光十字軍の皆に慕われており、いまだに『団長』と呼ばれているダガロフさんを見ると、人望の厚さを感じた。

私はというと、シルヴィ先生やマルクと一緒に、ミグナフタ国の健康と衛生を管理する王宮医師の上官——バルトン政務官の元へ向かっていた。

「王宮の医師と看護師への緊急派遣依頼なんて、珍しいですよね」

城の薔薇園沿いの廊下を歩いていると、私の右隣にいるマルクが声をかけてくる。

「町の施療院に王宮の医師と看護師が派遣されるのは今までにもあったが、明日にも来てほしいだなんて急だよな」

私の左隣にいるシルヴィ先生も訝しげに眉を寄せていた。

今までなら城の治療館に施療院で診きれない患者を運んで治療するのが基本だった。

しかし、今回はバルトン政務官の命令で私たちは町の施療院に派遣される。

バルトン政務官の直々の指名なのだが、ここにいる私たちが施療院へ赴くことになると、城から医師がいなくなる。詳しい説明はこれから受けに行くところなのだが、過酷な現場であることは想像できた。

「どんな患者がいるのか、バルトン政務官にきっちり聞かなくちゃね」

三人で頷き合っていると、薔薇園にアシュリー姫とシェイドの姿を見つける。

思わず「あっ」と声を出して足を止めてしまった私を、数歩先でマルクとシルヴィ先生が振り返った。

「若菜さん、どうしたんですか？」

マルクが首を傾げながらシルヴィ先生と一緒に目の前まで歩いてきたので、私は曖昧に笑った。

「ごめんなさい、なにも――」

「若菜？」

言いかけた言葉は、今一番顔を合わせたくない人によって遮られる。深く息を吐いて平常心を心がけながら、私は彼を振り向いた。

「シェイド……様」

人目があったので敬称で呼ぶ。するとシェイドは変わらず爽やかな微笑を浮かべ、アシュリー姫の手を取ってエスコートしながらそばにやってくる。そんなふたりの姿を目にした途端、胸が焼けるように痛んだ。

男性が女性に付き添うのは、この世界では行儀作法みたいなものだ。特別な意味などないと自分に言い聞かせる。

そこでハッとした。どうして私は、必死にふたりの仲を否定しようとしているのかと。身分が釣り合うアシュリー姫をシェイドに勧めたのは、他でもない私だというのに。

複雑な気持ちで近づいてくるお似合いのふたりを見つめていると、ついに目の前にシェイドが立つ。

「どこへ行くんだ?」

「えっと、バルトン政務官のところです。明日、町の施療院で治療をすることになっているので、その打ち合わせに」

アシュリー姫と繋がれたままのシェイドの手を視界に入れないように努めながら、淡々と説明した。

「バルトン政務官……」

その名を復唱したシェイドはなにを考えているのか、難しい顔をしている。それからアシュリー姫の手を「失礼」と言ってそっと離し、私たちの横に並んだ。

「その打ち合わせとやら、俺も参加させてもらう」

「シェイド様、どうしてですの？　今は私とのお散歩の途中ですのに、もしかしてその女と一緒にいたいからかしら」

キッとアシュリー姫の鋭い視線が容赦なく飛んでくる。私が肩をすくめると、目の前にシェイドの背中が広がった。

「彼女といたいのは真実ですが、月光十字軍の医師と看護師がどのような理由で町の施療院に派遣されるのかを把握する必要がありますので」

私をアシュリー姫の視線から庇うように立ったシェイドに胸が熱くなる。

それを目の当たりにしたアシュリー姫は当然ながら不機嫌になっていき、フイッと横を向いてしまう。

「シェイド様、穴埋めはお茶会でよろしくて？」

「ええ、時間があればご一緒させていただきます」

社交辞令を返したシェイドは、恭しくお辞儀をする。それにほんの少し怒りを鎮めたアシュリー姫は、シェイドの横を通り過ぎる。続いて後ろにいた私とすれ違う瞬間に「目ざわりな女」と小声で囁いて、彼女はこの場を立ち去った。

完全に修羅場に巻き込まれている私は、こっそり深い息をつく。

「あのお姫様、前から王族と貴族以外の人間をゴミ同然に扱うから気に食わなかったんだよな」

歯に衣着せないシルヴィ先生の物言いに、マルクはきょろきょろと周囲の目線を気にする。

「シルヴィ先生、お姫様にそれは言いすぎじゃ……」

「なんだよマルク、お前は腹が立たないのか」

後頭部で腕を組み、片目を閉じて腹立たしげに愚痴をこぼすシルヴィ先生。マルクも否定できないのか、口をつぐんでしまった。

見かねた私は、軽くシルヴィ先生を肘で突く。

「もう、マルクを困らせないでください」

「俺は自分に素直に生きてるんだよ」

「だとしても上司として、部下に人の悪口を聞かせるものではありません」

きっぱり告げると、なぜかマルクが目を輝かせる。

「さすがは若菜さん、いつも尊敬しています！」

「う、うん？」

話の論点がずれている気がする。

首を捻っていると、シェイドが手で口元を押さえながらクッと喉の奥で笑う。困惑しながら彼を見れば、「すまない」と謝られた。

「仕事仲間といる若菜は勝気さに磨きがかかるな」

「そうでしょうか、自分ではいつも通りのつもりなんですが」

「なら俺はまた、あなたの知らない一面を知ったということか」

破顔するシェイドに、私の胸には疑問がわく。

なぜ、そんなにもうれしそうな顔をするのだろう。想いを寄せてくれる彼に、私はなにひとつ返せていないというのに。

じっと彼を見つめていると、「ん？」と首を傾げられた。私は慌てて頭を振り、気を取り直すように歩き出す。

「バルトン政務官を待たせたら失礼ですし、行きましょう」

すたすたと歩き出す私の隣に皆も並び、「そうだな」とそれぞれ返事をくれる。隣を歩くシェイドに気を取られながらも、私はバルトン政務官のいる執務室に着くまで前を向いていた。

「よく来てくれた……おや？」

私たちを執務室に迎え入れたのは、白髪交じりの茶色い髪を右耳の横でひとつにまとめている四十代くらいの男性だった。表情こそにこやかだが、部屋に足を踏み入れてすぐ、バルトン政務官は私たちの後ろにいるシェイドの姿を視界に捉え、眉間にシワを寄せる。

「シェイド王子までいらっしゃったとは驚きました」

「うちの医師と看護師を派遣すると伺ったので、施療院からの依頼の詳細を把握しておこうと思いまして。構いませんね、バルトン政務官」

シェイドは薄っぺらい笑みを顔に張りつけたまま、バルトン政務官と対峙した。

一分ごとに空気が重みを増す中、椅子に座っていたバルトン政務官は前のめりになって執務机に両肘をつく。

「ええ、王子にもあとで話そうと思っていたので、ご足労いただき感謝しています」

「では、説明願おう」

壁に寄りかかるように立ったシェイド。私はシルヴィ先生とマルクと共に、執務机の前で横に整列した。

バルトン政務官は品定めするように私たちの顔を順々に眺めると、静かに口を開く。

「今回の依頼は、ミグナフタ国の西に位置するエグドラの町で大量発生した謎の感染症を食い止めることと、感染者の治療にあたることだ」

町で大量発生したとなると、規模は相当なものなのかもしれない。まずは感染症の特定が必要だと考えながら、私は尋ねる。

「謎の感染症、ですか？」

「具体的な症状はこちらに情報が入っていない。なにせ調査に行かせた人間も感染し、数日で息を引き取ったと施療院から報告を受けているからね」

それを聞いたマルクが目を見張って、「数日で⁉」と声をあげる。

「施療院の医師から、感染の原因や経路は聞けなかったんですか」

マルクの横でシルヴィ先生が冷静に口を開く。政務官の前だからか、いつものくだけた口調から敬語に変わっていた。

「それがねぇ、聞けなかったのだよ」

不気味な笑みを浮かべたまま、軽く『知らない』と言ってのける政務官に呆れる。そんな簡単に片づけられても困るのだ。数日で死に至る感染症が流行している町へ赴くことがどんなに危険か、考えれば子供にだってわかる。当然、バルトン政務官も承知のはずだ。

「安全の確認が取れていない場所へ、いきなり王宮の医師と看護師を派遣するのは無理がある。まずは町の周辺住民に聞き込み調査をすべきだ。それに、シルヴィとマルクを派遣すれば、城から医師がいなくなる。なぜ、城にひとり残そうとは考えなかった？」

黙って話を聞いていたシェイドが壁から背を離して、バルトン政務官の前に立つ。

シェイドの強い眼光に怯《ひる》みながらも、バルトン政務官は言葉を返す。

「医師の派遣を渋っている間にも、町民の命は脅かされているのですぞ。もはや誰かが足を運ばなければ、死者は増えて感染の規模も広がる一方なのです」

「誰かを犠牲にしなければ救えない事態を招いたのは、人の上に立つ者の力量不足ゆえだ。治療者も町の人間も無事でなければ意味がない」

頑としてシェイドも譲らない。どちらの意見も正しいので意見は拮抗《きっこう》してしまうが、私もこの命を勝手に手放すことはできない。私を命がけで救ってくれた人や大切に思ってくれている人を悲しませないためにも、生きることは自分の責任だと思っている。

とはいえ、バルトン政務官の言う通り一刻を争う状態なのも事実。私は悩んだ末に、シェイドのほうへ身体を向けた。

「シェイド様、私は行きます」

「だが、あなたをみすみす死なせるわけには……」

「私は看護師として、救える命があるのなら救いたいんです。無茶はしません。十分に注意しながら治療にあたります」

首を縦に振らないシェイドに、言葉を重ねて説得を試みる。意見を固持する私に、彼はなにか言いたげな顔をしたけれど、折れてくれたのか諦めにも近い笑みをこぼす。

「その申し出自体が無茶なんだが、俺がダメだと言っても聞かないんだろう？」

「ごめんなさい。でも、エグドラの町の人は今も心細い思いをして助けを待っているはずだわ。早く行ってあげないと」

気遣いがにじんだ彼の瞳を安心させるように強く見つめ返す。引き止めたいはずなのに、私の意思を尊重してくれたことに心の中で深く感謝した。

「安心してくださいよ、王子」

「僕たちも一緒に行きますから！」

私の隣に並び、シルヴィ先生とマルクもエグドラの町に赴くことを賛同してくれる。ふたりがついてきてくれるなら心強い。

無茶はしないと言っても、相手は謎の感染症。しかも数日で宿主の命を奪うほどの病原体だ。この世界には十分な治療薬も予防薬もないので、うっかり自分が感染でもしたら治療どころではなくなる。気を引き締めなければと背筋を伸ばしたとき、シェイドは私たちの顔を見て神妙に頷く。

「わかった。でも定期的に報告をあげてくれ。なにかあれば、すぐに救助に向かう」

彼に背を預けて行くのだ。大船に乗ったつもりで、治療することだけに専念しようと自分を鼓舞していたら「話はまとまったようですな」とバルトン政務官が声を挟んでくる。

「では、頼んだぞ」

バルトン政務官のひと言で、私たちは執務室を出た。成り行きで皆で肩を並べて廊下を歩いていると、ふいにシェイドが口を開く。

「護衛にダガロフをつけよう」

「え、でも……できるだけ感染地域に行く人間は少ないほうがいいですよ」

なぜ護衛をつける必要があるのか、まったく検討がつかない私は首をひねる。

「危険な場所にあなたたちを送るんだ。不測の事態に備えて守り支援するのは当然だろう」

それくらいさせてくれ、と懇願するように眉尻を下げながら微笑むシェイド。そこまで私たちを思ってくれる彼のもとで働けることを名誉に思った。

「まあ、感染症とは関係なく危険な匂いがプンプンしやがるからな、この仕事」

シルヴィ先生は不愉快極まりないといった顔をすると、頭の後ろで手を組む。

「よけいな心労をかけるな」

すまなそうに言うシェイドは私たちを追い越して前に出ると、こちらに向き直り足を止めた。改めて真っ正面から見据えてきた彼の真摯な瞳に、息を呑む。私は目を瞬かせて、シルヴィ先生とマルクと一緒に立ち止まった。

「共に行くことは立場上叶わないが、あなたたちのことは必ず俺が守る。なにかあれば、すぐに頼ってほしい」

王子でありながら、私たちに頭を下げるシェイドに確信する。彼が王になった国ならば民はみんな、幸せになれるだろうと。

しばし返事も忘れて、私は分け隔てなく誰かを思いやれるシェイドの威風堂々とした姿に心を打たれていた。


翌日、城お抱えの馬車で五時間かけてエグドラの町境にある街道にやってきた。ここで馬車を止め、徒歩十五分かけて町へ向かうことになっている。

理由は、エグドラの町に入れば御者に感染する可能性があるからだ。すぐに発症しなくても病原体が体内に潜伏していることもある。潜伏期間中に城に戻れば、城内で感染が広がることもありえるのだ。

今回は発症から数日で死に至るという話なので病原体の感染力は強く、潜伏期間も短いことが考えられるため念には念を入れた。

御者と別れて治療道具を手に街道を歩いていると、ダガロフさんが険しい表情で口を開く。

「王子は、施療院へ医師を二名も派遣したこと、それを指示したのがバルトン政務官である部分に違和感を抱いているようです」

違和感というのはシルヴィ先生の言った通り、危険な匂いがプンプンするというあれだろうか。エグドラの施療院に私たちを派遣したことには、なにか裏があるのかもしれない。

「つまり、バルトン政務官には注意しろってことですか」

シルヴィ先生はダガロフさんの言葉の意図を読んで、不愉快な顔をする。

王宮看護師として働くようになってから知ったのだが、騎士は爵位を賜《たまわ》っているので医師よりも身分は上なのだとか。なのでシルヴィ先生はダガロフさんに敬語を使っている。けれど、ダガロフさんは私に対してだけ敬語で話すので理由を尋ねたら、『俺はシェイド様だけでなく、あなたにも忠誠を誓いましたから』と言っていた。

目の治療をしたのは、私が患者を見捨てられないからだ。自分のためにしたことであって、そこまで恩を感じられることではないのだが、律儀な人だなとダガロフさんを見やる。

「バルトン政務官は俺たち月光十字軍をミグナフタに受け入れることに反対の意を唱えている。あなた方はなんらかの政治闘争に巻き込まれているのかもしれない」

ダガロフさんの話で、シェイドの言っていた不測の事態がなんなのかに気づく。

私たちは歓迎されていないから、感染症の流行《はや》っている町へ追いやられるということみたいだ。だとしたら、いくつか引っかかる点がある。

「月光十字軍の人間が気に入らないのなら、なぜミグナフタの医師までエグドラの町に送ったの？」

どうして厳選した人員が私たちなのか、考えれば考えるほど無意識のうちに眉間にシワが寄る。バルトン政務官の思惑が見えてこないことに不安を覚えていると、マルクも「月光十字軍の看護師なら他にもいますしね」と同意見のようだ。

常に刃物を背に当てられているようで、緊張に生きた心地がしない。だが、ここでいくら思考を巡らせたところで自分にできることなどひとつしかないのだ。

私は目の前の命を救うことだけに集中しよう。

様々な雑念を振り切るように町の方角を見据えたとき、向かいからところどころ布が薄くなっているつぎはぎだらけの服を身に着けた男たちが五人ほど駆けてくる。腰には短剣が差さっており、頬や腕にできた傷跡が人相の悪さを際立たせている。

『荒くれ者』と呼ぶのが一番しっくりくる。大きく膨れ上がった白い布袋を肩に担いで背後をしきりに気にしているところを見ると、あきらかに善人ではなさそうだ。

「お前たち、止まれ」

背中に担いだ槍の柄に手をかけ、ダガロフさんは私たちを背に庇うように荒くれ者たちの前に出て仁王立ちする。

荒くれ者たちは顔を見合わせると、武器を構えるためか、担いでいた布袋を地面に放り投げた。その拍子に宝石のあしらわれた金食器やサファイアのブローチなどが飛び出る。

それらを横目に見たダガロフさんは、荒くれ者たちを視線で鋭く射貫く。

「この金品をどのようにして手に入れたのか、説明しろ」

元騎士団長の放つ気迫は、守られている私たちの身体さえすくみ上がらせる。獅子を相手にしているのではないか、と錯覚するほどだ。

「ひいっ、お前何者だよ！」

情けない悲鳴をあげながら、真っ向からダガロフさんと対峙している荒くれ者たちは次々に腰を抜かしていく。

「俺はダガロフ・アルバート、月光十字軍に属する騎士だ。それで、その金品の出所《でどころ》はどこだ？　白状しなければ、俺とここで一戦交えることになるが」

「こ、これは流行り病で死んだ金持ちどもの家からくすねたんだよ！」

声を裏返らせながら白状した荒くれ者は、どうやら盗賊だったらしい。堂々とくすねたことを宣言するのもどうかと思うけれど、盗みを働かなければ生きていけないのかもしれない。

つくづく自分がいた世界は恵まれていたなと実感していると、盗賊たちは観念したのか、こちらから聞かずとも自分たちから話し出した。

「奇病が流行って、あの町の人間はほとんど死んだようなものだからな」

「そいつらだって遺品が無駄になるくらいなら、誰かに恵みたいって思うはずだぜ」

開き直っている盗賊たちの口からは、信じられない言葉が飛び交う。

「奇病って、まさかエグドラの町から来たのか」

わずかに目を見張ってダガロフさんが尋ねると、盗賊たちは「そうだよ」とあっさり認める。

「おい、何日あの町に滞在していた」

シルヴィ先生が尋ねると、盗賊たちは考えるような素振りを見せて「五日だ」と答えた。それどころか、話を聞いているうちに何度もエグドラの町に行って金品を盗んでいることが判明した。

「それだけエグドラの町にいて病にかかっていないだなんて、感染力が弱いのか強いのかわかりませんね」

マルクの言うとおりだ。目の前の男たちは町の人間をほとんど死んだようなものと言っていた。なので感染力は強いのだろうが、五日滞在してもかからない人間がいる。

「エグドラの町に蔓延しているものがなんなのか、ますます掴めなくなってきたわ」

実際に症状を見てみるしかないのかもと考えていたら、シルヴィ先生は盗賊たちを見回して腕を組む。

「ともかく、こいつらが病原体を保持している可能性がある。感染を拡大させないためにも一緒に施療院に連れていくべきだ」

今のところ発症していない彼らを再びあの町に引き戻すのは気が引けるが、これ以上感染を広げないためにも隔離は必要なので、私もシルヴィ先生の意見に賛成だった。それに施療院にいてくれれば、彼らに感染兆候が現れた際に早い段階で治療できる。病原体や感染経路の特定もできない今、それが最善の策に思えた。

「では、縄にかけさせてもらうぞ」

ダガロフさんが縄を取り出すと、シルヴィ先生も「仕方ねぇな」と文句を言いながら盗賊たちに近づく。ダガロフさんを手伝って盗賊を縄で縛るシルヴィ先生は、ふいに鼻をすんっと鳴らして険しい顔をした。

「お前たち、ちゃんと風呂に入ってんのか？　酸っぱい匂いがすんぞ」

「なんだと、この白髪野郎！」

「喧嘩《けんか》売ってんのか、この盗賊野郎」

口が悪いシルヴィ先生と盗賊。どちらが悪人かわからなくなるな、と私は顔を引きつらせる。

それから私たちは、行きの倍の人数、騎士と医師、看護師と盗賊という異色の九人でエグドラの町に向けて歩き出した。

感染経路がわからなかった私たちは町に入る前に、ハーブを詰めた布を口元に当てて後頭部で縛り、肌の露出を避けるために革製の手袋とガウンを身に着けた。

町に入って最初に感じたのは、静けさ。民はどこにもおらず、ゴーストタウンに来てしまったかのようだ。

しばらく歩いて広場のような場所にやってくると、ようやく町人の姿を見つけた。黒のローブを羽織り、手を擦り合わせて祈りを捧げている。

「ミアスマをどうかお祓《はら》いください、どうか」

町人が口々に繰り返す単語に私は「ミアスマ？」と首を傾げた。すると同じように広場を見ていたシルヴィ先生が忌々しげに答える。

「瘴気《しょうき》のことだ。悪い気が病気の原因だって考えてるヤツらもいるんだよ。どうせ、ミアスマを祓う代わりに多額の金を請求するインチキ聖職者どもが吹聴して歩いてるんだろ」

なるほど、一種の洗脳みたいね。

私も病棟で働いているとき、病気が治る聖水を押し売られたことがあると患者から聞いた。心身共に傷ついているとき、神社で神様に願うように人は誰かにすがりたくなる。そんな人の弱さにつけ込むなんて許せない。

モヤモヤした感情を抱えながら、私たちは町の城壁沿いにある施療院へとやってくる。芝生の上に建つ石材でできた施療院はステンドグラスで作られた円形のバラ窓や扉口の天使の像など、華やかすぎず厳かな美しさがあった。

「ここは定員が二千人ほどなんですが、今では患者が廊下にまであふれかえっていて……」

深刻な顔で私たちを中に案内してくれたのは、この施療院の医師だ。五十代くらいの男性で、疲れ切った顔をしているのは、この凄惨な状況ゆえだろう。

硬い石の廊下に敷かれた薄い布の上には、発熱からか、顔面を紅潮させてうめいている人間たちが横たわっている。中には皮膚に膿がたまったブツブツとした袋状のできもの——膿疱《のうほう》や潰瘍、手足が壊死している者まで見受けられた。

なんなの、これ……。

全員が同じというわけではないけれど、似たような症状の患者が複数見られる。感染症には変わりないと思うけれど、目視だけでは特定は難しそうだ。

改めて得体のしれない病原体と山のようにいる感染者に身体が震えるのを感じながら、私たちは与えられた施療院の一室に荷物を置く。

「ベッドは四つ用意されてますが、若菜さんまで僕らと同じ部屋だなんて落ち着かないですよね？」

マルクが気遣うような視線を向けてきた。私は治療道具と私物が一緒に入っている鞄《かばん》を整理しながら、笑みを浮かべて首を横に振る。

「そんなことないわ。私たちは仲間、男女なんて性別は気にしないで」

元いた世界だったら、男性と同じ部屋で寝ることに抵抗があっただろう。でも、月光十字軍と行動を共にしたばかりの頃も幕舎に紅一点状態で寝泊まりしていたし、今さら抵抗はない。それにシルヴィ先生やマルク、ダガロフさんのことは信用している。襲われるかもしれないなどの心配はなかった。

しかし、それを聞いていたシルヴィ先生は呆れた顔で私を見る。

「お前、そんなんだから三十になっても独り身なんだよ」

「失礼ながら、シルヴィ先生には言われたくありません。私と年齢も結婚事情も同じじゃないですか」

「俺は結婚できないんじゃなくて、しないだけだ」

この言い訳は、私自身が使っていたものでもある。同僚や高校時代の友人に会うたびに『彼氏は作らないの？』と聞かれ、『今は仕事が大事だから』『今はいらないから』と自分の意志で彼氏を作ってないという主張をしてきた。

客観的に聞くと、見栄を張っているようで恥ずかしい。

「頑張りましょうね、シルヴィ先生……」

なにも傷を抉《えぐ》り合うことはない。同志だと思って励まし合おう。

そうひとりで何度も頷いていたら「は？」とシルヴィ先生は口を開けたまま呆けていた。

「でもでもっ、若菜さんは女性なわけですし、やっぱり同室というのは……」

心配するマルクにダガロフさんがきっぱり告げる。

「もしもの事態は起こらない。俺がいるのだからな」

槍を壁に立てかけるダガロフさんを、私を除く二名は苦い顔で見る。

これから向き合うのは自分の命を奪うかもしれない感染症患者。冗談を言える状況ではないというのに、私は平常心でいられている。それはきっと皆のおかげだと、仲間の心強さが身に染みた。


シルヴィ先生とマルクと手分けして、私は患者の治療にあたった。ダガロフさんはその鍛え上げられた体躯を生かして患者の搬送を手伝っている。

私は先ほど緊急で施療院に運ばれてきた青年を診ていた。ベッドの空きはもうないので施療院の入口に布を敷いて寝かせ、傍らに膝をつき診察する。

この世界の体温計は水銀でできているのだけれど、なにせメモリが手書きでアバウトにつけられている。これは城の治療館でもやったことなのだが、私はこの施療院のすべての体温計で自分の熱を測った。自分の平熱が三十六度二分なのでそれを目安に体温計のメモリを書き直し、ほぼ正確に熱を計測できるようにしている。

両親が運んできた二十歳の青年の熱は、ほぼ三十九度。両親の話によると全身の倦《けん》怠感《たいかん》を訴えて、すぐに寒気に襲われた彼は急に高熱に見舞われて苦しみ出したのだという。

「身体を見せてもらいますね」

ひと言断りを入れると、息子のそばに控える両親が泣きながら何度も首を縦に振る。私は最初に病気がうつってはいけないから別室に行くように促したのだが、聞き入れてはもらえなかった。子供が心配なのは理解できるので無理強いもできず……。私は口元を布で覆い、手袋をつけることを条件に付き添うのを許可した。

私は青年の上着をまくりあげて身体を確認する。すると鎖骨の下に円を描くような皮膚の赤み――発赤があるのに気づく。それはやや腫れを伴っていて、他にも脇の下にこぶし大の膨らみを発見した。

「なんでこんなところが腫れてるの？」

戸惑いながら再び鎖骨の発赤に視線を注ぐと、中央にひときわ赤い斑点があった。これはダニによる咬傷《こうしょう》に似ている。

「手足の壊死、膿疱、脇の下で腫れているのはリンパ節よね」

右隣で横たわっている患者は咳と共に泡立った血痰《けったん》を吐いており、左隣の患者は紫色の斑点が皮膚に表れている。

いきなり高熱が出て、しかも数日で死に至る感染力。これって、まさか……。

ひとつの考えが頭に浮かび、冷や汗が止まらなくなった。私の考えが正しかったら、闘う相手はあまりにも強敵すぎる。

「……ペスト」

昔は黒死病と呼ばれていた感染症だ。それも腺、肺、皮膚に感染した三種類のペスト患者がここにはいる。現代日本であれば有効な抗菌薬があるため、後遺症も残らず予後がいい。けれど、この世界にあるのは薬効をどこまで期待できるのかわからない薬草だけだ。

怖くてたまらなくない。でも、ここで私が立ち止まった時間だけ、多くの命が失われていく。ペストに時間との戦いだ。数日で人の命を簡単に食い尽くしていく恐ろしい病気なのだ。

「しっかりしないと」

あえて言葉にして、自分の気持ちを落ち着ける。すると気持ちが切り替わっていくのを感じた。

私はいったん青年のそばを離れて、医師と看護師、それからダガロフさんを待機室に集める。この部屋には薬剤や治療器具が置かれており、私の世界で言うナースステーションのような場所である。

そこで私は、ここにいる患者がペストの可能性が高いことを話した。この世界では、はっきりとした病名がわかっていない病が多い。熱には解熱作用のある薬草、傷は洗って布を当てるなどの症状に対しての処置がほとんどだ。しかし、今回は病原菌に対してアプローチしていかないと患者は確実に数日で亡くなってしまう。

「そのペストって、なにから感染するんだ？」

腕組みをしたシルヴィ先生が尋ねてきた。

「ダニです。それもペスト菌に感染したネズミを吸血したダニが人に咬《か》みつくことで起こります。あとは患者の咳や痰からも感染しますね」

確か元いた世界でも輸入した毛皮にペスト菌を保有したダニがついていて、流行したと耳にしたことがある。ただし現代ではなく、中世ヨーロッパでの話だ。

「ダニの駆除なんて、できるんでしょうか」

ポツリと不安をこぼしたマルクの気持ちもわかる。ダニなんて数えきれないほどいるし、駆除するにも手間がかかる。でも、これ以上ペスト菌を広めないためにもやらなければならないことだ。

「シェイド様に連絡をして、清潔なシーツを届けてもらいましょう。今まで使っていた寝具や洋服はすべて燃やします」

ダニは湿気の多い場所を好む。汗で湿ったマットレスやベッドシーツ、衣服や絨毯などの繊維も住処《すみか》にするはず。

もちろん私たちだけでは町のすべてのダニを駆除するのは難しいので、町の人にも協力を仰ぐ必要がある。その際は手袋を着けるように指導しなければ。

「あとはネズミの撲滅も必要なんだけど、なにか方法はない？」

「それなら、ネズミを駆除する罠《わな》がありますよ」

そうダガロフさんが教えてくれる。

こちらもすべてのネズミを撲滅するのは難しいが、せめて数を減らしてネズミに注意する生活を皆にしてもらえれば感染を防げるだろう。

「ここからは感染拡大を防ぐ班と、患者の治療にあたる班に分かれましょう」

私の指揮に、皆は異論を唱えることなく頷く。

こうして私と護衛のダガロフさん、シルヴィ先生とマルクは患者の治療にあたる治療班へ、施療院の医師と看護師はネズミやダニの駆除をする環境整備班といったふうに二手に分かれて行動することになった。


施療院の医師と看護師は環境整備のために必要な罠や衣類や寝具などの物品を揃えに、さっそくここを出て町へ向かう。私は感染症がペストであることと物資の配給をお願いしたい旨を手紙に綴《つづ》ってシェイド宛に送ってもらい、すぐに治療班として動き出した。

「まずは抗菌作用のある薬草を煎じて飲ませましょう。必要に応じて解熱剤や軟膏も必要になるわね。それぞれ症状に合わせた治療――対症療法も合わせてしていきましょう」

私はシルヴィ先生とマルクと共に薬草を調剤の台の上に並べていく。そこにあるのは抗菌作用のあるローズマリーやラベンダーといったハーブだ。

「薬草にも限りがある。なるべく失敗は避けたいな」

シルヴィ先生の言う通り、ここには予想以上の感染者の数がいる。無駄にできる薬草などひと欠片《かけら》もなかった。

「あのう、あの盗賊たちはどうして感染しなかったんでしょうね」

ポツリとマルクがこぼした言葉に、確かにと思う。ペストで死亡した人間の住居に侵入し、しかも五日間もこの町に滞在していたのに感染していないなんて運がよすぎる。いや、運なんて言葉では片づけられないほど稀《まれ》なことだ。

「彼らから話を聞いてみたほうがよさそうね」

素直に教えてくれるのか不安になっていると、なにを勘違いしたのかダガロフさんが「なにかあれば俺が守ります」と声をかけてくれる。そこで初めて、身の安全よりも感染収束への手がかりを得られないことのほうが心配だったのかと、自分の仕事脳ぶりに苦笑いした。

「頼りになります、ダガロフさん。それでは行きましょうか」

私たちは盗賊を閉じ込めている施療院の一室に向かう。部屋の扉を開けると、盗賊たちは呑気に眠りこけていた。羨ましいくらい神経が図太い。

「聞きたいことがあります。あなたたちが感染症にかからないのは、なにか対策をしていたからですか？」

盗賊たちの前にしゃがみ込んで問いかけると、フンッと鼻で笑われる。

「ひと晩、お姉さんが相手してくれるんなら教えてやってもいいけど？」

「ははは っ、そりゃあいい！」

馬鹿にしたように高笑いする盗賊たちに、ダガロフさんは背中の槍に手をかける。シルヴィ先生やマルクも前に出ようとしたが、私は首を横に振って止めた。

「あなたたちの力を今度は誰かを助けるために使ってほしい」

極めて冷静に、ゆっくりと語りかける。すると盗賊たちは笑うのをやめて、真意を探るような目で私を見てきた。

「どういう意味だよ？」

「ここにいる患者は明日生きられるかもわからない。でも、あなたたちがその明日を作ってあげられるかもしれない」

彼らがなにかを知っている保証などないけれど、それならそれで私の言葉が少しでも心に届いて更生してくれればいいと思う。

そんな気持ちでいたからか、侮辱されても優しく諭せた。

「力を貸してください」

そう言って頭を下げたら、盗賊たちから「俺たちなんかに頭を下げんのかよ」と驚きの声があがった。

私は顔を上げて、まっすぐに彼らの顔を見つめる。

「お願いしているのは私ですから、当然のことです」

「……変な女だな、あんた」

訝しげな顔をして、盗賊たちは顔を突き合わせると会議を始める。話に乗るかどうか、そんな言葉が聞こえてきた。

急かすことなく待っていると、ようやく結論が出たのか盗賊たちは私を見る。

「俺たちはただ、ニンニクの汁を混ぜた酢を毎日飲んでいただけだよ」

「あとはハーブを酢につけ込んだものを飲んだり、身体に塗ったりしてたからかな」

それを聞いていたシルヴィ先生は「だからか」と言って腑に落ちた顔をする。

「お前らからした酸っぱい匂いって酢だったんだな」

ハーブビネガーということ?

彼らの生み出したそれは、ペストの特効薬への近道に思えた。私は彼らの背中に回って縄に手をかける。

「教えてくれてありがとうございます。それともうひとつお願いがあるのですが、いいでしょうか」

「えっ、縄を解いたりして大丈夫なんですか？」

マルクは縄を外す私に驚愕の表情をして、数歩後ずさる。

「お願いをするのに、縄で縛ったままだなんて失礼だもの」

「若菜さん……」

まだ心配そうな顔をしているマルクに笑みを返して、完全に自由になった盗賊たちの前に回り込み再度頭を下げる。

「私たちは一分でも多く患者の治療をしたい。なので、そのハーブの酢漬けをあなた方が作ってくれませんか？」

「俺たちを信じてもいいのか？　途中で逃げ出すかもしれないぞ」

目を丸くして試すような言葉を投げかけてくる盗賊に向かって、私は笑みを浮かべた。

「それはあなたたちを口説き落とせなかった私に落ち度があります。なので責めたりもしませんし、今は信じるだけです」

きっぱりと迷わず言い切れば、盗賊だけでなくシルヴィ先生も呆れていた。マルクはというと、いつものように尊敬の眼差しを向けてくる。

「あなたは猪突猛進《ちょとつもうしん》な方ですね。こちらとしては気苦労が絶えませんが、そこが魅力だと思います」

ダガロフさんも困ったように笑って、私の意見を尊重してくれた。

盗賊たちはそんな私たちを見て「わかったよ」と苦笑をもらし、ハーブビネガー作りを手伝ってくれることになった。


盗賊たちが編み出したハーブビネガーはローズマリーやラベンダー、セージやタイムといった抗菌、殺菌、去痰《きょたん》、鎮痛、抗酸化作用のある薬草が使われていた。それに加え、同じく抗菌作用のある酢でつけ込まれているので、内容的には万能薬と言っていい。

実際に患者に内服させていくと、感染初期であれば症状が引いていき効果が表れていた。

しかし、ペスト菌が血液に乗って肝臓や心臓などの他の臓器に伝播《でんぱ》してしまった患者は敗血症《はいけつしょう》といって急激なショック状態からの昏睡《こんすい》に至り、二、三日で死亡してしまった。紫斑や手足の壊死が見られる患者はほとんど助けられていない。

もっと早くここに来ていればと、仕方ないことをグルグルと考える。それでも治療する手を止めずに、ひたすら患者に向き合うこと三日。

「若菜……さん、俺は……もう、長くはないんですね」

私は最初に診た青年のそばに座って、俯いていた。彼は看病をしているときに自分がニックという名前だということ、両親とトウモロコシ農家を営んでいるのだと話してくれた。

初期にハーブビネガーを飲んだのにもかかわらず、彼の症状の進行速度が通常より早かったのか、薬効が十分でなかったのか……。ここでは採血をして薬が効いているのかどうかも判断できない。なにがいけなかったのはわからないけれどニックは身体中に紫斑ができた状態で意識も朦朧《もうろう》としている。

ニックの両親は身を寄せ合ってそばで泣き続けている。私は本来であれば医師のすべきことなのだが彼に伝える義務があるので、泣くよりも先に看護師の役目を果たそうと顔を上げる。

「っ……おそらく。心づもりはしておいたほうがいいわ」

そう言えば、彼は怖がるでもなくなにかを悟ったように寂しげに微笑んだ。

「最後くらい……誰かに、触れたかった……な」

「ニック……そうよね。あなたに触れるときはいつも手袋越しで、顔は半分も布で隠れてる。切なかったわよね」

まるで化け物に触れるかのような完全防備をした私たちを彼はどんな気持ちで見て

いたのだろう。視界が涙で歪んで、しゃくりあげそうになるのを奥歯を噛んで堪える。

「どうして……若菜さんには……わかるのかな」

弱々しく微笑むニックの顔が、記憶の中の彼に重なる。続いて『なんで、若菜お姉さんにはわかっちゃうのかなぁ』という湊くんの声が聞こえてきた。

こうやって最期を迎えようとする患者を前にするたび、自問自答する。

医療に携わる者として失格だと言われてもいい、自分のエゴだと罵られてもいい。私は水瀬若菜としてニックに向き合いたい。

「ずっと、寂しい思いをさせてごめんね」

私は革製のガウンを脱いで手袋を外し、口元の布の結び目に手をかける。みるみるうちに目を丸くするニックの前で布を取って見せた。

「え……」

言葉を失っているニックの手を躊躇《ちゅうちょ》せずに握りしめ、その頬に触れる。今は自分が感染するかもしれないとか、そんな野暮な考えは浮かばなかった。ただ、ニックが望んでいることをしてあげたい一心だった。

「心細いとき、人のぬくもりに触れるとホッとするよね。今それが必要なのはあなただったのに、もっと早く手を握ってあげられなくてごめんなさい」

「なにを言ってるん……ですか。俺に触れたらうつるかも、しれない……のに、お人好し……ですね」

軽口を叩くニックのおかげで、重い空気が少しだけ軽くなると、泣きじゃくっていた両親もそばにやってくる。

彼らも手袋を外そうとしたが、ニックが「そのままでいい」と止めた。自分のせいで両親を感染させたら罪悪感を抱えて死んでいくことになる。だから、両親の分まで私が人のぬくもりを彼にあげようと決めた。

「父さん、母さん……ありがとう。先に逝って待ってるから……ふたりはゆっくり、会いに来てよ……」

「ああ、よく頑張ったな。ニックの分も生きてからそっちに行くよ」

お父さんは私の握っている手とは反対の手を握る。お母さんはニックの頭を撫でて「生まれてきてくれてありがとう」と精一杯に笑う。

ニックは眉根を寄せて泣くのを堪えながら頷き、今度は私を見て微笑む。もう、視点は合っていなかった。

「若菜、さん……ありが、と……う」

「っ……こちらこそ、ありがとう」

家族に見送られる、幸せな最期を見せてくれて。

滲んでくる涙でぼやけそうになる視界をなんとか瞬きで保ち、眠るように目を閉じるニックを見届けた。

「ニックぅぅ、あああああっ」

彼の身体にすがろうとするお母さんをお父さんに「今は耐えてください！」と叫んで引き留める。こんなときに抱きしめてあげることもできない。その計りしえない痛みを和らげることができるかはわからないけど、私には聞かせたい話があった。

「これからニックは心臓が鼓動を止めるまで眠り続けると思います。でも、こんな話があります。目を開けることや話すことができなくても、聴力は最後まで残るって」

昏睡状態になったニックの頭を撫でながら、私は彼の両親を見つめる。

彼がちゃんと家族と話せてよかった。湊くんは会いたい人に看取られることなく逝ってしまったから。

「話しかけてあげてください。一方的でもいい、声を聞かせてあげてください。終わりを迎えるそのときまで」

そう言えば、ふたりは納得したように何度も頷いてくれた。

私はしばらく彼を抱きしめると、そっと床に寝かせる。ニックの両親に「ありがとうございました」と何度も頭を下げられながら、後を託してその場を離れようと立ち上がった。そのとき、目の前に信じられない人物がいることに気づく。

「う、そ……どうしてここに？」

自分の目を疑う。動揺して、人目があるのに敬語を使うのを忘れてしまった。

私はゆっくりと近づいて足を止めると、感染予防の防具を身に着けた彼を見上げる。

「シェイド、感染症が収まってきたとはいえ危険なのには変わりないのよ？」

「あなたが無茶しているんじゃないかと思って、気が気じゃなかったんだ。もちろん、ここでやる仕事もあったから来た」

「とにかく、こっちに来て」

そう言って彼の腕を掴もうと伸ばした手を止める。

私はニックに素手で触れてしまった。すでに病原体の宿主になっている可能性がある。彼にうつしたりしたら大変だ。

私は手を引っ込めて自嘲的な笑みをこぼし、「ついてきて」と彼を施療院の中庭に連れてくる。ここは木々も花も噴水の水も枯れ果てているが、青い空が心を晴れやかにしてくれるちょっとした息抜きスポットだ。

そよぐ風が心地いい。私は久しぶりに建物の外に出た解放感を味わいながら、数歩離れた場所に立つ彼に改めて向き直り尋ねる。

「こっちでやる仕事って？」

「生活物資を届けに来たんだ」

なにか文句があるのか、とでも言いたげな彼に私は深く息を吐く。

「それは、あなたでなくてもできるでしょう？」

「ネズミの駆除もしなければならないだろう」

「それも王子でなくともできるはずです」

問い詰めるように強く見据えると、シェイドは肩をすくめた。曖昧に笑って頭をかくと、静かに言葉を紡ぐ。

「若菜は他人には優しいが、その分自分をないがしろにする」

「私はないがしろになんて……」

「そのつもりはないんだろうが、俺は危なっかしくて目が離せない。さっきだって感染者に防具なしに触れただろう」

見られていたんだ。だとしたら、心配をかけてしまっただろう。私が気づいていないだけで、今までも彼の肝が冷えるような行動を私はとってきたのかもしれない。

「心配して来てくれたのに、突っぱねるようなことを言ってごめんなさい。私もあなたが感染したらと思ったら、怖かったの」
　責めるような言い方になってしまったことを反省していると、急に目の前が陰った。
私はいつの間にか俯いていた顔を上げる。
「俺も同じ気持ちだ」
　鼻先がぶつかりそうな距離に、シェイドはいた。いつもの柔らかさは欠片もなく、
ただ真剣な眼差しが私に注がれる。
「口だけではなく誰かのために行動できるところが、あなたの魅力だ。その性格を好
ましく思うのと同時に、危険な目に遭わせないよう閉じ込めておきたいとも思う」
　ふざけているわけでもなく、束縛をほのめかすような発言をする。彼の好青年の仮
面の下にある素顔が見えた気がした。
　私が思っている以上に、彼の愛情は熱烈だ。私がその想いを受け入れられなくても
関係ないとでもいうような強引さがある。
「自分では冷静なほうだと自負していたのだが、その考えは改めよう。俺はあなたの
ことになると、翻弄されてばかりだ」
　真顔を少しだけ崩して苦笑したシェイドは、私の頬に手を伸ばす。それにハッとし
た私は「い、いけません！」と叫んで後ろに飛びのいた。

「見ていたならわかるでしょう？　私は感染者に触れてる。あなたにうつってしまうかもしれないから、近づかないで」

「無理な相談だな」

後ずさる私をシェイドは追いかけてくる。あろうことか口元の布を剥ぎ取り、手袋やガウンをその場に脱ぎ捨てていく。

「来ないで、駄目よ。あなたは王子になって、たくさんの人の未来を明るく照らすの。ここで死んでいい人じゃない」

私は壁際に追いつめられ、逃げ場を失った。背中に冷たく硬い石の感触がしたと思ったら、私の顔のすぐ横に彼は両手をつく。

「若菜がいないと、俺の未来は闇に閉ざされる」

見下ろしてくる彼の瞳の強さに、私は息を呑んだ。魅入られて身体が動かなくなり、抵抗も敵わずに顎を掴まれる。

「触れたらだめっ」

悲鳴に近い声で叫ぶ私とは対照的に、彼はフッと微笑んでいた。

「自分のことでは決して泣かないのに、あなたは誰かのためにだけ涙を流すのだな」

慰めるように目尻に指先を這わせてくるシェイド。

私は彼にペストがうつってしまったらと、怖くてたまらなくなった。身を縮こまらせて絶望的な気持ちで彼を見つめていると、優しく髪を梳かれる。

「病にかかっていようと死を背負っていようと構わない。若菜の運命を俺にも分けてくれ」

言葉の通り、シェイドは私の運命ごと奪うように唇を重ねてくる。恐れたのは一瞬で、それからは与えられる熱に思考が鈍っていく。

ああ、もう否定するのは無理だ。こんなにも命がけで自分を愛してくれるシェイドに、惹かれずにはいられない。本当はずっと前から、彼と同じ気持ちだった。

蓋をしていた想いがあふれ出して、明確な名前をつけてほしいと訴えかけてくる。

……私はシェイドが好きなんだわ。

スッと胸に収まった感情に身を任せて、彼の唇を受け入れる。目を閉じれば、シェイドがどれだけ優しく自分に触れてくれているのかに気づけた。

何度かお互いを労るような口づけを交わして、そっと離れると間近で視線を絡ませる。彼の琥珀色の瞳がいつもより濃く燃えているように見えた。

「あなたの気持ちを確かめないうちに触れてしまい、申し訳ない。でも、自分のことを後回しにしてしまう若菜のことを守りたかったんだ」

謝りながらもシェイドは私の腰を引き寄せて、強く胸に抱いてくれる。彼の軍服に顔を埋めると、薔薇にも勝る甘い香りがする。

「もう十分守ってくれてるわ……本当に、ありがとう」

規則正しい鼓動、背中をさする手、溶け合う体温。そのどれもが私を守ってくれているようで、しばらく彼の腕の中でじっと目を閉じていた。

政務官の思惑

エグドラの町に来て半月。私に触れてしまったシェイドも今日までこの町に滞在することを余儀なくされ、共に感染を食い止めるために奮闘した。

ペストの潜伏期間は二、三日だ。幸いにも発症していないので、私もシェイドも感染せずに済んだらしい。

そして喜ばしいことに新たな感染者が出たという報告が五日前からない。つまり感染症は食い止められているということだ。施療院に残る患者も今では十名にまで減少したため、私たちは城に帰ることになった。

怒涛の勢いで過ぎていったこの半月のことを振り返りながら、私は十名乗りの幌馬車の後ろ戸に肘をついて遠ざかるエグドラの町をぼんやりと眺める。

お昼に出立したので、城につくのは夕方だろう。もう何年もあの城を離れていたような気がする。それほどエグドラの町で過ごした日々は色濃かった。

「若菜、どうしたんだ?」

隣に座るシェイドに声をかけられて、我に返る。頭を切り替えなければと、私はひとつ息をついて彼に向き直り笑みを返した。

「いろいろあったな……って、考えてたの」

「ああ、そうだな」

シェイドも幌馬車からエグドラの町へ視線を向ける。その横顔を見つめながら、私は彼に励まされたことを思い出して気持ちが前を向くのを感じていた。

「これからなにがあったとしても、私は目の前の患者のために無我夢中でできることをするだけよ」

悲しむのは簡単なことだけれど、死を嘆いたところできっと死者は喜ばない。私がしなければならないのは、生きてできるだけたくさんの命を繋ぎ止めること。

自分の気持ちを再確認していると、シェイドは私を振り返って軽く吹き出す。

「くっ、くっ、くっ……若菜はいつも勇敢だな。たまには泣き言くらいこぼしてくれると、俺は役得なんだが」

いつもは紳士的で言葉遣いも綺麗な彼だが、ふたりのときはくだけた口調になる。

彼が時折見せる素顔に胸がざわついた。

「毎度、シェイドは私がまじめな話をしているときに笑うわよね。たまには真剣に受け止めてほしいわ」

売られた喧嘩……ではなく軽口を買うと、シェイドはさらに笑いのツボに入ってしまったらしい。お腹を抱えて笑っている彼を眺めながら、自然と心が明るくなっていく。きっと、素直に弱音を吐けない私を気遣ってのことなんだろう。

「ありがとう。私はあなたの優しさに救われてばかりね」

「それはお互いさまだ。俺もあなたの言葉や勇敢さに救われている」

私たちは自然と手を繋ぎ、笑みを交わした。温かい空気が流れるのを心と肌で感じていると、「で、なんでお前らまでいるんだよ」という声が聞こえてくる。

シェイドと同時に振り返れば、盗賊たちを見てシルヴィ先生が怪訝《けげん》な顔をしていた。

「シルヴィ先生、もう忘れちゃったんですか？　盗賊さんたちはこれから、感染症沈静化に貢献した功労者としてロイ国王陛下から恩賞を賜るんですよ」

さすがはマルクだ。仕事のこと以外は興味なしで私生活はずぼら、面倒くさがりで人の話は右から左であるシルヴィ先生より、断然しっかりしている。

「盗賊の俺たちが功労者だなんて感動だよな」

「ああ、これからはハーブビネガーを売って行商人として生きていこうぜ」

盗賊たちが喜びを噛みしめているところへ、シルヴィ先生は「どういう心境の変化だよ」と水を差す。

「俺らは姉さんのおかげで、人の役に立つ喜びを知ったんだ」

「新しい生き方を示してくれたんだ」

聞き間違えでなければ、盗賊たちの口から『姉さん』と聞こえた気がする。気のせいだろうと思いつつ盗賊たちを見ていると、まるで神様かなにかを崇めるような眼差しが返ってきた。

「もしかして、その姉さんって私のこと?」

恐る恐る尋ねてみたら「はい!」と元気のいい返事があった。言葉を失っている私の隣でシェイドは口を片手で覆い、肩を震わせている。

「シェイド、笑い事じゃないわ」

「くっ……いや、すまない。どうしてそんな流れに?」

笑いを堪えている彼が言った『流れ』とは、おそらく私が『姉さん』と呼ばれるに至った経緯だ。しかしながら、私も知らない。むしろ説明してほしいくらいだとうなだれている私の代わりに、シルヴィ先生が勝手に報告を始める。

「こいつ、ここにいる患者は明日生きられるかもわからない。でも、あなたたちがその明日を作ってあげられるかもしれない。だから力を貸してくれって頭を下げたんですよ」

「あとは、お願いをするのに失礼だからと、盗賊の縄を解いてましたね。しまいには盗賊たちにハーブビネガーを作らせていました。あの気概には参りました」

ダガロフさんまで私の姉さんぶりを語り始めてしまい、頭を抱えたくなる。シェイドはというと、またお腹を抱えて笑っていた。穴があるなら入りたい気分だ。

「それに若菜さんは自分が辱められるような言葉をかけられても、凛然としていました。僕はその強さに感動して……」

熱く語るマルクに、シェイドの笑い声がピタリと止まる。

急激に冷える幌馬車内の温度と張り詰める空気。シルヴィ先生は額に手を当てて天を仰ぎ、盗賊たちは一斉に視線をさまよわせている。

「……あれ？　僕、なにかまずいことを言ってしまったでしょうか？」

困惑した表情で私に助けを求めるような視線を送ってくるマルクに曖昧な笑みを返す。それから隣を見上げれば、黒い笑みを顔に張りつけているシェイドがいた。

もう自意識過剰とは思わない。彼は私のことに関しては過保護だ。これを聞いたら怒るはず……なのだが、当の本人は笑っている。それがなお恐ろしい。

「その話、詳しく聞かせてもらおうか」

ワントーン低くなったシェイドの声に、〝触らぬ神に祟りなし〟といったふうに明後日の方向を向いていた全員の肩がビクリと跳ねる。

そこから小一時間、笑顔で毒を吐くシェイドの説教が始まったのは言うまでもない。

燃え立つような夕日が家々の影を細長く地に映す頃、私たちは城門の前に到着した。

幌馬車から先に降りたシェイドは、自然に手を差し出してくる。

「若菜、手を」

「あ、ありがとう」

私のような一般市民もお姫様扱いしてくれる彼に胸が躍る。三十にもなって恥ずかしながら、こうして男性にエスコートされるという密かな夢が叶った。

上がる心拍数に気づきながら、平静な顔で幌馬車から降りた瞬間――。

「動くな!」

急に門番から槍を突きつけられる。シェイドが私を背に庇うのと、幌馬車から皆が出てくるのはほぼ同時。状況も理解できないまま、私たちはぞろぞろと出てきた兵に囲まれた。

「シェイド……」

私は目の前の軍服の裾を掴む。するとこちらを振り返った彼は、私を安心させるように柔らかく微笑んで視線を兵へ戻した。

「この俺がシェイド・エヴィテオールと知っての狼藉《ろうぜき》か。まさかとは思うが、エヴィテオール国第二王子の名を忘れたわけではあるまい」

落ち着いた声の中に、聞く者の動きを封じる気迫を感じる。門番も兵も戸惑うように顔を見合わせており、構えた武器は震えていた。

その場の空気がいっそう張り詰めたとき、「お帰りなさいませ、王子」と聞き慣れた声が聞こえてくる。視線を向ければ、飄々《ひょうひょう》とした態度で手を挙げるアスナさんがいた。その隣には肩にかかった赤髪をサッと手の甲で払うローズさんの姿もある。

「まったく、遅いのよ。まあ、この城に帰ってきたところで、あたしたちの居場所があるのかは怪しいけど」

「ローズ、王子に対してその口の利き方はなんだ。前々から言おうと思っていたのだが、騎士がそのように長い髪をまとめずに……」

この状況でダガロフさんは説教を始めた。ローズさんも「団長にはあたしの美的センスは理解できませんよ」と反論しており、なんとも気が抜ける騎士たちである。

そんな彼らにシェイドの雰囲気も柔らかくなった。口元に苦笑いを浮かべて、彼は信のおける仲間たちの顔を見回す。

「お前たちが無事でなによりだ」

「俺とローズはミグナフタの軍事司令官殿から要塞にいる兵の剣術指導を頼まれましてね。王子がエグドラの町に発ってすぐ、俺らも城を出たんですよ」

アスナさんは武器を向けられながらも、眼中にない様子で説明する。能天気な彼を横目に見たローズさんは、呆れた顔をしていた。

「大筋はアスナの説明通りよ。あたしたちは王子より一時間前に城に帰ってきてたんだけど、不穏な空気が漂ってたから様子見をしていたの」

報告を受けるシェイドはなにかを察したように、「なるほどな」と口端を持ち上げる。

「俺がいない間に、好き勝手やってくれたというわけか……さて」

門番や兵に向き直り、シェイドは話を元に戻す。

「あなたたちを悪いようにはしない。どういうことか、説明してくれるだけでいい」

シェイドも彼らの迷いを見抜いていたのか、腰の剣を抜くことなく穏やかな口調で語りかけていた。それが功を成して、門番や兵は武器を下ろすと眉尻を下げて口を開く。

「実は、城ではエグドラの町で流行っていたと思われる感染症が蔓延して、陛下がお倒れになったのです。その疫病を持ち込んだのはシェイド王子だとバルトン政務官がおっしゃっていて……」

シェイドは命がけでミグナフタの民を助けようとしたというのに、城にペストを持ち込んだなどと濡れ衣を着せるなんてあんまりだ。

込み上げてくる怒りに震えていると、シェイドは大して驚いた様子もなく門番や兵たちの話に耳を傾けていた。

「すべては俺を排除するための筋書きだ。バルトン政務官は俺ではなく、ニドルフ王子を国王に押しているらしい。議会では何度も月光十字軍の受け入れに反対し、エヴィテオールと同盟を組むよう発言している。おそらくバルトン政務官にとって有益な条件をニドルフ王子から持ちかけられていたのだろう。つまり、今も内密にエヴィテオールと繋がっていることになる。此度の感染症騒ぎも、その者が一枚噛んでいる可能性は大いにある」

シェイドの話を聞いて背筋が凍る。

自分の思い通りに事を進めるためだけに、バルトン政務官は城やエグドラの町に疫病を振りまいたということ？　だとしたら、人の命をなんだと思ってるの。

亡くなっていった人たちのことを思うと、怒りが込み上げてくる。

「国を追われた俺は今、ミグナフタの後ろ盾が欲しい立場にある。なのに、ミグナフ夕国を陥れるような真似をしてもなんの得もない。虚言に騙されるな、自らの思考のもとに動け。そして、俺を信じてくれるのならここを通してほしい」

　シェイドの口から紡がれる言葉には、偽りなど感じさせない誠意が宿っている。それは私だけでなく、この場にいた全員の心を揺さぶった。

　そして門番も兵もシェイドを信じることに決め、私たちを中へ通してくれた。中ではペストが蔓延しているという話だったのでエグドラの町に行くときと同じように口元を布で覆い、ガウンを羽織った。

　城内に足を踏み入れると、王宮看護師たちが駆け回っている。使用人たちが廊下で倒れており、施療院で見た光景とまったく同じものが眼前に広がっていた。

「あっ、若菜さん！　それに皆さんもご無事でしたか！」

　目の前を走り抜けようとしていたオギが足を止めて、私の元へ駆け寄ってくる。その手には木箱があり、白い薬包紙に小分けにされている薬草がいくつも入っていた。

「オギ、患者の情報を――」

　さっそく治療を始めようとオギに声をかけたとき、シルヴィ先生が私の肩を掴んで軽く後ろに引く。

「ここは俺とマルクが指揮を執る」

「若菜さんは陛下のところへ行ってください」

シルヴィ先生とマルクの存在を頼もしく思いながら、私は「わかったわ」と頷いてシェイドと騎士の皆さんと共に王の寝室に向かう。

その途中で廊下の窓がいきなり割れた。そこから口元を布で覆い、短剣を構える黒装束の男たちが入ってくる。

「な、なに？」

「若菜、下がっていろ。おそらく、バルトン政務官の雇った刺客だ」

驚いている私を背に庇い、剣を抜こうとするシェイドの前にアスナさんとローズさんが立つ。ふたりはこちらを振り返って、不敵に笑った。

「ここは任せてよ」

「ここは任せてちょうだい」

ふたりの声が重なり、頼もしく廊下に響く。シェイドは無言で頷き、私の手を引いて駆け出した。

すれ違いざまにダガロフさんが「王子は俺に任せろ」と言っているのが聞こえる。

絶対的な信頼で繋がっている彼らの仲間であることを誇らしく思った。

シェイドに手を引かれて部屋の前まで行くと、アシュリー姫が扉にすがりついて泣いているのを発見する。

「アシュリー姫！」

シェイドが声をかけると、アシュリー姫は弾かれるように顔を上げる。彼女の大きな瞳が見開かれていき、大粒の涙がこぼれ落ちた。

「――シェイド様っ」

アシュリー姫は立ち上がってシェイドに抱きつく。その拍子にシェイドと繋いでいた手が離れた。

「姫、なにがあったんです？」

彼女を受け止めたシェイドはその背を摩りながら、ゆっくりと尋ねる。

「シェイド様が城を発たれてから、城内で病にかかる人が増えたの。それからお父様も……」

「怖い思いをされましたね。ですが、もう大丈夫ですから」

「はいっ、シェイド様がそばにいてくださるなら安心できますわ」

アシュリー姫はシェイドの腰に腕を回している。閉じ込めてきた想いの蓋を開けてしまったせいで、抱き合うふたりの姿に私の胸が痛む。

アシュリー姫はお父様が大変なときで、心がひどく傷ついている。慰めるのは当然のことなのに嫉妬してしまう自分が嫌になって、そっと目を逸らした。

「若菜さん、気分が優れませんか？」

不自然に顔を背けている私の顔をダガロフさんが心配そうにのぞき込んでくる。私はぎこちなく笑って、色恋にうつつを抜かしている場合じゃないと自分に言い聞かせた。

なにか言いたげな顔をして口を開いたダガロフさんだったが、シェイドの「行くぞ」という声にすぐ唇を引き結ぶ。

シェイドは扉の取っ手に手をかけようとして、しがみついたままのアシュリー姫に視線を落とすと小さくため息をついた。

「アシュリー姫、ロイ国王は感染している。あなたは外で待っていてください」

「いやよ！　お父様のことも心配だし、一緒に行くわ！」

離れるどころかさらにシェイドに抱きつくアシュリー姫。頑として自分の意見を曲げない彼女を引き剥がすのは難しいので、皆で中に入ることになった。

部屋に入ると中央にある大きな天蓋つきベッドに、ロイ国王陛下が横たわっている。

しかもそこにはもうひとり、国王陛下に向かって剣を振り下ろそうとしているバルトン政務官がいた。

「お父様！」

悲鳴をあげるアシュリー姫が、国王陛下に駆け寄る。それを「近づいてはいけない！」とシェイドが引き留めようとしたが、伸ばした手は彼女を捕まえられなかった。

好機とばかりに下卑た笑みを口元にたたえたバルトン政務官はアシュリー姫の腕を掴んで引き寄せると、首元に剣をあてがう。

「使い道のある人質が自分から飛び込んできてくださって、助かりましたよ」

「離しなさいっ、私はこの国の王女ですよ！」

腕を振り回し、足をバタつかせるアシュリー姫だったが、男性の力には敵わず逃げ出せない。私たちは姫を人質に取られ、身動きが取れなかった。

一歩間違えれば、ミグナフタの王女の首が飛ぶ。そうなれば、月光十字軍やシェイドはこの国にいられなくなる。それどころか後ろ盾も得られず、王位奪還も叶わない。

ただならぬ緊張感が漂う中、シェイドはバルトン政務官を強く見据えて言う。

「彼女をどうするつもりだ」

「アシュリー姫にはニドルフ〝国王陛下〟に嫁いでいただき、エヴィテオールとミグナフタの確固たる繋がりの礎になってもらいます」

それを耳にしたアシュリー姫の顔は真っ青になる。

本人を目の前にして政治に利用するなどと軽々しく口にするなんて、バルトン政務官にとって人は道具でしかないのだ。バルトン政務官は思惑が露見したことで開き直ったのか、饒舌《じょうぜつ》になる。

「シェイド王子がこの疫病騒ぎの主犯だと国王陛下に進言したのですが、陛下は長年政務官として仕えた私よりも王子、あなたを信じるとおっしゃりましてね。毒を盛らせていただいたんですよ」

ということは、国王陛下はペストには感染していないということだ。ただ、いまだ眠り続けているとなると継続的に毒を投与されていた可能性がある。国王陛下やアシュリー姫、月光十字軍の未来のためにも助けなければと、処置道具が入った鞄の取っ手を強く握りしめた。

私の隣にいるシェイドは、平然と国王を手にかけようとしたバルトン政務官を冷ややかな目で睨みつけ、肌を刺すような殺気を纏った。

「それで国王の意思とは関係なく俺を疫病騒ぎの主犯だと他の政務官や兵に吹聴し、捕らえようとしたわけか。では、若菜たちをエグドラの町に送ったのはなぜだ」

「ニドルフ王子はそちらの看護師のお嬢さんの腕を警戒しているようでしてね。攫えないなら殺すように言われていたのですよ」

バルトン政務官の視線が私に向けられ、まるでナイフを突きつけられたかのように体が硬直する。膝が笑いそうになっていると、ふいに視界が夜空色に染まった。

目の前にあるのは紺の軍服、シェイドの広い背中だ。彼はバルトン政務官を見据えたままだったが、私に『大丈夫だ』と言ってくれているのが伝わってくる。そこでようやく、体から余分な力が抜けた。

「ニドルフ王子が若菜さんの知識と技術を脅威に感じているのは本当です」

口を開いたのは、シェイドと一緒に私を守るように隣に立っていたダガロフさんだった。

「今回の疫病騒ぎを食い止めたことで、ますます狙われる立場になったと思います」

王宮騎士団に所属していたダガロフさんはミグナフタの国境沿いの戦争の際に、ニドルフ王子に命令されて私を攫おうとしたことがある。なので、彼がそう言うのであれば事実なのだろう。

「その元騎士団長殿の言う通りですよ。シルヴィ医師に関しては月光十字軍の医師や看護師を育てるだけでなく、そこのお嬢さんを王宮看護師長に任命した。目ざわりで思い通りにならない人間は一掃しようと思いましてね。あの町に感染症患者が着用していた毛皮を安値で売り込み、疫病は見事に蔓延。あなた方は患者を救うために殉職、華のある結末を用意して差し上げたというのに、お気に召しませんでしたか」

漫談でもするように悪びれもせず真実を語るバルトン政務官に狂気さえ感じる。人数では圧倒的にこちらが優勢なのに、バルトン政務官は人質がいるからか余裕を見せていた。

「話なんていいから、離しなさいよっ」

すると剣を突きつけられている状態に耐え切れなくなったのか、アシュリー姫が暴れる。動くたびに刃が喉に当たってしまいそうで、全身の血の気が失せた私は思わず叫んだ。

「アシュリー姫、動いてはダメよ！」

「うるさいっ、もう嫌っ」

泣きながら喚くアシュリー姫に、バルトン政務官の顔色が変わる。蔑むような目で姫を見下ろし、剣柄を握る手に力がこもるのを目視できたとき――。

「やめて！」

叫びながら、なにも考えずに飛び出していた。背中越しに「若菜！」と焦ったように私の名前を呼ぶシェイドの声が聞こえる。それでも、これ以上バルトン政務官に人の命を奪われてたまるかと体当たりする。

バルトン政務官は「くっ」とうめいて、二、三歩後ずさると剣を振り上げた。私はとっさにアシュリー姫を胸に抱き込む。

──斬られる！

もうダメだと強く目をつぶり衝撃を覚悟したが、いっこうに痛みは襲ってこない。恐る恐る目を開けると、バルトン政務官の首元にはシェイドの剣とダガロフさんの槍が突きつけられていた。

「その女性を傷つければ、あなたの首が飛ぶことになる」

凛然と剣を向けるシェイドの姿に、私の目には涙がにじむ。

「我が主に害を成すのなら、この槍がお前を貫くぞ」

そう言ってくれたダガロフさんの顔も涙で見えない。瞬きをすると頬を雫が伝い、それを見たシェイドの眉間にシワが寄る。怒りを抑え込むように息を吐いて、眼光《がんこう》炯々《けいけい》とした彼は語気を強めて告げる。

「大事な者に手を出されれば、いくら俺とて容赦はできない。その首、少しばかり削ぎ落としておいたほうがよさそうだな」

「ひいぃっ、それだけはお助けをっ」

情けない顔をして後ろによろけたバルトン政務官は尻餅をつく。

自分は散々命を軽んじてきたというのに助けてくれだなんて虫のいい話だ。一体どの口が言うのだと私は拳を握りしめて立ち上がり、バルトン政務官と正対する。

「最後まで誰にも触れられずに、心細くて涙を流しながら、あの施療院で亡くなった患者は数えきれないほどいたのよ」

この男のせいでニックも他のエグドラの町の人も亡くなったのだと思うと悔しくて、バルトン政務官に涙交じりの声を聞かれることが心底嫌だった。なのに、堪えきれない怒りが嗚咽になって口から出てしまう。

「っ……あなたがっ、故意に疫病を振りまいたせいで……っ」

言い足りないことがごまんとある。けれど無念に死んでいった患者の心残りや怒りや悲しみが津波のように胸に押し寄せてきて言葉にならない。

唇を噛んで、せめてもの反抗にバルトン政務官を睨んだ。

「ダガロフ、バルトン政務官を縛り牢《ろう》へ繋いでおいてくれ。これ以上、若菜にこの男の醜態を見せたくない」

シェイドは政務官の身柄をダガロフさんに預けると、剥き出しの剣を鞘に戻しながら私の元へ歩いてくる。剣をしまって自由になったシェイドの両手がこちらに伸びてくると、息苦しいほどに強く抱きしめられた。

「つらいときにすまない。この腕の中で思う存分に泣かせてやりたいが、今はロイ国王を救ってくれ」

狂おしいほどの憎しみの海に溺れそうになったとき、彼の言葉で目が覚める。私にはやるべきことがあるのだとシェイドが思い出させてくれたのだ。

私は自分を包むぬくもりを記憶に刻み、そっと彼の胸を押して離れる。

「……死なせないわ。アシュリー姫や残された家族が悲しまないためにも、シェイドの未来を守るためにも」

どんな場面でも凛然としているシェイドのように、私も背筋を伸ばす。そんな私を、彼は意表をつかれたという顔でじっと見つめてきた。

「あなたの強さには惚れ惚れする。決して倒れぬ野花のようだ」

いつもこの人は大げさに褒めるな、と苦笑いしていると、シェイドに指を絡めるように手を握られる。

「俺は国王が不在になったミグナフタの均衡を保つため、政務官への事情説明と王宮の医師や看護師の支援に徹しよう」

「私はこの手に持ちうる力をすべて使って、国王陛下を助けるわ」

相対して誓い合うように宣言する。繋いだ手に一瞬力がこもると、どちらともなく離して自らの成すべきことをした。

国王陛下の毒は数日に渡って食事に混ぜられていたことが判明した。体内から毒素を排出させるため、抗酸化作用のあるヨモギを乾燥させたものをお茶にして飲ませると数日で目覚めることができた。

今は静養がなによりの薬だが、事の一端はバルトン政務官の思惑に気づけなかった自分が招いたものでもあるからと部屋でも仕事をされている。

城内に蔓延していたものはペストではなく、発熱や下痢や嘔吐《おうと》などの症状が出る感染性胃腸炎。皆の発症がほぼ同時だったため、バルトン政務官に腐った肉類や卵を食べさせられたがために起きた食中毒だと考えられた。これに関しては特別な治療はなく、下痢や嘔吐で脱水にならないよう水分補給を促したり、栄養補給をするなどして今ではほぼ全員が完治している。

私も王宮看護師長としての仕事を始め、城を出る前の日常に戻っていた。

シェイドは今、国王陛下と共に此度の疫病騒ぎの終息を祝して、大広間で開かれた宴に参加している。騎士や兵、政務官や王宮の医師、看護師も参加できる内々の舞踏会のようなものだ。治療館の皆は仕事中も素敵な令嬢を見つけて、逆に玉《たま》の輿《こし》に乗るのだと浮き足立っていた。

参加するつもりがなかった私は、空が橙《だいだい》に染まる頃に仕事を終えて治療館を出たのだが……。その瞬間にメイドに拉致され、見知らぬ部屋で看護師の制服を脱がされると、コルセットにパニエと呼ばれる女性服の形を形成する下着をつけさせられた。

「庶民を着飾るなんて、やりがいがあります」とメイドたちは生き生きしながら、私にカルトゥーシュという装飾モチーフが目を引くワインレッドのドレスを着せる。

素材は絹のようで肌触りがいい。袖は立体的に膨らんで二段になっており、袖口には華美すぎない少量のレースがあしらわれていた。

前髪をサイドに流されハーフアップにされると、長い黒髪は縦に巻かれる。最後にドレスと反対色のサファイアの耳飾りに、ペンダントをつけられて、大広間に向かうように言われた。

しかし、私は大広間ではなく薔薇園に足を進めていた。どんなに着飾っても、生まれも育ちも庶民である私が華やかな場所へ行っても浮くだけだと思ったからだ。

「あ、綺麗……」

呟いて、月光を直視する。目を焼くような太陽の煌めきとは違って、淡く優しい光が心地よい。ドレスと同じ色の薔薇の間を歩きながら、私は庭園の中央で立ち止まった。

　ひんやりとした風が髪を揺らし、薔薇の花弁が舞う。濃紺の空に散らばる深紅の星のように幻想的な光景にしばし目を奪われていると、近くで土を踏む音が聞こえた。

「このようなところにひとりで……。城内といえど、危ないだろう」

　肩で息をして大股でそばにやってくるのは夜が似合う王子、シェイドだった。心なしか眉間にシワが寄っている気がするのだけれど、気のせいだろうか。

　シェイドは目の前にやってくると、少し不機嫌そうに私を見下ろす。

　珍しいな、この人が笑ってないなんて。

　そんなことを呑気に考えていたら、シェイドは腕を組んでため息をついた。

「本当にあなたは自分のことには疎いな。ひとりでいるときに、その美貌に狼《おおかみ》がたかってきたらどうするつもりだ」

「まさか、私は平凡な女だから心配は無用よ」

「まったく、なにもわかっていないないな」

　呆れるように言葉をもらすと、シェイドの腕が私に向かって伸びてくる。ドレスの胸元同様に大きく開いた背中に彼の素手が触れ、下へ滑べるように腰に回った。

　驚きに目を丸くしていた私は、瞬く間に抱き寄せられる。鼻先がぶつかりそうな距離で、透き通った琥珀の瞳に見つめられた。

「あなたはどの社交界の花より美しい。現に、誰よりも先にその姿を見たかった男がここにいる」

「大げさね、あなたは」

でも、彼の直球な感想のおかげで、着飾った自分に少しだけ自信がついた。ようやく自然に笑顔を浮かべられるようになると、シェイドは一歩下がって私の姿を上から下まで眺める。

「約束、果たせてよかった」

「約束?」

「言っただろう。隣国に渡れたら、うんと着飾ると」

彼の言葉で蘇ってくるのは月光十字軍がミグナフタ国まで逃げている最中、エヴィテオールの荒れ果てた村でのこと。

「そういえば……」

シェイドは『もし無事に隣国に渡ることができたら、そのときは若菜をうんと着飾らせることにしよう』と言った。まさか、今も覚えてくれていたなんて……。

「あれ本気だったの?」

目を瞬かせると、シェイドは面食らった顔をして「冗談だと思っていたのか？」と聞き返してくる。図星を指されて引きつった笑みを返すと、シェイドは額に手を当てる。

「思ってたんだな」

「ごめんなさい。でも、あんな些細な話を覚えててくれたなんてうれしいわ。ということは、このドレスは……」

「俺が仕立てさせた」

彼の返事を聞いた途端、今身に着けているものすべてが特別な贈り物のように思える。胸に込み上げる喜びに自然と緩む私の頬へ、シェイドの無骨な手が触れる。彼は満足げに口角を上げていた。

「あなたの艶やかな黒髪と意思の強さには赤が似合う。できれば広間で共に踊りたかったが、待ち人がいつになっても現れないから探しに来た」

だからメイドは大広間に行くように言ったのかと納得する。でも、今回の主役であるシェイドが抜けてもよかったのだろうか。そんな私の考えを見透かしたのか、シェイドは肩をすくめる。

「仕方ないだろう。すべてが一段落したら、あなたを抱きしめて甘やかしてやりたいと思っていたんだ。なのに……やれ舞踏会だなんだって時間を作ってやれなかった」

「甘やかす？」

なんの話だと首を傾げると、シェイドの表情は少しだけ陰る。

「あなたはいつも前向きで、傷ついても自分で乗り越えていける強さがある。だが、誰かが止めなければひとりで倒れるまで患者のために尽くすだろう」

よくご存じで、と心の中で返す。ときどき、仕事のことになると自分のブレーキが壊れているんじゃないかと思うくらい没頭しているからだ。

「俺はそんな若菜を休ませてやりたいんだ」

シェイドの言葉が年相応にくだけると、私の心臓が激しく鳴って落ち着かなくなる。それはきっと、今自分の目の前にいる彼が素であるからなのだろう。つまり王子という身分も体裁も振る舞いもすべて脱ぎ捨てて、シェイド・エヴィテオールというひとりの人間として私に接してくれていることがうれしいのだ。

高鳴る胸をそっと押さえて目を伏せると、彼の手が顎にかかって顔を上げさせられる。

「あのとき、バルトン政務官に向かって意見していたときもそうだ。あなたは言葉を紡ぐたびに自分の心の傷口を抉っているように見えた。ボロボロのあなたに働けなどと言ってしまったことが心残りでな」

まっすぐな視線と言葉に、私の意識は釘《くぎ》づけになった。

バルトン政務官と対峙した日からずっと自分のことを気にかけてくれていたのだと知り、ますます彼の優しさに心惹かれる。

「ありがとう、あなたの気持ちはうれしい。だけど……私は、理不尽に誰かの未来が奪われるのを見たくないの。後悔するくらいなら、きつくても苦しくても頑張りたい」

話していくうちに自分がこれからどうしていきたいのか、気持ちが整理されていく。

「バルトン政務官のことも許せないけど、ひとつ学んだことがあるの。私はただ治療していればいい、それが自分のやるべきことだって信じてた。でも、それだけじゃ守りたい人を守ることはできないんだと思う。だから私は……言葉の裏にある真実に目を向けて、誰かが犠牲になる前に未然に防げるようにもっと頭で考えるわ」

おそらくシェイドは、媚《こ》びへつらいや虚偽にあふれる世界で生きている。命を狙われることは日常茶飯事なのだろう。だからこそ、私の存在が彼の弱点になってしまわないように、おこがましいけれど守れるように強くなりたい。

「驚いたな」

そう切り込んでくるとは思わなかったのか、シェイドの表情に驚きの色がにじむ。

「若菜というひとりの女性がますます愛しくなった。その純真さと気高さは誰にも汚すことはできないのだろう。改めて惚れ直した」

包み隠さず伝えてくる想いに胸が熱くなる。

命がけで私を抱きしめてくれる人は、世界中どこを探しても彼しかいないだろう。好きだと打ち明けてしまいたい。それでも、元の世界のことが頭にちらつく。

早く私のことを忘れてくれたら……そう思う自分と、もっと求めてほしいと欲張りになる自分とがせめぎ合っている。

複雑な気持ちでいる私に気づいてか、シェイドは繋いだ手の甲に唇を押しつけてきた。

「いつまでも待つ。若菜が俺を求めてくれるその日まで」

「——っ、ありがとう……」

見返りのない優しさをくれるあなたが好き。

心の中で密かに告白をして泣きそうになりながら笑みを浮かべると、シェイドが息を詰まらせる。

「ずるいな……。理性を強く持たねばと思った次の瞬間から、あなたは俺を惑わせてくる」

「どういう意味？」

「あなたが可愛らしいという意味だ」

シェイドはわずかに頬を上気させ、私を横抱きにして立ち上がる。私はとっさに彼の首に腕を回して、少し高い場所からシェイドの顔を見下ろした。

「きゅ、急にどうしたのよ」

「今だけはあなたがどこにも消えてしまわないように、この腕に抱いていたい」

軽々と私を抱き上げる彼の腕に力がこもる。

彼は聡《さと》い人なので、私が元いた世界のことを思い出していたことに気づいたのだと思う。笑みを浮かべる彼の目はいつでも真剣で、その想いには応えてはいけないという決意さえも揺さぶってくるから困る。

甘く香るのは薔薇か、月光の王子か。私を惑わせるものの正体がわかっていながら、気づかないふりをする。そして曖昧なこの関係ができるだけ長く続くことを願った。

新たな選択肢

疫病騒ぎから三週間、ミグナフタ国に滞在すること四カ月が経った。砦での籠城戦、エグドラの町での疫病騒ぎ。いろいろあったがようやくエヴィテオールに攻め入る準備が整い、王位奪還のために私たちは始動する。明朝に、この城を発つことになったのだ。

「いよいよ明日か、お前が抜けると俺の仕事が増えるじゃねーか」

治療館で荷物の整理をしていると、私が寝泊まりしている部屋の戸口に手をついたシルヴィ先生が声をかけてくる。

「私がいなくても、ミグナフタの王宮看護師たちは十分即戦力になりますよ」

元々荷物なんてなにひとつなかったはずなのに、この国に来て衣服や薬草学の書物など私物が増えた。この場所が帰る場所だと思えるくらい、ミグナフタの生活に慣れていた。

そう考えるとなんだか感慨深くて、鞄に詰めようとしていた書物の表紙を手で撫でる。

「シルヴィ先生の講義を夜遅くまで受けていた頃が懐かしい」

「あれは半ば強引に、俺に講義させてたけどな」

「そんなこと言いながら、なんだかんだ最後まで面倒見てくれましたよね。本当に感謝しているんです」

口は悪いが、性根は面倒見がいいのだ。それに気づいてからは、シルヴィ先生に対して身構えることはなくなった。治療に関しては誰よりも頼りにしている存在だ。

「できればもう少し、シルヴィ先生のもとで働きたかったです」

「なら……いればいいだろ。マルクも他の看護師たちも、ずっと治療館に」

彼の声が低く慎重になる。いつものぶっきらぼうな口調ではなかったので、本気でそう言ってくれているのだとわかった。それをうれしく思いながら、私は首を横に振る。

「私はシェイド王子と月光十字軍の皆を守りたい。その行く先を見届けたいんです」

答えを聞いたシルヴィ先生の顔にあきらかな落胆が浮かび、私の胸も締めつけられた。それでも、これが私の決めた道だから後悔はない。

「あえて茨の道を行くお前を愚かだと思う反面、勇ましくて尊敬してる自分がいる。本当はここでもっとこき使いたかったが、引き留めるのは骨が折れそうだ」

頭をガシガシと乱暴にかいて、振り切るように私の前までシルヴィ先生が歩いてくる。向き合って見つめ合うと、シルヴィ先生は首からかけていた小瓶を外して私の首にかける。

「これって……中に入ってるのは、ハーブですよね？」

小瓶を握ってシルヴィ先生の顔を見上げると、ニヤリと笑われた。

「俺の精神安定剤」

「なるほど、心が滅入りそうになったら嗅ぐことにします」

「おう……死ぬなよ。今度はエヴィテオールの王宮看護師になったお前と再会することを信じてるからな」

ミグナフタ国の医師をはじめ看護師の人員は元々少ないため、戦で損失させることはできない。なのでロイ国王陛下は、援軍は出すが王宮の医師や看護師の増員は出せないと明言した。

月光十字軍に所属している医師は一名、看護師はわずか三十名のみ。その少人数で二万弱いる連合軍を診るのは厳しいだろう。でも乗り切らなくてはと、私はもう一度小瓶を握りしめて「約束します」と笑顔で告げた。

明日まで身体を休めるように言われていた私が手持ち無沙汰で城の廊下を歩いていたとき、目の前からアスナさんとローズさんがやってくるのが見えた。

「こんにちは」

ふたりに挨拶すると、アスナさんがいきなり肩を抱いてくる。

「月光十字軍の紅一点、麗しの若菜ちゃんにこんなところで会えるなんてツイてるなー」

「いい暇潰しになりそうね。あんた、ちょっと付き合いなさいよ」

ローズさんにも腕を掴まれ、どこかへとグイグイ引っ張られる。

「ちょ、ちょっと……っ。おふたりとも、どこへ行くんですか？」

なぜだろう、嫌な予感しかない。

私の質問には意味深な笑みだけが返ってくる。ふたりを振りほどこうにも騎士の力に敵うはずもなく、私はなぜか町へ連れていかれた。

ミグナフタの城郭都市はお店の前や石畳の道に花壇があり、建物はすべてレンガ調でお洒落《しゃれ》だ。かごいっぱいに鮮やかな花を入れた花売りの少女がいたり、木陰の下にあるベンチで老夫婦がサンドイッチを食べたりと、のどかな場所である。

アスナさんとローズさんが私を引きずるようにして連れてきたのは、町角の洋服屋だった。ガラスウィンドウからも細やかな花の刺繍が美しいドレスが見えて、私は首を傾げる。

「あのう、どうしてここに？」

「あんた、看護師の制服しか持ってないでしょ。あたしが見繕ってあげるわ」

なぜかやる気満々のローズさんが説明をしてくれたのだが、そういうことは城を出る前に教えてほしい。どうせ旅で服は汚れてしまう。ここで服を買っても荷物になるだけだと辞退しようとしたら、アスナさんに背中を押されてお店の中へと入ってしまった。

カランカランッと軽快なベルの音が鳴り、店内に入って早々「じゃあ、これとこれとこれに着替えてきて」とローズさんからドレスを渡される。戸惑っていたら『早くしろ』とばかりに睨まれたので、私は観念して試着室に入る。

それからは着せ替え人形のようにたくさんのドレスに着替えさせられた。

「もう、勘弁してください」

騎士相手に失礼だと重々承知しているけれど、私は全身倦怠感に今にも膝から崩れ落ちそうになっていた。

しばらくドレスは見たくない。できれば今着ている体のラインがわかるすっきりとしたロングドレスで最後にしてほしい。

「うんうん、さすがはローズ。白いドレスは若菜ちゃんの黒髪が映えて素敵だし、タイトなシルエットだからエレガントだ」

値踏みするようにアスナさんに観察され、落ち着かなくなる。アスナさんは褒めてくれるけれど、どんなに着飾っても私が庶民であることには変わりない。服の美しさに霞んでしまうだろうと俯いて視線をさまよわせていたら、ローズさんに背中をパシッと叩かれた。

「しゃんとしなさいよ」

「ご、ごめんなさい。なんだか、気後れしてしまって」

「そんなんじゃ、アシュリー姫にとられるわよ」

とられるもなにもシェイドは私のものではない……と、そこまで考えてハッとする。ローズさんは〝誰を〟とは言っていない。なのに勝手にシェイドのことを連想した自分が恥ずかしくて顔が熱くなった。

「それで、私はどうしてここに連れてこられたんでしょうか」

いたたまれなくなって、話題を変えるために最初にした問いを繰り返す私に、アスナさんは悪戯《いたずら》な笑みを浮かべる。

「ミグナフタの国を出たら、しばらくはお洒落なんてできないでしょ。だからさ、可愛いところを王子に見せてやりなよ」

じゃあ、今日は私のために洋服屋さんに連れてきてくれたのね。

ふたりの気遣いが心に染みて胸が温かくなるのを感じていたとき、ふとどうして私がシェイドを想っていることを彼らが知っているのかと疑問がわく。

その戸惑いが表情に表れていたらしく、ローズさんが呆れたように私を見る。

「あれだけ王子に口説かれて取り乱してるあんたを見てれば、誰でも気づくにきまってるじゃない。本当に鈍ちんね」

毒を吐きながらもローズさんは私にサファイアの首飾りをかける。胸元に感じる重たい感触に視線を落とすと、シェイドと甘いひと時を過ごした薔薇園の夜を思い出した。

「これ、舞踏会でも着けてた宝石なんです」

「自分の髪色と同じサファイアを身に着けさせるなんて、王子ってば独占欲が強いよね」

アスナさんの言葉に耳を疑う。

あれだけ思いを告げられれば好かれている自覚はさすがにあるけれど、彼はいつも余裕があって嫉妬とは無縁のように思える。

まさか、と半信半疑で聞いていたらローズさんに額を指で弾かれた。

「だからあんたは鈍ちんなのよ。王子の爽やかな笑顔は本心を悟られないための鎧」

「そうそう」

アスナさんはローズさんの話に相槌《あいづち》を打って、首飾りと同じサファイアの耳飾りをつけてくれる。男性に耳を触られて落ち着かなくなっていると、それを見透かしたようにアスナさんは「照れちゃって可愛いね」と顔をのぞき込んでくる。

「あの人は立場上、腹の探り合いも多いから。なににも動じないように見えて実は熱い男なんだよ。俺たちが若菜ちゃんと出かけたなんて知ったら、暗殺されるかも」

「物騒ですよ、アスナさん。シェイド……様はそんなことしません」

私を大切に思っているのと同じように、彼が月光十字軍の皆のことも大事にしているのを知っている。アスナさんの心配は杞憂《きゆう》に終わるだろうけれど、シェイドがそこまで自分を想っていてくれたらいいのにと欲張りにも考えた。

「シェイド王子のことを信頼してるんだね。その言葉を着飾った姿で若菜ちゃんの口から直接聞かせてやってよ」

そう言うアスナさんも私のドレスを選んでくれたローズさんも、シェイドを慕っているのだとわかる。

私はふたりの厚意に心が和らぐのを感じながら、異世界に飛ばされて彼らという素敵な仲間と出会えた自分は恵まれているなと実感していた。


夕方になってアスナさんとローズさんと一緒に城に帰ってくると、真っ先にダガロフさんに見つかった。

「お前たち……若菜さんに迷惑をかけるなと、あれほど言っただろうが！」

鬼の形相でダガロフさんの雷が落ちる。

薔薇園の横にある渡り廊下で正座させられているアスナさんとローズさん。騎士が子供のように叱られている姿を使用人たちは二度見して唖然《あぜん》としながら通り過ぎていく。

見かねた私は助け舟を出すことにした。

「ダガロフさん、心配かけてすみません。私が町についてきてほしいと頼んだんです」

心配して怒っているダガロフさんに嘘をつくのは気が引けるが、私のために町へ連れ出してくれたふたりが責められるのは胸が痛いので大目に見てほしい。

「若菜さんは優しすぎます。ですが、今回はあなたに免じてこいつらを許すことにしましょう」

私がアスナさんとローズさんを庇っていることは数秒で見破られた。仕方ないといった様子で苦笑するダガロフさんに、叱られていたふたりも足を崩す。

「若菜さん、シェイド王子が探しておりましたよ。今なら部屋にいらっしゃると思うので、案内しましょう」

ダガロフさんの申し出をありがたく思いながら頷く。笑顔で手を振るアスナさんと「ヘマするんじゃないわよ」と声をかけてくるローズさんに見送られて、私はシェイドの部屋へと歩き出す。

廊下を進みながら、少し前を歩くダガロフさんが柔らかな表情でこちらを振り向いた。

「このミグナフタでの生活も今日で最後だと思うと感慨深いですね。戦もありましたが、基本的には穏やかでしたから」

「ふふっ、そうですね」

ダガロフさんがここでの生活を穏やかだと感じていたことにホッとして、私は表情を緩める。

すると彼はふいに足を止めて私に向き直った。真摯な眼差しが注がれ、なんとなく大事な話をされるのかもしれないと予感した私は背筋を伸ばす。

「若菜さんのおかげで俺は生きている。もう一度、自分の正義に従って剣を振るえるチャンスをくださったあなたを俺は必ず守ります」

「ダガロフさん……私も居場所をくれた皆さんを看護師として守ります。だから一緒にシェイド王子が国王になるところを見届けましょうね」

そう伝えて気づかされた。私はいつまでこの世界にいられるのかわからないのに、シェイドが国王になるまで居座ろうとしているらしい。支えたい、守りたいという感情が胸にあふれて、少しでも長くこの地に留まりたいと願っている自分がいる。

そっか、私……シェイドや月光十字軍のみんな、ミグナフタでお世話になった人たちがいるこの世界にいたいんだ。

「若菜さんのその強さはみんなを突き動かす。俺たちの背中を安心して預けられます」

「そう言ってもらえてうれしいです」

笑みを交わしながら、再び歩き出した。階段を上がって真紅の絨毯が敷かれた廊下に出ると、信じられない光景が飛び込んできて言葉を失う。

ある一室の扉の前でシェイドとアシュリー姫が抱き合っていたからだ。頭が真っ白になり、ちくちくと胸を針で執拗《しつよう》に突かれたような痛みに襲われる。

廊下で立ち尽くしていると、シェイドの腕の中にいるアシュリー姫が私たちの存在に気づいた。目が合った瞬間に勝ち誇ったように笑われ、耐えきれなかった私は背を向けた。

「私、散歩してきますね」

「若菜さん……」

気まずそうな顔をしたダガロフさんは、かける言葉を模索しているようだ。気を遣わせても悪いので、私は平静を装って返事をする。

「せっかく案内してくれたのにすみません」

「あ、待ってください」

呼び止めるダガロフさんの声を振り切って、私は足早にその場から立ち去る。あてもなく階段を上がり、燃えるような夕日に染まる屋上へやってきた。

重い足取りで奥まで進むと、石壁の縁に手をかけて黄金に染まる町を見下ろす。

せっかく着飾ってもらったのに申し訳ないけれど、無駄になってしまいそうだ。日の光を浴びて橙色に染まる白のタイトドレスに視線を落とし、肩をすぼめた。そのとき――。

「探した」

耳介《じかい》をくすぐるバリトンの響き。後ろから伸びてきた腕に包まれ、私の肩に誰かの顎が乗る。

私は夢を見ているのだろうか。この声も腕の強さにも覚えがある。幾度も私を励まし、守ってくれた人のものだ。

鎖骨の辺りに回っている彼の前腕に手を添えて、恐る恐る「シェイド？」と名前を呼んでみる。すると返事の代わりに彼の腕に力がこもった。

「さっき、俺がアシュリー姫といるところを見ただろう。あれは姫がいきなり抱きついてきてな、避けられなかった」

「え、どうして私がいたことを知ってるの？」

振り向けば、至近距離で渋い表情のシェイドと目が合う。その額にはうっすらと汗がにじんで前髪が張りついている。

「ダガロフに聞いたんだ。それで弁解しなければと、急いで追いかけてきた」

私の誤解を解くためだけに必死になってくれたのだと知り、なにかが胸に込み上げてくるのを感じる。

たくましい腕の中で身体を反転させて、私はシェイドと対面した。彼は私の頬に手を添えると、眩しいものを見つめるように目を細める。

「そのドレス、似合ってる」

「あ、ありがとう。これはアスナさんとローズさんが町で買ってくれたの」

褒められてむずがゆい気持ちになっていたら、シェイドの表情が曇った。どうしたのかと首を傾げると、不機嫌そうに尋ねてくる。

「あのふたりと町に出かけたのか」

「え？　ええ、そうよ」

「俺だって若菜と出かけたことがないというのに、先を越されたな」

してやられたとばかりに憂い顔で前髪をかき上げる仕草が艶やかで、思わず見惚れた。

これはいわゆる嫉妬だろうか、なんて妄想をして、自意識過剰もいいところだと心の中で自分を咎める。

王子に見初められただけでも女性として幸福であるはずなのに、アシュリー姫と一緒にいる場面に遭遇して傷ついて、私だけを見てほしいなどと傲慢な考えを抱いてしまう。底なしに愛情を求めてしまう欲張りで身の程知らずな自分に嫌気が差していると、彼は唐突に「決めたぞ」と意気込む。

「今度はエヴィテオールの城下町に俺と出かけてくれ。永遠に記憶に残る、最高の一日になるようエスコートさせてもらう」

「あ……私は特別な演出なんていらないわ。ただ、あなたと同じものを見て感じることができればそれで満足よ」

豪勢な食事でなくても、高価な贈り物がなくても構わない。彼の隣にいられるだけで幸せになれるし、過ごした時間は一生記憶から消えないだろう。

そう思って伝えたのだが、シェイドは参ったなというふうに片手で顔を覆う。

「あなたはサラッと殺し文句を言うから困る。俺の心臓がうっかり止まりそうになったぞ」

「大げさね。じゃあ、約束をしましょう」

顔を覆っている彼の小指に自分の小指を引っかけた。これはなんだとばかりに小指を凝視するシェイドに、この国には〝指切りげんまん〟の風習がないのだろうかと思いながら説明する。

「これは私のいた世界にある約束の方法。指切りげんまん、嘘ついたら針千本飲ーます。指切った」

絡めた小指を上下に揺すりパッと離す。案の定、シェイドの表情は険しかった。離した小指をじっと見つめたあと、渋い表情で私に視線を向ける。

「歌詞が恐ろしいな。念のため、意味を尋ねてもいいだろうか」

「えっと、歌の通りで約束を違えたときは針千本を飲む罰が科されますっていう意味だけど、実際はおまじない程度の感覚でやるわね」

本気で針を飲むと思っていたらしいシェイドは、私の説明を聞いて安堵の息をこぼす。お互いに無事に王位を奪還できると願かけのつもりで提案したのだが、余計な心配をかけたかもしれないと反省する。

「あまり重く受け止めないでね。ただ、この約束のためになにがなんでもあなたと生き残ろうって思いを心に刻みつけたかっただけだから」

「若菜……そうだな。これからは針を千本飲む覚悟で挑まないと明日はないだろう。それほど俺たちの進む先は過酷なものになる」

彼の言葉を聞きながら、明日が来なければいいのに、と思う。握った手が冷たくなる感覚、鉄が錆《さ》びたような血の匂いや視界を曇らせる硝煙。絶望という言葉が常に付きまとう中、弱音も吐けずにがむしゃらに戦場を駆ける日々に戻ることを想像して身体が震えた。

「俺も若菜との約束を糧に勝ち続けよう」

シェイドは私の手をとり、その場で片膝をつく。そして甲にそっと口づけた。

負ければ賊軍として殺される。でも、民思いの彼がそのように不名誉な死を迎えるところなんて絶対に見たくはないから私も戦おう。

スッと胸に落ちてくる決意を彼に届けるように、手を握り返す。そんな私の気持ちに気づいてか、彼は繋いだ手を引いた。

「えっ——」

驚きの声は彼の胸で塞がれる。ぶつかるようにしてシェイドの腕の中に収まった私は戸惑いながら顔を上げた。

その瞬間、荒々しく唇を奪われた。吐息ごと攫うような口づけに目が回りそうになる。こうしてキスをしたのは二度目。一度目はペストに感染したかもしれない私を慰めるようにしたものだったけれど、今は違う気がした。

長く押しつけられていた私のものより熱いそれが離れていくと、額を重ねて見つめ合う。自分の顔を確認することはできないが、きっと夕日以上に赤いだろう。

「嫌だったか？」

掠れる声で尋ねられた私は息を詰まらせる。彼の唇に視線を落とせば濡れて輝いていて、心臓が大きく跳ねた。言葉も発せないほど動揺していて、返事の代わりに嫌じゃなかったと首を横に振る。それを見たシェイドは顔を綻ばせた。

「それは、あなたも俺と同じ気持ちだと思ってもいいのだろうか」

確信的な問いだった。それにどう返事をするべきか、したいのかを考えていると、シェイドは「意地悪い質問だったな」と苦笑する。その表情が切なげで、私がそんな顔をさせていると思うと胸が締めつけられた。

きっと彼は私の気持ちに気づいている。それでも追求しないのは、私が彼に応えられないと言ったからだろう。彼なりに私を尊重してくれているのかもしれない。

この先もずっとそばにいられる保証があれば、私も想いを伝えられたのに。

でも、いつか元の世界に帰ることになるかもしれない私が安易に彼を受け入れるのは無責任だ。

心のままに行動できない理性的な自分が嫌になっていると、シェイドは大丈夫だというように穏やかな眼差しを向けてくる。

「あなたに帰る場所があるのはわかっている。それでも触れられずにはいられない俺を許してほしい」

なにも言葉にしていないのに、心の中にあった迷いを言い当てられた。

「愛している」

彼は切なさを紛らわすように私の唇を啄《ついば》む。それを受け入れたら、後先考えずに共に生きたいと心が動きそうになる。

今だけは、許してほしい。明日もお互い無事でいられるかわからない世界に身を投じているのだ。今は彼に触れてほしいという感情に素直になりたい。

多くは望まないから、この先もずっとこのぬくもりが失われませんように。そう願いながら、月が昇るまで熱を分かち合った。


明朝、月光十字軍とミグナフタ国の兵はエヴィテオール軍に向けて出立した。目的地までは野営で休息をとりつつ、何事もなければ約二週間で辿り着く。

私たちは一週間かけて中間地点までやってきたのだが、そこで待ち受けていたエヴィテオール軍の偵察隊と遭遇し、そのまま交戦となった。

わずか三十の偵察隊に対して、連合軍である私たちは二万弱。兵力差もあったのであっという間に制圧に成功し、現在は野営をして身を休めている。

私は怪我人の処置のために兵の幕舎を回っていたのだが、幸いにも連合軍側の負傷者は数名で擦り傷程度の軽症。被害が少なかったことに安堵しながら救護幕舎の方に歩いていると、野営地の中央に縄に縛られたエヴィテオールの兵を発見した。

連合軍の見張りが囲むように立っており、遠目から見ても敵兵は重症で中には出血が多いためか意識を失っている者もいた。

持っていた薬箱を抱え直した私は迷わず彼らの元へ歩き出す。もちろん、敵兵の手当てをするためだ。

「お前らのせいで仲間が何人も死んだんだ」

野営地の中央にやってきたときだった。目の前で突然、ミグナフタ国の兵が捕虜の兵を蹴り飛ばす。

なんてひどいことを！

私は敵兵に駆け寄り、ミグナフタ兵の前に立ち塞がった。

「なにをしているんですか！」

このことを報告しなければと思うが、シェイドはアスナさんやローズさん、ダガロフさんと共に幕舎で軍議に参加している。ここは私がなんとかするしかないと、真っ向から兵を見据えた。

兵は私の視線にうろたえながらも、抗議を続ける。

「目的のためなら身内さえ容赦なく殺して王になろうとする。あのニドルフ王子の下で戦う奴らなど生きている価値はない」

「そんな……。私たちだって、目的のために彼らの仲間を手にかけたはずです」

戦争にどちらが悪もない。私は戦争とは無縁の場所で生きてきたから偉そうなことは言えないけれど、命を奪った時点で同罪だと考えている。

瀕死《ひんし》の彼らを手にかけることが正義だと正当化していいのだろうか。やっていることはニドルフ王子となんら変わりないではないか。

背に庇ったエヴィテオールの兵はいつ殺されるのかと身を震わせている。

敵であろうと、戦う術のない人間の命を一方的に奪っていいはずがない。そう言い返そうとしたとき、鋭いひと声が飛んでくる。

「情けなど無用、こいつらだって戦に出た時点で覚悟していたはずだ」

現れたのは、ミグナフタの軍神とも呼ばれる齢三十三のエドモンド・オルター軍事司令官。彼は肩に引っかけた深紫の軍服の上着をなびかせ、クリーム色のワイシャツと縦じまが入ったグリーンのベスト、上着と同色のネクタイにズボンを身に着けた姿で私の前にやってくる。

ミグナフタの国境戦でも指揮を執っていたらしいのだが、私は治療室に籠もっていてお目にかかれなかった。彼は此度のエヴィテオール奪還戦で、ミグナフタ軍の統率を行っている。

「俺たちは正義を以てこいつらを討っている。一介の看護師ふぜいが、戦場も知らぬくせに生意気な口を叩くな」

アッシュがかったベージュの髪をかき上げ、据わったヴァイオレットの瞳を私に向けてくるエドモンド軍事司令官。綺麗な顔立ちがなお、きつい表情に見えて身体がすくむ。

しかし、上官が武器も握れない人間を打つことを正しいと言っているうちは、兵も考えを改められないだろう。

たとえ生意気だと罵られようとも、ここで止めなければ一生後悔すると思った私は、エドモンド軍事司令官を毅然《きぜん》と見上げた。

「丸腰の相手に斬りかかることが正義ですか。もう一度聞きます。目的のために傷ついた彼らを殺すのが正義だと、本当に胸を張れますか？」

「なにが言いたい」

彼は片眉を持ち上げて、獲物を狙う猛禽類《もうきんるい》の如く鋭い眼差しで問い返してくる。

「私は軍事司令官の言う通り、戦の前線に出たことはありません。ですから、看護師として人の命を救うためにいる者として進言いたします。今の私にはエヴィテオールの兵とあなた方に違いがあるとは思えない」

私はそれだけ言って、エドモンド軍事司令官に背を向ける。場が騒然とする中、出血が多いエヴィテオール兵のそばにしゃがみ込んで薬箱を開く。

清潔な布を取り出して腹部にある裂傷の止血をしていると、私に手当てされている兵が青白い顔で尋ねてくる。

「どうして……助けてくれる……んですか」

「失われていい命はないと思っているからです」

兵たちの言葉を借りるのならば、これが私の正義だ。

「おい、その手止めねーなら反逆ととるぞ」

冷淡な叱責が背中にかかる。それから間をおかずにカチャンという甲高い音が鳴り、なにかから引き抜かれるのがわかる。

――剣だ。

背筋が凍る。汗が顎を伝って地面にうっすらと染みを作り、止血する手が小刻みに震える。それに気づいた瀕死の兵が力なく唇を動かす。

「ですが、あなたまで……殺されて、し……う」

「私は咎められてもいい。今、この判断を悔いることはないから」

私の返答を聞いていたエドモンド軍事司令官の「ならばここで切り捨てるまでだ」という言葉と共に、剣が風を切る音が耳に届く。衝撃に耐えるように目を強くつむると、金属がぶつかり合う音が響いた。

薄目を開けて恐々と振り返る私の視界に飛び込んできたのは、振り下ろされたエドモンド軍事司令官の剣を自身のサーベルで受け止めるシェイドの姿。私を守るように立ち塞がる彼を見た瞬間、目にじわりと涙がにじんだ。

シェイドは気遣いを含んだ視線を私に向け、すぐにエドモンド軍事司令官を真っ向から睨み据える。

「彼女に剣を振るったのはなぜだ」

「敵兵の手当てをしようとしたからだ。シェイド、お前の看護師への教育はどうなってる」

一国の王子にため口で話すところを見ると、ふたりは親しい間柄なのだろうか。しかしながら、今は険悪な空気が漂っている。

「その方は暴力を受けていた俺たちを庇ってくれたんだ」

私の代わりに弁解してくれたのはエヴィテオール軍の中では一番軽傷な兵だった。彼の頬にも痣《あざ》があり、後ろ手に縛られて抵抗できないのをいいことに殴られたのだろう。

これでは賊軍と同じではないかと悔しくて奥歯を噛みしめたとき、シェイドはエドモンド軍事司令官の剣をサーベルで押しのけて腰の鞘に戻す。そのまま流れるような仕草で身体を反転させて私を庇った兵の前に片膝をつき、頭を下げた。

「説明、感謝する。それから、むごい仕打ちをしてすまなかった」

「なぜ……あなたの命を狙っていた私に頭を下げるのですか」

「王位争いで二分したとはいえ、あなたもエヴィテオールの民だ。戦意がないのなら、俺は王になる者としてお前たちのことも守る」

曇りのないひと言に敵兵は動揺を隠し切れない様子だった。目を白黒させながら、深々と頭を下げていく。

「失礼ながら、王宮ではあなたが王の器に足るか判断がつかなかった。しきたりにのっとって第一王子が王を継ぐべきだと信じて疑わなかったのです。しかし、あなたは綺麗事を並べるだけでなく現実を加味して発言している。感服いたしました」

エヴィテオール兵の言うとおり、シェイドは綺麗事だけではどうにもならない現実を見据えている。敵兵を救う際に〝戦意がないのなら〟と言ったことが証拠だ。これは裏を返せば、敵意があれば己の信念のために斬るということ。

私はやっぱりどんな理由があったとしても、命を奪う以外の方法でわかり合えると信じている。そういう点ではシェイドと考えの相違がある。でも、目的のために殺す覚悟はあっても可能な限り無駄な殺生は望まないという彼の正義は、戦場を駆けてきたからこそ生まれたものだと理解できた。

「シェイド王子、私たちを討ち罰してください。エヴィテオールにとって必要なお方を手にかけようとしたのですから」

それがエヴィテオール兵の総意だとばかりに、重苦しい表情で皆が頷く。自身がしたことへの罪悪感からか、どこか死に急いでいるように見えた。

シェイドは小さく息を吐いて、敵兵ひとりひとりの顔を見つめる。

「前に、『死んだからって罪は消えない、楽になりたいだけだ。償うというのは生きて責任を取ることだ』と言った人がいた」

それって……。

脳裏に呼び起こされるのは『殺してくれ』というダガロフさんに私が放った言葉だ。

一言一句違えずに覚えていた彼に驚いていると、シェイドは意味深に見つめてきた。注がれる熱い眼差しに胸が高鳴る。視線を逸らせずにいる私に、シェイドはフッと笑って兵に向き直った。

「俺も同感だ。もし罰してほしいというのなら、その命を祖国のために使え。お前たちが俺に義があると思うなら共に来い」

兵らの瞳に映り込む惑いを一掃するような、強い意志の宿るひと言。凛然たる佇まいも纏う気高さも、その場にいた人間を圧倒する。これこそ王の器だと納得させられるものがあった。

エヴィテオールの兵は続々と頭を下げ、涙している者までいる。和やかな空気が流れる中、背後で舌打ちが聞こえた。

「いつから、そんな甘ちゃんになったんだよ」

腕組みをしたエドモンド軍事司令官が呆れ顔でシェイドを見下ろした。普通の人間ならすくみ上がってしまいそうな眼光の鋭い彼の視線を受けても、シェイドは平然と言い返す。

「体裁のいい言葉も真実だと教えてくれた人がいたから、俺も信じてみようと思ったんだ」

「それがそこの女か。ったく、腹黒さが薄まって逆に気色悪いぞ」

ちらりとエドモンド軍事司令官に横目で見られ、緊張を強いられる。居心地の悪さから気を紛らすように手当てに集中した。

しかし、ふたりはお構いなしに私の背後で談義を始めてしまう。

「エドモンド、彼女を怖がらせないでくれないか。先の剣を向けた件も俺は心底腹が立ってるんだが」

「あ？　対峙した感じ、この女は権力者を前にしても動じないように見えたぞ。過保護がすぎるんだよ、うつけ王子が」

エドモンド軍事司令官はシルヴィ先生の上をいく口の悪さだ。もはや毒舌を通り越して罵倒の嵐である。そして彼を相手にしているシェイドも冷笑を顔に張りつけて、容赦ない舌鋒《ぜっぽう》をふるう。

「お前の捻じ曲がった性格は、どうしたら更生できるんだろうな。見ていて嘆かわしいよ」

手当てしている兵たちが慄いているから、喧嘩するならここでない場所でやってほしい。心拍数が上がると出血が止まりにくくなるのに、と業を煮やして私は叱り飛ばす。

「いい加減にしてください！　無意味な口論を続けるくらいなら、手当てを手伝ってもらいますよ！」

一国の王子と軍事司令官に対して目を据える私に、ふたりは呆気にとられた様子で「はい」と声を揃えた。

雲の上の身分である彼らに啖呵《たんか》を切ったその夜、私は手当てしたエヴィテオール兵の様子を確認するため、寝泊まりしている幕舎を出た。

野営地の中央に向かっている途中で「若菜さん」と声をかけられる。振り返るとなぜか、見張られているはずのエヴィテオール兵のひとりが立っていた。

「どうしてここに？」

平然と佇む彼に一瞬、思考が停止する。その隙を突かれ、私は首の後ろに手刀《てがたな》を打ち込まれてしまい意識を失った。

どれほど眠っていたのか、うなじに鈍い痛みを感じながら目を開ける。すると私は山小屋のような場所で、後ろ手に縄で縛られたまま床に転がされていた。

さっきまで野営地にいたはずなのに、ここはどこ？

混乱する頭で必死に考えを巡らせると、意識を失う前に、監視下にあったはずのエヴィテオール兵が私に声をかけてきたのを思い出した。

信じたくないけれど、まさかと嫌な予感が胸を掠める。そしてそれを立証するように、私の目の前には、先ほどのエヴィテオール兵と同じ顔の男が立っていた。野営地では鎧を身に着けていたはずだが、今は黒装束を纏っている。

この姿には見覚えがあった。疫病騒ぎのときに窓から城に侵入してきた刺客と同じ格好をしている。

見た目は二十代後半くらいだろう。ハネが強い、癖のある橙の長髪を後頭部の高い位置でまとめた彼はカーネリアンの目を小馬鹿にしたように細める。

「平和ボケしたあんたを攫うのは簡単だったな」

「あなたは何者なの？」

「俺はアージェ、エヴィテオールに雇われてる隠密。そんで、あんたを攫いに来た敵」

軽い調子で自己紹介をする彼は、あっさり自分を『敵』と断言した。悪びれもせずに『攫いに来た』などと要件を告げるなんて、どこか掴みどころがない人だ。

探るようにアージェを観察していたら、口元に嘲笑がまざまざと浮かび上がる。

「正義の味方気取りで助けた人間に裏切られる気分はどう？　偽善者って虫唾が走るほど嫌いなんだよね、俺」

飄々とした態度の中に隠れた悪意を目の当たりにして肩が跳ね上がる。剥き出しの刃物が常に背筋に当たっているようで動悸がした。

「声も出せないくらいショックだった？　あんたには同情するけど、危機感がないから簡単に誘拐されちゃうんだよ」

目の前まで歩いてきて床にしゃがみ込むと、アージェは横たわっている私の顎を楽しそうに掴む。

「明日の朝、あんたをニドルフ王子のところへ連れていく。それまでいい子で待ってるんだよ、若菜さん？」

ひらひらと手を振って小屋を出ていくアージェ。部屋に残された私は彼の言う通り、警戒心が足りなかったと唇を噛む。

「どうしよう……」

自分の軽率な行動のせいでシェイドに迷惑をかけてしまう。私はあの人の力になりたいのであって、足手まといになりたいわけではないのに。

沈んでいく気持ちにハッとして、弱気になっている場合ではないと自分を鼓舞する。とにもかくにも縄を解かなければ逃げられないので、私は何度も手首を動かした。

「くっ、うう……全然外れない」

しばらく粘ってみたが、縄は思いのほか頑丈に結ばれているらしい。おかげで手首の皮膚がヒリヒリと痛む。自分の目では確認できていないけれど、おそらく擦り切れているだろう。

「どうしよう、このままじゃ攫われてしまうわ」

ため息をついて、無機質な木製の床の目に視線を落とす。

ニドルフ王子がそこまでして私を手に入れたいのは、本当に看護師としての力を買ってくれたからなのだろうか。

以前バルトン政務官が、『ニドルフ王子はそちらの看護師のお嬢さんの腕を警戒しているようでしてね。攫えないなら殺すように言われていたのですよ』と話していた。殺すほうが攫うより簡単だというのに、私を生かして捕らえたい理由が謎だ。

取り留めのない考えがグルグルと脳内を回っていたとき、バタンッと荒々しく小屋の扉が開いた。

我に返って顔を上げると、私のすぐ横に人が転がってくる。

「まさか自分から捕まりに来るとは思わなかったぜ。やっぱりその女はあんたの弱みだったんだな」

そう言ってアージェとは別の隠密が突き飛ばしたのは、濃紺の髪に紺の軍服姿の男性。

心臓が嫌な音を立て、今見ているものはすべて嘘だと何度も自分に言い聞かせる。

隠密が小屋を出ていくのも気にならないくらい、私はそばに転がされた男性から目が離せないでいた。

「ぐっ……無抵抗な人間に手荒な真似をするやつらだな。兄上は随分素行の悪い者たちをそばに置いているらしい」

彼は痛みに顔を歪めながら、両手を後ろで縛られた状態で器用に上半身を起こした。いまだに錯覚かと思いながら、私はまじまじと彼の顔を見つめて名前を呼ぶ。

「シェイド、どうしてここに……?」

「それは俺のセリフだ」

どうやったのか、彼は縄を解くと自由になった腕で私を抱き起こした。背中と腰に回った腕に力がこもり、彼の胸に顔を埋めるような形になる。初めは落ち着かなかったが、じわじわと胸に安息感が広がった。

「ごめんなさい、エヴィテオール兵に扮《ふん》した隠密に攫われてしまって……。でも、あなたはどうしてここにいるの?」

「野営地に若菜の姿がないから探し回っていたら、捕えたエヴィテオール兵の中にも行方不明者がいると聞いてな。そいつに攫われた線が濃いと踏んで周辺を捜索してたんだ」

身体を少し離したシェイドは袖の中に隠していたナイフを取り出し、私の背に回って手首の縄を切ってくれた。

自由になった手首は縄で擦れたせいで血がにじんでおり、それに気づいたシェイドは眉根を寄せて私の手をとる。

「これは……っ、すまない。もっと早く見つけてやれず、怪我をさせた」

彼はぎこちない手つきで自分のマントの裾を切ると、私の手首に巻いた。その顔はどこか思い詰めているようで、私はシェイドの頬に手を添える。

「あなたがそんな顔をする必要はないのよ？　こうして助けに来てくれただけでうれしいわ」

「なぜ、若菜は人のことばかりなんだ。俺を気遣うより、自分を大事にしてくれ」

彼の頬に触れている私の手の甲に、男らしい骨ばった手が重なる。外側から包み込まれ、私はもう一度このぬくもりを感じられてよかったとしみじみ思った。

「心配かけてごめんなさい」

彼が私を大事にしてくれているのは知っている。だから、攫われたあとに彼がどれだけ不安だったかを考えると胸が痛んだ。

「言葉だけでは到底許せる気がしないな」

シェイドはそう言いながらも怒っている様子はなく、優しく私の前髪をかき上げると額に口づけてくる。

不意を突かれて思考が停止していた私は、数秒遅れて「え？」と声を発した。狼狽する私にシェイドは意地悪い笑みを唇に漂わせる。

「これで帳消しにする」

「もう、ふざけてる場合じゃないのよ」

ムッとして唇を尖らせれば、破顔した彼から「すまない」と気持ちのこもっていない謝罪が返ってくる。私は、誘拐されて明日にはエヴィテオールに連れていかれるという油断ならない状況下で脱力した。

「あなたって、本当に腹黒いわよね」

「若菜、これは好きな女性だからこそ翻弄したい男心だ」

あっけらかんとしているシェイドに、それこそ敵の陣地内でやることではないだろうと喉まで出かかる。しかし今は、彼に時と場合とはなにかについて説いている猶予はない。

「ふざけていないで、ここから出ないと」

出口を探して小屋内を見回す。ここは窓ひとつないので、逃げるとしたら刺客が出入りしている扉のみ。でも扉の外には見張りがいるだろうし、どのみち強行突破するしか道が残されていない。

私は戦えないので、シェイドに無理をさせることになる。彼の顔を見れば口端は切れて血がにじんでおり、先ほどから脇腹を押さえているところを見ると殴られた痛みがあるのだろう。

彼がいつも通りで、他愛のない話をふってくるから気づかなかった。いや、シェイドのことだから私に心配をかけまいと会話で怪我から気を逸らしてくれていたのかもしれない。

「どっちが他人のことばかりよ……。シェイドのほうがずっと自分のことを大切にしてないじゃない」

「若菜、どうし――」

不自然に彼が言葉を切ったのは、たぶん私の頬に生ぬるい雫が伝っているからだ。

彼の優しさをうれしく思うし、強い人だと尊敬もする。けれどつらいときに弱音を吐いてもらえないのは寂しい。

そこで気づいた。シェイドも私が『大丈夫』と言って空威張りをするたび、今の私と同じ気持ちだったのだと。

「傷、痛むんでしょう?」

「あ……ばれていたか」

参ったなというふうに後頭部をかく彼は、観念したのか白状した。

「看護師に気を遣ってどうするのよ。私はあなたに守られたいんじゃなく、支えたいの。いい加減にわかって」

いつも私を優先させる彼に、きっぱりと告げる。

「わかった、今度から頼るって約束する。そんなふうに泣かせたくないからな」

彼は仕方ないなという顔で、私に小指を差し出してくる。突然どうしたのかと首を傾げれば、しびれを切らしたらしい彼に小指を絡められる。ミグナフタ国を出立する前日に教えた指切りげんまんをしているのか、繋いだ小指を上下に振った。

「これで少しは安心したか？」

小指は絡んだまま、輪郭や鼻筋まで優美なシェイドの顔が近づいてくる。心臓が跳ねるのに合わせて目を強く閉じると、頬に彼の唇が触れた。

少しして、涙をぬぐっていった柔らかな感触が離れ、シェイドは切り替えるように私の手を掴んで立ち上がらせる。

「そろそろ帰ろうか、若菜」

「え、どうやって？」

見たところ、武器もとられているみたいだけど。

「正面突破で」

唖然とする私の手を引いたシェイドは長い脚を上げて扉を蹴破る。外に立っていた見張りは「ぐえっ」とうめき声をあげ、外れた扉の下敷きになった。

それを不憫に思ったのもつかの間、目の前に広がる薄暗い森の木々の間から黒装束を着た隠密がぞろぞろと現れる。人数は五人だが、私を攫ったアージェの姿はなかった。

それにしても、一対五ではあきらかに不利だ。シェイドが強いのは知っているけど、剣も隠密たちに奪われている。

窮地に立たされ、歯の根が合わなくなる。私は恐怖を紛らわすように、繋いでいた手を強く握り彼に身を寄せた。

「大丈夫、もう傷ひとつつけさせはしない。だから、なにがあっても俺の背から出るなよ」

視線は前へ向け、敵への警戒は解かずに彼は言う。

でも私は『なにがあっても』という言葉に納得できず、首を横に振る。握っていた手を放し、シェイドの腕にすがりついた。

「あなたになにかあったら――」

「わかってる。俺は別に死んでもいいなんて思っていない。ただ、あなたは俺のなにに代えても守りたい人だから。あなたが危険な目に遭うと無茶しなきゃいけなくなる」言葉を被せてきたシェイドは、私の返事を先回りする。つまり、私がおとなしく下がっていることが彼のためにもなるということだろう。

疫病騒ぎのときも、感染したかもしれない私を慰めるために迷わず触れた。彼の言葉には身に覚えがあったので、しぶしぶ彼から手を離す。守られるしかない自分の役立たずさにうなだれていると、頭に大きな手のひらが乗った。顔を上げれば、柔らかに微笑むシェイドと目が合う。

「俺が死ぬと大事な人が泣くから、俺はなにがなんでも生きなければと思う。俺の命を繋ぎ止めているのは若菜、あなただ」

無力ではないとシェイドは伝えてくれている。それに心が救われた私は彼を送り出すため、ぎこちなく笑う。

「行ってくる」

一歩前に出た彼が私に背を向けたままそう言った瞬間、人を食ったような視線で眺めていた隠密たちが短剣を構えて一斉に襲いかかってきた。

「シェイド！」

思わず叫んでしまった私に短く「心配ない」と返し、シェイドは隠密の短剣を持つほうの腕に容赦なく手刀を叩き込む。隠密は「ぐっ」と小さく悲鳴をあげて短剣を落とした。それを拾わせる隙も与えず、今度は回し蹴りを食らわせる。

「ぐあっ」

吹き飛んだ隠密の短剣を拾い、シェイドは柄の感触を確かめるように何度か握る。

「これは使わせてもらうぞ」

奪い取った得物で別の隠密が放った短剣を颯爽《さっそう》と弾き、強く地面を蹴ったシェイド。近くにいた隠密の腕を掴んで、もうひとりの隠密にぶつけた。

「眠っていろ」

よろけたふたりの隠密のうなじに手刀を見舞って気絶させた彼は、両手を叩いてひと息つく。

あっという間に全員の隠密を一蹴したシェイドの戦いぶりは鮮やかだった。心配は不要だったかもしれないと肩の力を抜いたとき、首に誰かの腕が回って後ろに引き寄せられる。

「いやっ」

「油断しちゃダメだよ」

拘束された私の耳元で囁くのは、どこかで聞いたことのある声。背中に嫌な汗が伝い、恐る恐る振り向く。

先に、ハネが強い、癖のある橙の髪が視界に飛び込んできた。細められたカーネリアンの瞳は、私を攫った張本人のものと一致する。

「ア、アージェ……」

「若菜さん、逃げるなんて聞いてないよ」

にっこりと薄っぺらく笑う彼に、『言うわけがないでしょう』と心の中で突っ込む。能天気に振る舞っているが、アージェの目は一度も笑ってはいない。

「お前は捕虜の中にいたな」

シェイドは取り乱さずアージェに向かい合うが、実際は私に何度も視線を送っており、気が気でないことがわかった。

アージェにもそれが伝わっていたらしくフッと鼻で笑い、シェイドを挑発するように私の首元に短剣を当てる。

「やっ……」

この刃が私の首を切り裂いたら、と考えるだけで、震える唇から悲鳴がもれてしまう。それを聞いたシェイドの顔色も悪くなっていく。

いけない、私が怖がるほどシェイドは窮地に追いやられる。彼から戦う意思を失わせないためにも気丈に叫んだ。

「シェイド、私もあなたを死なせないために生きるから、迷わず戦って！」

「若菜……っ、承知した」

目の色を変えたシェイドは闘志を再燃させ、短剣を手にこちらに駆け寄ってくる。

「これは想定外だな。若菜さんがいれば自分から命を差し出してくると思ってたんだけど、あんた捨て駒？　大事にされてないんだね」

迫ってくるシェイドに慌てもせず、私に話しかけてくるアージェ。

私は勘違いしている彼の言葉を修正する。

「好きだから犠牲になるなんて、相手を大切にしてるとは言えないわ」

「へえ、どういう意味？」

私を捕らえているアージェは興味深そうに尋ねてきた。本気で攫う気があるのかと調子が狂いそうになるが、私は素直に教える。

「残されたほうは、自分のせいで大切な人が死んでしまったとずっと後悔する。だから本気で相手を想うというのは、ふたりで生きる道を諦めないことよ」

「綺麗事じゃない？」

「それでも私は、そんな甘えた考えを馬鹿みたいに信じてる。ふたりで幸せになりたいから」

もちろん綺麗事では終わらせない。行動で示して見せる！　と胸内で意気込んで、私はアージェの腕に噛みつく。

「――いってててて！」

悲鳴をあげたアージェの腕が緩む。その隙を見逃さなかったシェイドは私の腰に手を回して引き寄せると、後ろに飛びのきながらアージェの足に短剣を放った。

「ぐっ、やってくれるね……」

地に膝をついて負傷した脚を押さえるアージェ。一見私たちが優位に見えたが、アージェがほくそ笑むのに気づいた。

どうして笑って……あ！

アージェの視線の先、私を抱きしめるシェイドの背後に、短剣を投げようと腕を振りかぶっている隠密を発見する。おそらく気絶していたはずの隠密だろうと頭の中は妙に落ち着いていて、私は迷わずシェイドの身体を突き飛ばした。

数歩よろけた彼の動きがやけに緩慢に見えた刹那《せつな》、脇腹に鈍い痛みが走る。短剣が彼に当たらなくてよかったと、安堵から笑みを浮かべた私をシェイドが抱き留めた。

「若菜……！」

「ごめ……なさい、また無茶……して……」

怒っているだろうかと彼の顔を見上げれば想像の真逆、顔を歪めて今にも泣きそうな顔をしていた。

「シェイド、無事か！」

どこからか、聞き覚えのある声が聞こえた。混濁する意識の中で、誰だろうと記憶を手繰り寄せていたら、声の主はすぐに姿を現す。

「お前、その傷……」

顔をのぞき込んできたのはエドモンド軍事司令官だった。

私の脇腹に刺さったままになっている短剣を見て、殺気を放ちながらアージェを鋭く睨みつける。その手が腰のロングソードの柄頭に添えられると、アージェは脚から短剣を引き抜いて、やれやれというふうに軽くせせら笑った。

「多勢に無勢ってこのことだよね。ミグナフタの軍事司令官相手じゃ分が悪いし、今日のところは若菜さんを諦めてあげるよ」

気絶した隠密を見捨てて簡単に身を引いた彼は、その場から煙のように姿を消した。

逃げられた苛立ちに舌打ちをしたエドモンド軍事司令官は、視線をシェイドに戻してサーベルを渡す。

「お前のサーベル、森の中に捨てられてたぞ」

「ああ」

しかし、シェイドはそれを受け取らずに呆然と私を見つめていた。反応の悪い彼にエドモンド軍事司令官は困惑気味に言葉を重ねる。

「そいつ、早く救護幕舎まで連れて帰るぞ、一刻を争う状態だ」

「ああ」

気もそぞろな相槌に業を煮やしたエドモンド軍事司令官は、シェイドの肩を掴んで「いい加減にしろ！」と怒声を浴びせた。

そこでやっと我に返ったらしいシェイドは、何度か目を瞬かせ、すぐに私を抱き上げた。少しの振動でも傷に響いて「うっ」とうめく私に、気遣うように声をかけてくる。

「すまない、もう少しだけ耐えてくれ」

苦しげに謝る彼を、仕方のない人だと笑う。勝手に罪悪感を抱いて、守れなかったのは自分のせいだと責めているに違いない。

「あなた……をひとりにしない。町に行くって、約束……も……」

ミグナフタ国を出立する前の日に約束したでしょう。すべてが終わったら一緒にエヴィテオールの城下町に出かけようって。

死ねない理由があると伝えたかったのだが、すべては言葉にならなかった。それでもこれだけは言わなければと力を振りしぼる。

「だから……大丈夫……よ」

最後まで声になっていたのかは不明瞭だ。瞼が重力に逆らえず閉じてしまい、彼の顔が見えない。次第に指先の感覚までなくなって、私を抱きしめるシェイドの体温さえわからなくなっていた。

「目を閉じるなっ、なにかしゃべってくれ！　絶対に死ぬな……っ」

闇の中をたゆたう私の耳に、何度も懇願する声が届く。約束したのに心配性だな、と心の中で苦笑いした。

私は死ぬ気なんてないと伝えたい。彼を安心させてあげたいけれど、なんせ身体が言うことを聞かない。私はついにあらがえない眠気に襲われて、意識を手放した。


どれくらい眠っていたのだろう。瞼越しに光を感じて、私は瞼をゆっくりと持ち上げる。すると、見覚えのある幕舎の天井が見えた。

視線をさまよわせれば、他には誰もいない。そう思ったが、右手に自分以外の体温が触れている。なんだろうと目線を下げた先には見覚えのある濃紺の髪があり、私はホッと息をついた。

ずっと、付き添ってくれてたのね。

疲れのにじんだ顔で眠るシェイドは私の横で寝そべり、誰にも奪わせないとばかりに強く手を握ってくれている。その姿を目の当たりにしたら胸が熱くなり、彼のところへ帰ってこれたことに涙があふれる。横になったまま、お腹の辺りにあるシェイドの頭を撫でた。

するとシェイドはわずかに身じろぎ、まつげを震わせて静かに瞼を持ち上げる。

「……若、菜?」

「ええ、心配かけてごめんなさい」

「――っ、目が覚めたのか！」

弾かれるように身体を起こして、安否を確認するように私の顔を凝視する。

「大丈夫だって言ったでしょう？」

「でしょう、じゃない。さすがに生きた心地がしなかったぞ。俺はお前を失ったら、きっと廃人になる」

憔悴《しょうすい》しきっているシェイドを見ていると、胸が締めつけられる。私はたまらなくなって上半身を起こした。

「いっ……」

腹筋に力が入ったからか、激痛が走る。脇腹を押さえて身を屈ませた私の背をシェイドが支えた。

「まだ起き上がるな。脇腹に短剣が刺さってたんだぞ。マルクが言うには、刃先があと数センチ奥に入っていれば臓器が損傷して危険な状態だったらしい。今回は助かったからよかったが、俺の精神状態のためにもおとなしく安静にしていてくれ」

語気を強めるシェイドは私の肩を押して身体を横たえようとする。だが、私は構わず彼の首に両腕を回して抱きしめた。

「なに、を……」

言葉を詰まらせる彼に、私はさらに強くしがみつく。

「死ぬなってあなたの声が聞こえたとき、すごく胸が痛かった。だから目が覚めたら、こうして抱きしめて安心させたいって思ってたの」

そのためなら傷の痛みなんて二の次だ。どうやら私は、彼が心を痛めているほうがずっと参るらしい。

「まったく、守りたい女性に守られてるなんて俺の立つ瀬がないだろう」

シェイドの腕が、傷を労りながら優しく背中に触れる。それに応えるべく、私はかじりつくように必死に彼の首に腕を回した。

「一緒に戦って守り合えばいいじゃない」

「強いな、若菜は。本当は弱音を吐かせてやりたいんだが、あなたは男の腕の中で守られているだけの女性じゃないからな」

私がじっとしている性格でないことは、シェイドも十分理解しているのだろう。でも危険に巻き込みたくないという本心も見え隠れしている。幾重にも意味が込められた苦笑交じりの彼の言葉に、私の胸にも名前のつけられない想いたちが込み上げる。

心配をかけたくないから彼の望むとおりにしてあげたい気持ちと、手の届かないところで彼を失いたくないから自らも戦いたい気持ち。それは常に心の中でせめぎ合っていて、なにが正解かはわからないけれど、きっとどちらも私にとって大事なものだ。

「無茶を止めるのは諦めてちょうだい。でも、ピンチになったらあなたが守って」

男心というのは難しい。行き先が戦場であっても隣を歩いていきたい私の感情とは反対に、彼は危険など少しもないような場所に閉じ込めておこうとする。その要求は呑めないけれど、頼りにしていることはきちんと伝えなければ拗《す》ねるから。

「俺は若菜に押されっぱなしだな」

「お互いさまだと思うわ」

私だって、彼の仕草や言葉に翻弄されているのだから。

彼の肩に手を乗せて少しだけ身体を離すと、思ったより近い距離に内心ドキリとする。シェイドの琥珀色の瞳の中に燃えるような赤が映り込んだ気がした。

情熱の、赤。それは私の期待が見せた幻覚かもしれないのに、目が離せない。

「若菜……」

掠れた声で名前を呼ばれて、心臓が壊れそうなほど高鳴る。吸い寄せられるように唇を寄せ合うと、そっと重なった。

「んっ……」

想いを伝えてもいないのに、友人以上のことをしている私は罪深いのだろうか。

シェイドと生きたいと思っているのは真実だ。けれど、私にはずっと彼のそばにいられる保証がない。また突然、元の世界に戻る日が来るかもしれないから。

彼の唇が何度も私の唇を吸うたび、心は生まれ育った世界よりもこの世界に引き留められる。このまま肉体も異世界に、彼のそばに縛りつけられてしまえばいいのにと、そう願ってやまなかった。

掴み取るは栄光か滅びか、王座か烙印《らくいん》か

傷の痛みを鎮痛薬でごまかしながら進軍すること一週間。私たちはついにエヴィテオールの国境付近の森に到着する。ここから王宮までは馬で数十分の距離にあるらしく、国境を越えた瞬間から開戦となるのは確実だった。

鬱蒼《うっそう》とした森の中、木々が倒れて多くの日が差し込む空間に連合軍の面々を集合させたシェイドは、向き合うように立ち宣言する。

「俺は血で血を洗うような真似はしない。これから相対するのは同じくエヴィテオールの民である。つまり、俺たちがこれから守り慈しむ命でもあるのだ。よって敵兵は可能な限り生かして捕らえよ」

そう言いながら彼は腰のサーベルを引き抜くと剣先を天に向けて掲げる。

「祖国の安寧を願う同志たちよ。力で捻じ伏せ従えるニドルフ王子の愚行を止めるため、この俺についてきてくれ」

彼の左脇にはアスナさんとローズさん、右側にはダガロフさんとエドモンド軍事司令官が立っており、それぞれ武器を掲げる。シェイドに続いて私たちも「オォーッ！」

と地響きを起こすほどの雄たけびをあげ、ついにそのときを迎えた。

「皆の者、俺に続け！」

颯爽と馬に跨《また》がったシェイドに続き、皆も馬に跨がる。先陣を切ったシェイド率いる月光十字軍の兵とは反対に、治療班は最後尾について幌馬車で後を追う。

国境の警備兵を押し切って城下町の中を勢いよく通り抜けると、花壇に囲まれた芝生の公園や、錬鉄《れんてつ》ながらアーチの優美な塔。教会を囲むように、青い屋根と白い壁から成る家々が立ち並ぶ、異国情緒あふれる町がそこにあった。

しかし近々戦争が起こるとわかっていたからなのか、町には人気《ひとけ》がない。お店や家の窓から見える室内は真っ暗で人が住んでいる様子はなく、広場に馬車のひとつも停まっていない。

活気のない町を視界に捉えながら、戦争が奪うのは命だけでなく、当たり前の生活や日常でもあるのだと思った。

「城下町中央部にて王宮騎士団と応戦中。マルク医師と五名の看護師は残って負傷兵の手当てにあたってくれ」

治療班の乗っている幌馬車の隣に馬を寄せた伝令役の兵がそう声をかけてくる。指示を受けた治療班の皆は幌馬車内で顔を見合わせた。

私たちはあらかじめ、誰がどの地点に残るのかを打ち合わせていた。先ほど突破した国境にもすでに二名の看護師を置いてきている。民への被害が最も考えられるここではマルクと五名の看護師が幌馬車を降りることになっていた。

「若菜さん、行ってきます」

幌馬車が停まると、治療道具が入った鞄を背負うマルクが振り返る。私は両腕を広げて、ここで降りる治療班の皆を抱きしめた。

「皆、どうか気をつけて。どんなときでも生きることを諦めないで」

マルクたちは凛々しい笑みを浮かべて頷き、幌馬車を出ていった。

抗戦する兵たちの隙間を縫って幌馬車はようやく城門前に到着する。黄金の格子門は突き破られ、怒号や金属がぶつかり合う音がいっそう激しさを増していた。

ここからは看護師も、城門前に残る者と最も危険な王宮内に入る者とに分かれる。私はできるだけシェイドに近い場所にいたかったので、もちろん後者だ。

「皆、行くわよ！」

王宮内に入る十二人の看護師を連れて、私は庭園を進む。剣を振るう兵のすぐそばを通らなくてはならないため、死と隣り合わせである恐怖から何度も足がもつれそうになる。

黒煙に曇った空の下、どれくらい走っただろう。目の前に弓型の曲線を多用したロココ建築のような王宮が見えてきた。

正面玄関から中に入ると、白い浮彫の漆喰《しっくい》装飾や白亜の大理石でできた大階段に迎えられる。ロビーのようなこの場所の両サイドには廊下があるのだが、いくつも並ぶ窓のカーテンに火が燃え移っており、その黒煙の中に折り重なるようにして人が倒れているのが見えた。これではどちらが敵なのか味方なのか、判別が難しい。

「ここで倒れている兵の治療をする者と、先に進む者とで二手に分かれましょう」

私の指示に頷く看護師たちはこの世界に来てからずっと私が指導してきた者たちなので、力量も性格もある程度把握している。私はそれを加味して、被害が多いこの場所に十名の看護師を残していくことにした。

「オギ、あなたは私とついてきて」

「どこまでもお供しますよ」

オギは気合いを入れるように、治療道具の入った鞄を抱え直した。

「女、シェイド王子は二階廊下の突き当たりにある大広間にいる。さっさと援護に迎え！」

敵の剣を自身のロングソードで受け止めながら、エドモンド軍事司令官がそう教えてくれる。私は「はい！」と手短に答えて、敵を蹴散らしていく彼を見送る暇もなく、オギたちと共に中央の大階段を上がっていった。

「ここも負傷者が多いわね」

二階の廊下にも屍《しかばね》の道ができあがっていた。血の匂いが絨毯や壁紙にも染み込んでいるのか、吐き気を催す。咄嗟《とっさ》に口元を押さえた私は、『しっかりしないと』と、自分を叱咤してオギたちを見た。

「あなたたちは、ここにいる負傷兵の手当てをお願い」

「わかりました。若菜さんもお気をつけて！」

うろたえることなく返事をするオギに、私は笑みを向ける。

「ええ、必ず皆で無事に再会しましょう」

ふたりにこの場を任せて、私は廊下の一番奥を目指して走る。すると王宮に攻め入るまでまともに休めなかったせいか、脇腹の傷がズキリと痛み出した。

「うっ……まさか……」

恐々と手を伸ばして脇腹に触れると、癒合しきっていない傷が開いたのだろう。真っ白の制服に、血が真紅のにじみを形成し始めていた。

でも、この先に私の手が必要な人が待っているかもしれない。シェイドの安否だって気になる。ここに看護師は私しかいないんだから、へばっている場合じゃない。傷口を押さえながら、私は構わず走った。そして大広間の扉の前にやってくると、勢いよく開け放つ。

「シェイド！」

中に入ると、まっすぐ伸びた赤い絨毯の上に立つシェイドの姿を発見する。他にもアスナさんやローズさん、ダガロフさんがシェイドの隣に並び、王座に座る男性に剣先を向けていた。

「おや、あなたが若菜か。優秀な看護師だと聞いているよ。我が軍の形勢が逆転するほどの手腕だとね」

王座に座っていた茶色の長髪と揃いの瞳をした男性が立ち上がる。興味深そうに目を細める彼は誰かの顔にそっくりだった。

この人、どこかで見た気がする。

異世界に来てから彼と会ったことがあっただろうかと自分の記憶に問いかけてみるけれど、残念ながら思い出せない。

「兄上、あなたに逃げ場はもうない。王位は諦めて、同胞を手にかけた罪を償え」

シェイドは声音こそ静かだが、そこには刺々しい殺気がにじんでいる。

そう、彼がニドルフ王子なのね。腹違いとはいえ、シェイドと全然似ていないわ。

シェイドと同じ金の肩章がついた紺の軍服に、王宮騎士団の紋章が刺繍された丈の長い黒のマントを身に着けているニドルフ王子。その話し方も物腰が柔らかそうで、とてもじゃないが実弟を手にかけたとは思えない。

いや、思いたくないだけかもしれない。これから悪夢を再現するように、兄弟で剣を交えるようなことになれば、傷つくのはシェイドの心。どんなに憎かろうと、肉親を失う痛みは平等にやってくるから、そうならないでほしいと可能性を必死に否定する。

「シェイド、お前はここで俺を討ってでも王になると言い切れないから弱いままなんだよ」

神経を逆撫でするように鼻で笑いながら、ニドルフ王子は王座の背もたれの縁を手でなぞる。ニドルフ王子の味方である王宮騎士団の騎士たちは床に倒れ、絶体絶命と言っても過言ではない状況下。なのに、追いつめられているはずの彼からはなぜか余裕を感じる。

シェイドもその違和感を訝しむように「なに？」と片眉を持ち上げた。

「王に必要なもの、それはなにがあっても利益を選び取る決断力と、情を切り捨て弱みを持たないことだ。生半可な覚悟でここに座れば、王座の魔物に飲み込まれるぞ」

王座に寄りかかりながら、ニドルフ王子は顔に薄ら笑いをたたえる。彼から放たれる底知れない狂気に、広間には異様な空気が充満していた。

「王座に座るものが王の器にふさわしくなければ、その者を狂わせ害すると言い伝えられている。果たしてシェイド、お前は捕食される側か否か……どちらだろうな」

緊張が走る中、ニドルフ王子だけは平然と話を続ける。まるで単独公演でも聞いているかのようだ。

「その言葉を引用するのなら、兄上は王座の魔物に狂わされたほうだろう。あなたの覚悟は、民を守り慈しむ王のあるべき姿とはかけ離れすぎている」

静かな怒りの炎を瞳の中に揺らめかせ、王としてのあり方を問うシェイド。それを冷たい双眼で受け止めたニドルフ王子は、落胆するように息を吐く。

「……まだ、そのような耳心地のいい綺麗事を言っているのか。王は、手が届く範囲の人間を救い、土地を豊かにするのではない。このエヴィテオールを他国の侵略から守ることこそ最大の役目。俺は幼い頃からずっと考えていた。この国を存続させ、最も強いと知らしめるために大陸全土を統一すると」

あざ笑うかのようにシェイドの考えを一蹴したニドルフ王子は、ゆったりとした足取りで窓際に歩いていく。

「もうやめてください！　あなたがこれ以上道を外れるところを見たくはありません！」

自分を騎士に任命してくれた恩のあるニドルフ王子をダガロフさんが説得する。一度は忠誠を誓った相手だからこそ深い情があるのだろうことは、その悲痛な声からひしひしと伝わってきた。

しかし、光ある場所に引き止めたい相手はダガロフさんの言葉にさえ振り向かない。闇に堕ちる道をなんのためらいもなく突き進もうとしている。

「俺の夢は生きている限り潰《つい》えない」

ニドルフ王子が天を仰ぐように両手を広げた瞬間、バルコニーに繋がる背後の大きな窓がバリンッと勢いよく割れた。

そこから黒装束を纏った隠密たちが現れ、ニドルフ王子を守るように立つ。その中にはアージェの姿もあった。目が合うと、敵だというのに「若菜さん、久しぶり」と軽く手を挙げてくるから、思わず気が抜けてしまう。

「シェイド、今回は俺の負けだ。ここまで追いつめられるとは思わなかった。だが、次は俺がお前を窮地に立たせてやろう。それまで待っているといい」

そう言ってバルコニーの奥へ歩いていくニドルフ王子。シェイドは「ここは任せた」と騎士たちに指示を出して駆け出す。

「任せてくださいよ」

シェイドの前に立ち塞がる隠密を双剣で牽制《けんせい》しながら、アスナさんが答える。

「あんたも突っ立ってないで、王子を追いかけなさい」

アスナさんと背中合わせになってレイピアを構えるローズさんが、広間の入り口に立ち尽くす私に視線を投げてきた。

「俺が王子までの道を開きます」

いつの間にそばにいたのか、ダガロフさんが槍を構えて私の前に出る。

「皆さん……ありがとうございます！」

私はダガロフさんに庇われながら、バルコニーに出たシェイドに追いつく。するとアージェがニドルフ王子を庇うように立っていた。

「若菜、俺の背から出るなよ？」

前を見据えたまま、私を心配するシェイドの横顔を見上げる。その瞳に映るのは、確かな憎悪。彼にとっては家族を殺した相手なのだ。絶対に許さないという怒りを燃え上がらせているのがわかり、私は「ええ」と返すのが精一杯だった。

私は緊張の面持ちで視線を前に戻すと、ニドルフ王子が意味深に笑う。

「お前が俺を殺さなければ、また大事なものを失うことになるぞ。例えばそうだな……そこの看護師のお嬢さんとかね」

「――貴様！」

シェイドはサーベルを手に勢いよく地面を蹴る。疾風のごとく剣を振り上げたのを見て、私は咄嗟に叫んだ。

「殺してはダメ！」

実の兄を殺すシェイドなんて見たくなかった。なにより、血で血を洗うような真似はしたくないと宣言していた彼の信念が折れてしまう気がした。

私の叫びが聞こえたのか、一瞬動きは止まるも、そのままサーベルは振り下ろされてしまう。勢いは半減したとはいえ、まともに食らえばひとたまりもない。

しかし、ニドルフ王子は目の前に立つアージェの黒装束を掴んで自分の盾にした。

案の定、アージェの肩に深々とシェイドのサーベルが食い込む。

「ぐうっ……ああ……」

その場に崩れ落ちるアージェには目もくれず、ニドルフ王子は他の隠密と共にその場を去る。

私は自身のサーベルを呆然と見つめていたシェイドに駆け寄った。すると、剣柄を握る彼の手がカタカタと震えているのに気づく。

「シェイド、どうし——」

「今、俺は本気で兄上を殺そうと思った。あなたが声をかけてくれなければ、平然と斬り捨てていただろう。その弱さがこの隠密を傷つけることに繋がった……」

その目は虚ろで、私は改めてシェイドが抱える闇に触れる。

家族を殺され、国を追われ、実の兄をこうして追いつめることに心が病まないはずがない。むしろ、今まで自分を見失わずにいたほうがすごいのだ。

闇に溺れちゃだめよ、連れ戻さないと……。

そう思ったとき、「ぐあぁっ」とシェイドが悲鳴をあげた。目の前に血しぶきが上がって、シェイドは地面に片膝をつく。

「シェイド！」

慌てて彼のそばにしゃがみ込めば、右足から血が流れていた。すぐさま止血をすると、そばで笑い声が聞こえる。視線を向ければ、瀕死のアージェが短剣を手にせせら笑っていた。

「最後、くらい……偉業を成し遂げて、死にたいからね」

「なに言ってるの、あなたはニドルフ王子に使い捨てにされたのよ？」

「隠密、なんて……そんなものでしょ」

諦めた目。シェイドといい、アージェといい、どうして自分をないがしろにするの？

私はふつふつと怒りをわき上がらせながら自身の服を裂き、その布をシェイドの右足に巻く。念のため、その上から直接圧迫して止血した。

アージェも緊急性のある傷を負っていたので、焦る気持ちをなんとか落ち着けながら手当てに集中していると、シェイドが自嘲的に笑う。

「自業自得だな。俺は自分の怒りに任せて命を奪おうとした。これでは兄上に王の器うんぬんを問える立場にない」

「……完璧な人間なんていないわ」

シェイドがゆるゆると私を視界に捉えるのがわかった。私は不安がにじんだ彼の顔を真っ向から見据えて、はっきりと告げる。

「大切な者を奪った人間を恨んでしまうのは普通の感情よ。私だってあなたや仲間が傷つけられたら、平静でなんていられない」

シェイドに語りかけながら、私は傷の具合を観察する。幸い、アージェの短剣は動脈ではなく静脈を傷つけたらしく、出血はおさまってきた。私はもう一度布を縛り直して、直接圧迫していた手を離す。

「でも、シェイドは人として大事なことを見失わずにここまで来たじゃない」

「……人として大事なこと？」

「あなたは憎しみよりも人の命を重んじた。今だってちゃんと思い留まろうとしたわ。大丈夫、あなたは誰よりも強い」

そう断言すれば、自身を責めていた彼の瞳に生気が戻る。それを見届けた私はすぐに頭を切り替え、アージェの肩の服を裂いた。

アージェはうっすらと目を開けて、宇宙人でも見たような顔をする。

「うっ、なに、を……」

「止血よ」

鞄から取り出した布を彼の肩口の傷に当てて直接圧迫する。そんな私をぼんやりと眺めながら、アージェは呆れを含んだ笑みをこぼす。

「ははは……二度も助ける、なんて……また裏切られ、たら……どうする、の……」

「そんなの関係ないわ。私は手が届く距離にある命はどんな罪人のものでも見捨てない。綺麗事だって笑われてもいい。誰がなんて言おうと、平等に命を見つめることが私の正義だから」

　黙々と手当てする私に、アージェはそれっきり口をつぐんだ。意識がないわけじゃない。ただ、私の言葉の意味を黙考しているように見えた。

「シェイド、止血を代わってもらってもいい？」

「了解した」

　シェイドに止血を任せ、私は鞄から、鉄の車輪状の円盤に木の棒が刺さっている薬研《やげん》を取り出す。薬種《やくしゅ》を押しくだく道具だ。そこへヨモギやスカカズラ、ゲンノショウコを入れてすり潰し、出た汁を止血が済んだ傷口に塗る。

「これを塗れば、抗菌作用があるから化膿を防げるわ。あとは失った血液を取り戻すための食事、休息をしっかりとること」

　輸血ができる設備も道具もないので、あとは自然治癒力を高めるように促すしかない。私は傷口に布を巻き終わると、彼の血の気の失せた顔をのぞき込む。

「逃げたいなら逃げればいい、でも今は無茶しないで」

「物好き、な女……」

　諭す私に苦笑し、気を失うように目を閉じるアージェ。これでしばらく無茶はしないだろうと安堵した私は、シェイドに声をかける。

「ひとまずは安心していいわ」

「そうか……感謝する」

「いいえ、これが私の仕事だもの。それより、ようやく終わったのね」

アージェの手当てが終わる頃には王宮内の火災も落ち着き、煙に覆われていた空が鮮やかな青を取り戻している。静まった広間ではアスナさんたちが隠密を縄で縛っており、王宮を完全に奪還したのだと悟った。

「逃げた兄上の捜索は続けなければならないが、目的は果たせた。勝鬨《かちどき》をあげよう」

そう言って、シェイドは腰を上げる。

大広間のバルコニーからは王宮の庭園や格子門が見える。そこにいる月光十字軍やミグナフタ国の増援に向けて剣を掲げると、彼は叫んだ。

「王宮は連合軍が制圧した。我らの勝利をここに明言する！」

総大将の彼からの勝鬨を聞いた兵たちは一気に「オオーッ」と歓声をあげる。それは王宮内の兵にも格子門の外の仲間たちにも伝わっていき、空気を熱く震わせていた。

私は仲間の清々しい笑みを眺めながら、目に込み上げてくる涙を我慢できずに流す。

すると、肩に誰かの手が乗った。

「きみは陰の功労者だよね」

腰を屈めて、私の顔をのぞき込んだのはアスナさんだ。どんなときも余裕を崩さない彼の笑みを見て安堵した私は、首を横に振る。

「私はなにもしていません。皆さんが自分の正義を信じて戦った結果だと思います」

「いいえ、あなたの存在は俺たちだけでなくシェイド王子にとっても光でした」

「――え？」

視界が陰ったと思ったら、地面に座り込んでいる私の目の前にダガロフさんが手を差し伸べていた。

「ダガロフさん……」

「さ、手を」

促されるままに彼の手を取り立ち上がると、今度は背中をグイグイと押された。振り向けば、ローズさんが額を指先で弾いてくる。

「い、痛いです」

「ぼさっとしてないで、あんたもシェイド王子の隣に立ちなさいよ。なんなら、『私が未来の妻よ！』くらい言っちゃいなさい」

「そんなことできません！」

おろおろしながら騎士の皆さんを振り返るが、温かい眼差しで見送られた。半ば強引に前に押し出されると、シェイドが私に手を差し出す。

「若菜、こっちだ」

柔らかな声と微笑みに導かれ、私は彼の手を握った。

背中からローズさんの手が離れ、私はシェイドにエスコートされてバルコニーの手すりの前に立つ。その瞬間に連合軍からどっと歓呼の声がわき、口笛と拍手が入り乱れる。

「わっ……ふふっ、皆いい笑顔ね」

驚きは瞬く間に喜びに変わって胸の中に熱を灯す。

ここまで来るのに多くの命が散っていった。勝利を見届けられずにこの世を去った彼らの遺志を継いで、私たちはようやく輝く未来へのスタートラインに立ったのだ。

何度も涙をぬぐってこの景色を忘れないようにと目に焼きつけていたら、シェイドが私の腰を引き寄せる。

「若菜からもなにか声をかけてやってくれ。きっと俺よりも喜ぶ」

「もう、皆はあなたを王にするために頑張ったのよ。そんなことないわ」

軽口を交わしてクスクスと笑い合った私は改めて連合軍の皆に向き直り、思いっきり声を張る。

「皆さんとここまで一緒に来れてよかった。これからは皆さんの力でエヴィテオールとミグナフタ国に生きるすべての人々を幸せにしてあげてください！」

大きく手を振れば、皆から歓声が返ってくる。それを見守っていると、ふいに視界がグラつきよろめいてしまう。異変に気づいたシェイドが私の身体を支えながら後ろに下がり、その場に横たえてくれる。

「しっかりしろ、若菜！　これは……血？」

取り乱した様子の彼の声で、そういえばと思い出す。大広間に向かう途中で脇腹の傷が開いていたのを自覚していたのだが、急いでいたので処置もできていなかった。それまで気が抜けない状態が続いていたからか、痛みさえ忘れていた。

「落ち着いて、シェイド王子！　とりあえず手当てしよう」

アスナさんが、私の治療道具が入った鞄を手に傍らに腰を下ろす。

青ざめた顔で「ああ」と首を縦に振るシェイドを安心させるように私は笑う。

「このくらいなら……大丈夫よ。少し無理をしすぎただけだから」

重い腕を動かして、アスナさんの持っている鞄から布を取り出すと、傷口に当てて押さえる。すると、止血する私の手の上にシェイドの手が重なった。

「あまり脅かさないでくれ、俺の心臓が止まるだろう」

「それは困るわ。あなたはできるだけ長く生きて皆の希望であり続けなきゃいけないもの」

「ああ、だから勝手に消えないでくれ」

それは、どっちの意味を持っているのだろう。死ぬなということなのか、元いた世界に帰るなということなのか。どちらにせよ、一緒にいたいと思ってくれていたらいいな、などと自分勝手な願望を抱きながら、私は目を閉じる。

「若菜、ありがとう。今はゆっくり休んでくれ」

子守唄のように耳心地のいい声を聞きながら、私は意識の海に沈んでいった。

月夜の教会で

連合軍が勝利を収めてシェイドが真っ先に行ったのは、町の復興と圧政の見直しだった。

元々王宮内は王位継承権のある第一王子と第二王子のふたつの派閥で割れており、議会でも常に意見が割れていたのだそう。

しかしシェイドが国を追われ、事実上の最高権力者となったニドルフ王子は高額な税の負担を民に強いた。しかもそれらは民の生活に還元されることなく、他国への侵略資金として使われたのだ。そのため、税が高額になろうが金に困らない貴族と民の間で深刻な貧富の差が生まれた。

これによって、民が貴族の邸に住み込みの使用人として奉公をする仕事が増える。傍から見れば給金をもらえて住む場所にも困らない割のいい職のように思えるが、報告に上がるのは低賃金で民に激務を課すなど、奴隷のように扱っている貴族の蛮行ばかりなのだとシェイドが話してくれた。

直ちに王宮が徴収していた税金を還付し、民の仕事場を増やすよう労働環境を整えたシェイドのおかげで、貧富の差は完全に消えたわけではないが、王宮を奪還してから三カ月の間に随分と緩和されたらしい。

それから、ニドルフ王子についていた王宮騎士団は存続させることになった。月光十字軍もそこに属することになるが、シェイドの最も信頼をおける精鋭部隊としてその名を残し、王宮騎士団とは差別化されている。

王宮内も火災で焼け焦げてしまった調度品が新調され、本来の煌びやかさを取り戻しつつある。国の再建の目途《めど》が立ったので、一週間前にミグナフタの兵とエドモンド軍事司令官は帰国した。

今は、シェイドの王位継承をいつにするかという議会が毎日開かれているのだとか。それを見届けたら、私はどうするのだろうと最近はそればかり考えている。

「若菜さん、ぼーっとしてどうしたんですか？」

「――え？」

急に声をかけられて、私は手に持っていた処置用の布を落としてしまった。

貴重な布なのに……。

この世界では、使い捨てにできるほど物資にあふれているわけではないので、骨折の固定に用いた布もすべて再利用する。それだけ、ものを大事に使っているのだ。

「すみません、驚かせてしまいましたね」

オギが私の落とした布を拾って渡してくれる。もう一度洗わないとな、と苦笑いしながらそれを受け取った。

「ううん、私がぼんやりしていたのが悪いから」

お昼前なのに珍しく仕事が一段落した私は、王宮の敷地内にある治療館の治療室で、処置に使う布をオギと畳んでいた。他の看護師は休憩をとっているので、部屋にはいない。ここにいるのは私とオギと、窓際の机で帳面に治療記録を書いているマルクの三人だけだ。

シェイドが貧困層への支援を行っているおかげで町の医者にかかれる民が多くなってきてはいるものの、施療院からの応援要請は減らない。王宮内にも長期的な治療を必要としている者がひとりいるので、最近は町と王宮内を行ったり来たりして仕事に追われていた。

でも、命からがら王宮騎士団から逃げていたあの頃に比べたら、ずっと平穏な日々を過ごしている。

「シェイド王子の即位式、いつになるんでしょうね。僕、すごく楽しみです」

帳面から顔を上げてこちらを振り返ったマルクに、私も頷く。

「そうね、私もだけど皆その日を待ちわびてる。きっと、民にも愛される国王になると思うわ」

彼の頭上に王冠が輝く姿を想像して笑みをこぼす。私にとっても念願の瞬間なので今か今かと待ち遠しいのだが、ひとつ気がかりがあった。

「アシュリー姫との婚約話も進んでるって聞きますし、きっともうすぐじゃないですか？」

オギの何気ない言葉が胸に突き刺さる。

そう、この国では妻《めと》を娶らなければ王になれないというしきたりがあり、継承式は結婚式と同じ認識らしい。

シェイドからは、アシュリー姫はあくまで婚約者の候補だと聞いていた。でも、国を奪還した彼の即位式の話が浮上してから、ふたりの婚約の噂も城内に広まっていったのだ。

これって本当なのかしら。だとしたら、シェイドが私にくれた告白はなんだったのだろう。

この調子で悶々と考え込んで、最近は仕事中も上の空になってしまう。彼が他の女性と結ばれる姿を思い浮かべるだけで、心が壊れそうなほど痛くなるのだ。

けれど、私はどのみち彼とは結ばれない。だって、いつまでこの世界にいられるのかわからない人間と添い遂げたいなんて思えないだろうし、私からもそんな無責任なお願いはできないから。

気分が沈みかけていたとき、「おー、いたいた」と、治療室の入り口から、だるそうな声が飛んでくる。マルクとオギと同時に振り向いた私は思いがけない来訪者に「へ？」と間抜けな声を出した。

「よう、久しぶりだな」

口端を吊り上げて腕を組みながら戸口に寄りかかっているのは、信じられないことにシルヴィ先生だった。

「僕、幻覚を見てるんでしょうか」

「マルク、私も夢を見てるのかも」

「いや、俺にも見えてるので、たぶん本物かと」

三人で固まっていると、シルヴィ先生の幻はあからさまに面倒そうな顔になる。

「夢でも幻でもねぇよ。俺は実体だ」

治療室に入ってきたシルヴィ先生は本当に本物だったようだ。私はマルクとオギと顔を見合わせて笑みを交わすと、彼に駆け寄って勢いよく抱きついた。

「シルヴィ先生はどうしてここへ⁉」

三人で声を揃えて尋ねれば、突然の出来事に目玉がこぼれ落ちそうになっているシルヴィ先生が叫ぶ。

「どああっ、いきなり抱きついてくんな。今晩エヴィテオールの王宮で復興祭が開かれんだろ、ミグナフタの要人も招かれてんだよ」

「シルヴィ先生は功労者ですもんね」

納得したふうに頷くマルクにシルヴィ先生は照れているのか、そっぽを向きながらも私たちの背に手を回した。

「シルヴィ先生、エヴィテオールの王宮看護師になった私と再会するって約束、無事に果たせてよかったです」

私はミグナフタを出る前にシルヴィ先生が言ってくれた『死ぬなよ。今度はエヴィテオールの王宮看護師になったお前と再会することを信じてるからな』という言葉を思い出していた。

そしてシルヴィ先生も忘れないでいてくれたのだろう。何度も見た気だるげな表情とは打って変わって、悩みが晴れてすっきりしたような笑みを浮かべている。

「まったくだ、お前たちを送り出してから俺も含めて治療館の看護師たちも気が気じゃなかったんだぞ」

そのときの様子を思い出しているのか、シルヴィ先生は苦笑いしていた。

「皆さん元気にしてますか？　自国に帰ってきたっていうのに俺、ミグナフタの治療館が懐かしくて」

オギが尋ねると、シルヴィ先生はげんなりとした顔をする。

「あいつら、俺がエヴィテオールに行くって言ったらズルイだなんだって、うるさかったんだよ。ミグナフタに行く機会があったら、顔出してやってくれ」

こうして再会を喜んでつい話し込んでしまった私は、置時計の時間を見てハッとする。毎日朝の十一時頃に私はとある患者のリハビリを行っているのだ。

三人にひと声かけてその場をあとにした私は、外にある渡り廊下を使って別館に移動する。そして一階廊下の一番奥にある、厳重な監視がついた部屋の前にやってきた。見張りの兵に中へ通してもらうと、暇を持て余した様子でベッドに寝そべるアージェの姿がある。

三カ月前、王宮奪還の際の戦闘でシェイドのサーベルはアージェの肩の神経を傷つけてしまったため、腕の挙上が困難になっていた。でも最近になってリハビリの効果が出たのか、その動きはスムーズになってきている。

「待たせちゃってごめんなさい。アージェ、腕の調子はどう？」

声をかければ彼は好意的な笑みを浮かべて「やっと来た」と勢いよく起き上がる。それも手を使わず、足を振り子のようにして。さすがは隠密、動きがまるで忍者だ。

「俺、この部屋から一歩も出られないじゃん？　だから若菜さんしか話し相手いないし、正直言って退屈なんだよね」

彼には捕虜という自覚がない。それに話をしていて思ったのだが、心からニドルフ王子に仕えているというわけではないらしい。決定的な証拠になるのかは怪しいが、『そっちに寝返るから自由にしてよ』と言ってきたこともある。どうも、腕がいい隠密だからとニドルフ王子にお金で雇われただけらしい。

「まあ、アージェの気が滅入るのもわかるんだけどね」

ベッドに腰を下ろして、彼の腕の筋肉を解すようにマッサージしてから、腕を上げたりとリハビリを始める。

「じゃあさ、若菜さんからシェイド王子にお願いしといてよ」

「あなたが怪我を治して、しっかり罪を償ったらね」

現金な人だなと思いつつ、存外人懐っこいので憎めない。リハビリをしながら、今度は暇つぶしになるような物を差し入れてあげようなんて考えている自分がいた。

アージェの部屋を出て治療室のある館へ戻るために渡り廊下を歩いていると、ぽんっと肩に手が乗った。驚いて「ひゃっ」と変な声を出しながら振り向けば、そこには目を瞬かせるシェイドが立っている。

「すまない、怖がらせたか？」

シェイドは申し訳なさそうに後頭部に手を当てた。表面上は。

「あ、ううん。気にしないで」

笑みを繕いながらも、私は変な声を出したことへの羞恥心にじわじわと顔が熱くなる。鏡がないので自分では確認できないが、赤面しているに違いない。

それになんとなくだが、シェイドは不自然に唇を引き結んで笑いを堪えているようにも見える。私が無言で凝視して追及すると、彼は口元を手で覆い背を向けた。

「あの、笑うならちゃんと笑ってほしいんだけど。気遣われるほうが惨めだから」

開き直った私からお許しが出たのをいいことに、シェイドは「くっくっくっ」と肩を震わせながら笑い、私に向き直る。

「その、なんだ……可愛いと思ってな」

「面白いじゃなくて？」

「ああ、そういう気の抜けた若菜も魅力的だと俺は思う」

「なっ……あなたは相変わらず言葉が直球ね」

照れて赤くなっているだろう私の顔を楽しげにのぞき込むシェイドと肩を並べて歩いていたら、訓練場の前を通りかかった。

「おーい！　王子、若菜ちゃーん」

呼び止められてシェイドと足を止めれば、訓練場の地面にあぐらをかいているアスナさんが陽気な顔で手を振っているのを発見する。私たちは自然と足をそちらに向け、訓練場の中へと足を踏み入れた。

そこは天井がないために空が見える石造りの円形の広場だった。中央には馬に跨がる騎士が月光十字軍の旗を持っている黄金の像が立っており、その周りで騎士やエクスワイヤが剣を交えている。

広場を挟んで向こう側にあるのは騎士の宿舎で、私も手当てのために度々訪れていた。

「相変わらず女っ気がないわね」

どこからか、ローズさんの声が聞こえた。姿を探していたら目の前から、鞘に納められたロングソードを肩に立てかけるように持つローズさんとエドモンド軍事司令官がこちらに歩いてくるのが見える。ふたりとも同じ剣を持っていたので、どうやら訓練中らしい。

「さっきぶりだな、シェイド」

軽く手を挙げたエドモンド軍事司令官も今夜の復興祭に参加するのだろう。客人であるはずなのだが、どうしてこのような場所にいるのか首を傾げていると、エドモンド軍事司令官がちらりと私に視線を寄越す。

「お前もいたのか、女。ちっこくて見えなかったぞ」

相変わらず口が悪い上に失礼な人だ。顔を引きつらせて「お久しぶりです」とお辞儀すると、彼はつまらなそうにフンッと鼻を鳴らす。

「威勢が足りないな、俺に啖呵を切っていたお前はどこにいった」

「あれは状況が状況だったので……いつもカリカリしているわけではありません」

「俺はお前の男気を買ってるんだ、失望させんなよ」

これは喜んでいいのだろうか。一応女性なのだけれど、エドモンド軍事司令官は間違いなく『男気』と言った。期待してくれているみたいだが、あまりうれしくないので曖昧に笑っていると、ローズさんがげんなりとした顔をする。

「エドモンド軍事司令官の理想の女性って、強いか否かが判断基準なのよね。若菜ほど図太い女なんて滅多にいないんだから、その結婚観を変えない限り身を固めるのはずっと先になるわよ」

「図太い女……」

復唱すると、なお胸が痛い。

「そうよ、希少種よ」

人を未確認生命体みたいに言わなくてもいいのに。

新手のいじめかと思うくらい言葉のナイフが容赦なく心に刺さる。女性らしさが足りないのだろうかとがっくり肩を落とす私に、シェイドが困ったように笑ってひとつ息をついた。

「若菜は人気者だな。見る者を惹きつけるその魅力は、俺を不安にさせる」

「それって、どういう――」

どういう意味かと最後まで問えなかったのは、向けられる眼差しの熱さに私のほうが惹きつけられてしまったからだ。

ここには他にも人がいるというのに、彼以外視界に入らない。世界の音も遠のいて、彼の言葉だけがスッと耳に入ってくる。

「誰にも奪われたくないって意味なんだが、俺に言わせるなんてずるいな」

「――なっ、にを……」

彼の視線、言葉ひとつで息苦しいほど心臓が脈打つ。本当にずるいのはどっちだと怒りたい気分だ。完全に思考回路が壊れた私は彼から目を離せないまま、赤くなっているだろう顔を隠すのも忘れて金魚のように口の開閉を繰り返す。

固まっていたら、エドモンド軍事司令官に「おい女」と、なんともぞんざいに呼ばれた。でも、おかげで我に返った私はシェイドから視線を逸らすことに成功する。

そこでようやく息がつけた私は、エドモンド軍事司令官に向き直る。

「な、なんでしょうか」

「一番理性があるふうに振る舞ってる男ほど危険だぞ」

話の流れからするに、エドモンド軍事司令官はシェイドのことを言っている。だが、いつも守ってくれたシェイドに限って、私を傷つけることはしないだろう。

「若菜に余計な情報を吹き込むの、やめてくれないか」

笑顔で敵意をむき出しにしながら、シェイドがエドモンド軍事司令官に突っかかる。睨み合っているふたりを新鮮な気持ちで眺めていたら、ふいに後ろから伸びてきた腕が首に回った。

「あんたさ、シェイド王子とどこまで進んでるわけ？」

後ろから抱きしめられるような格好になり振り向くと、犯人はローズさんだとわかった。

彼——彼女はいわゆるオネエなので、フッと身体から力が抜ける。身体の造りは違えど、心は同性なのでひと安心した。

「それに関しては黙秘します」

言っといてなんだが、黙秘権って異世界にもあるのだろうか。早々に頭を捻ったが、この際どうでもいい。

「それ、俺も知りたいな。ねぇねぇ、口づけはした？　もしくはそれ以上——」

勝手に盛り上がるアスナさんの頭頂部にローズさんの手刀が落ちる。

「下品な男ね」

「痛いじゃないか、ローズ〜」

「それで、既成事実くらいは作れたのかしら」

アスナさんを無視して徹底的に追及する気のローズさん。彼の言っていることもアスナさんと大差ないと思うが、気のせいだろうか。

「これはアスナさんの勘からするに、ふたりはなにもしてないわけじゃないけど確定的ななにかには至ってないってところだな」

すべてが抽象的だが、アスナさんは核心を突いている。ドキリとした私はボロが出てごめんなさい、と心の中でアージェに謝りながら、私はそそくさと訓練場から退散した。

「そろそろ、アージェのリハビリの時間なので失礼します」

さっき行ってきたばかりだが、咄嗟にこれしか理由が思い当たらなかった。利用しる前に退散することにした。


夜、大広間で復興祭が行われた。私もシェイドに用意してもらった光沢のあるブルーのドレスを着て参加している。胸元が大きく開いており、そこで輝くアンバーの宝石が上品さを損なわせないところが、コーディネートしたシェイドの腕のよさを感じさせた。

髪は青薔薇のコサージュがついた髪留めでポニーテールにしている。毎日欠かさずつけている、シェイドからもらった組み紐は手首に巻いた。

このような場には慣れないので広間の端のほうでシャンパンを頂いていると、急に歓声がわき上がった。広間の中央を見ればシェイドとアシュリー姫がこれからダンスをするのか、身を寄せ合った。

「あっ……」

心臓が抉られるような痛みを感じて胸を押さえる。彼らが手を取り合うのを合図に優雅な音楽が流れ始めると、呼吸さえも苦しくなる。

「やはり、アシュリー姫が未来のお妃様になるのかしらね」

「家柄も申し分ないですし、エヴィテオール王妃になる日は近いですな」

復興祭に参加している貴族や政務官から、ふたりの仲を微笑ましく見守る声が聞こえてくる。

庶民で、彼らからしたら異世界の人間である私がここにいるのは場違いに思えた。気分が悪くなって、静かに広間をあとにする。

廊下を歩きながら嗚咽が唇から滑り出た。そこで自分がどれだけ彼を好きになってしまったのかを思い知る。

「っ、でも……どう見たってお似合いだったわ」

皆が求めているのは、王子に釣り合う家柄の姫。私が努力したところで報われないこの恋心は、いったいどこへぶつければいいのだろう。

「そもそも、この世界にいつまでいられるのかわからない私が、シェイドを好きになること自体が間違ってたのよ……」

生まれた世界から違う私たちは、結ばれることは絶対に叶わないのだと厳しい現実に打ちのめされる。

行き先に迷った末に私が辿り着いたのはアージェの部屋だった。暇を持て余していると言っていたし、と自分の行動を正当化しようとする。でも心ではわかっていた。私は気を紛らわせてくれる話し相手が欲しかったのだ。

「あれ、今日は復興祭じゃなかった？」

ベッドにあぐらをかいているアージェが、ドレス姿で現れた私を見て目を丸くする。

私は苦笑しながら彼の隣に座った。

「ああいう場所は居心地が悪くて」

「嫌なことでもあったわけ？」

「うーん、勝手に自分で悩んでるだけ」

「あ、そ」

彼の無関心さは居心地がいい。追及も詮索もされないから、嫌なことを思い出さずに済んだ。

「じゃあさ、俺とダンスする？　せっかく着飾ってるのにもったいないっしょ」

穏やかな沈黙が続いていたとき、彼が突拍子もない提案をしてくる。

「あなた、踊れるの？」

「そこはノリで乗り切る」

つまりは踊れないわけね、と呆れる。でもなぜか、あとから笑いが込み上げてきてぶっと吹き出してしまった。

結局ダンスはしなかったものの、彼との談笑を楽しんでいるところへ扉がノックされる。

「はい、今開けますね」

来客を迎えようと立ち上がると、アージェが私の手首を掴んだ。振り返れば、彼は険しい表情をしている。

「やめたほうがいいよ、すごい嫌な感じがする。これは……殺気だ」

警戒するように扉を睨みつけているアージェに心臓が早鐘を打ち始める。足元から這い上がってくる恐怖に立ち尽くしていたら、アージェが立ち上がって私の前に出た。

その瞬間、扉が蹴破られる。

「きゃあっ」

両手で頭を抱えるようにしてしゃがみ込んだ私の視界に、部屋の入口で倒れる兵の姿が見える。

助けないと、と頭が混乱したまま這って前に出ようとした私の頭上から、「動くな！」

というアージェの怒鳴り声が降ってくる。

「あんたら、執念深いね。俺を迎えに来たってわけじゃなさそうだし、目的は若菜さんか」

アージェの目線の先にいるのは黒装束の集団、隠密だ。

まさかアージェも関与している？

つい疑ってしまったが、すぐにその考えを否定する。短い間だけれど一緒にいた彼は私に危害を加えたりはしなかった。演技かもしれないが、彼の見せる笑顔も人懐っこさもすべてを疑いたくはない。

「アージェ、挑発したら危険だわ」

「え、若菜さん、俺の心配してるの？　普通、俺のこと仲間じゃないかって怪しまない？」

「正直に言えば、怪しいと思った。でも、あなたのことを信じたいの」

「うわー、お人好しだね」

呆れてはいるのだろうが、アージェの声音は優しい。馬鹿にされなかったことを意外に思いながら、私は構えをとった彼を見上げた。

まずい、アージェは武器を取り上げられている。しかも右肩はまだ思うように動かないはずだ。彼を戦わせてはいけないと、頭の中で警報が鳴る。

「あなた方の要求を聞きます」

私は立ち上がって彼の前に立った。隠密たちはなにか企んでいるのではないかと、顔を見合わせている。

ふいに堂々と対峙する私の肩に手がかかり、勢いよく後ろに引かれる。振り向けば、血相を変えたアージェの顔が間近にあった。

「ちょっと、あんたは後ろに――」

「アージェ、ここはどう考えたって私たちじゃ乗り切れない。今は従うふりをして、命が助かる方法をとらないと」

アージェの声を遮って小声で説得すると、再び敵を見据える。

「あなたの足ならここから逃げられる」

「若菜さん、それ以上言ったら俺でも怒るよ」

「隙を見て部屋を出たら、シェイドに状況を報告して」

苛立ちが彼の言葉の端々から伝わってきたが、構わず伝えた。今はこれが最善だと思ったからだ。

「俺、自己犠牲とか好きじゃないんだけど」

「違うわ、生きるためにこうするの。だから信じて」

振り返らずとも背後にいるアージェが納得いかない顔をしているのは、ありありと伝わってくる。きちんと説明したいのはやまやまだが、隠密は待ってはくれない。

「そこの看護師、俺たちと来い」

どこかに連れていこうとしているのなら、今は殺す気がないということだ。私は一瞬だけアージェに目配せして『チャンスを逃さないで』とメッセージを送り、隠密に従うように歩き出す。そして隠密の手が私に伸ばされた瞬間、思いっきり体当たりした。

「アージェ、行って！」

私が叫ぶと、迷った素振りを見せた彼は意を決したように地面を蹴る。隠密に襲いかかられても軽やかな身のこなしで入口まで辿り着き、部屋を飛び出した。

うまくいってよかった……。

それを見届けてホッと息をつくと、首裏に衝撃が走る。瞬く間に視界は暗転して、私は意識を失った。


気がついたときには、円形のステンドグラスが月光を浴びて淡い色彩を放つ、薄暗い空間の中にいた。眼前に広がるのは二列でいくつも並ぶ木製の長椅子、背後にあるのは人間の高さを悠々と超える十字架。たぶん、ここは教会だ。

私は長椅子がある場所より一段高い祭壇で椅子に座らされている。しかも鎖で縛りつけられているせいで身動きが取れない。

「目が覚めたようだね」

教会内に男性の声が響き、私は視線を巡らせる。するとステンドグラスの明かりが行き届かない教会の角から、ブラウンの髪の男性が現れる。

「あなたは、ニドルフ王子……」

彼が王宮から逃走して三カ月間、足取りは掴めずに捜索は難航しているのだとシェイドから聞いていた。こうもあっさり私の前に現れるなんて、王宮に近い場所でこちらの動向を探っていたのかもしれない。

逃げ道を塞がれた状態で敵を刺激するのは勇気がいるが、黙って捕まっていても彼の意図は理解できない。恐怖心に蓋をして自身を奮い立たせた私は、ニドルフ王子に声をかける。

「私を攫ってどうするの？」

「随分威勢がいいな。なるほど、あいつが好みそうな女性だ」

ニドルフ王子の言うあいつとは、おそらくシェイドのことだ。この状況でシェイドの女性の好みの話が出てくる意味も不明だが、とにかく品定めするようにまじまじと観察されて居心地が悪い。耐え切れずに視線を逸らした私の耳に、またもや謎の言葉が届く。

「攫ったのは、あなたがシェイドの大事なものだからだ」

微笑を浮かべながら私の目の前まで歩いてきたニドルフ王子は冷たい瞳で見下ろしてくる。身体の芯から凍りつきそうなほど、彼の表情からは感情が読み取れない。

「意味がわからないわ」

素直に疑問を口にする私をニドルフ王子は楽しげに見つめる。その冷たい指先が私の顎に触れて、輪郭をなぞるように頬に上がってきた。

シェイド以外の男性に触れられる嫌悪感に身体が震える。拒絶反応にも近く、冷や汗が全身の毛穴からぶわっと噴き出した。

「俺はね、別に国王になりたいわけじゃないんだ」

ならどうして、シェイドを国から追放したのか。王位に興味がないのなら、実の父親である国王や実弟を手にかけたのはなぜだろう。行動と発言が合致していない。

顔をしかめる私にニドルフ王子はふふっと口元を綻ばせる。彼から感じるのは、どれが本心で建前なのかが解せない違和感だ。

「だが、周囲は俺に国王になることを望んでいた。床に臥せっていた母上も死に際まで、側室の息子であるシェイドにだけは王位を譲るなと言っていてね。だから俺は王位を継承するのは使命だと自分に言い聞かせて政務に励み、剣術も磨いた。でも、すべては義弟のシェイドのほうが上だった」

内容は彼の最もつらい過去のはずなのに、どうしてそうも愉快に話すのかがやはり理解できない。違和感は次第に狂気に変わり、私はゴクリと唾を飲み込んだ。小刻みに震えていると、彼はその反応を楽しむように私の頬をさすりながら続ける。

「次第に政務官や貴族の間で、シェイドのほうが国王にふさわしいのでは、という声があがり始めた。それでも努力すれば認められると信じて第一王子という肩書にしがみついていたが、ついに父上からお前は王の器ではないと断言されてしまったんだ」

淡々と抑揚の欠落した声で語られたのはニドルフ王子の闇であり、シェイドとの間にある確執だった。

私は口を挟むこともできず、彼の話に耳を傾ける。

「俺の中でなにかが崩れ去った気がしたよ。俺から存在証明を奪ったシェイドが憎くて仕方なかった。俺に無価値という烙印を押した父上も、無責任な期待を押しつけた母上も、両親の愛情を一身に受けた弟のオルカも同様に」

だから肉親を手にかけたのかと、納得したくはないが腑に落ちる。ここまでの話を統括すると、シェイドへの執着が彼の歪んだ嫉妬心からきているのがわかった。

「煩わしい血の繋がりを絶った俺は決めたんだ。欲しいものは力づくで手に入れる。そして俺のものとなった国や人間は誰にも傷つけられることのないように守ると」

ニドルフ王子の心はどこから壊れてしまっていたのだろう。聞いていて胸に込み上げるのは、怒りでも軽蔑でもなく切なさだ。狂う前に止めてくれる人間がいれば、シェイドと敵対することなく共に豊かな国を築けていたかもしれないのにと考えてしまう。

それから、ひとつだけわからないことがある。彼が王位にすがる気持ちはなんとなく察したけれど、それと私を攫うことになんの関係があるのかだ。

「私を攫ってどうするの？」

結局、最初の問いに戻る。

底知れない闇を飼っている彼の瞳が近づき、気圧された私は身を仰け反らせる。しかし身体はこれ以上後ろに倒せない。

怯《おび》える小動物を簡単になぶり殺せるであろう彼は、嗜虐的《しぎゃくてき》な笑みを口元ににじませる。

「言っただろう、あなたは俺からすべてを奪ったシェイドの大事なもの。それを奪って初めて俺はようやくあいつに勝てる。俺の悲願が叶うんだよ」

やられたらやり返すという一方的な逆恨みではあるが、目的ははっきりした。

そしてそれをかわいそうだと、ひと言で済ませるわけにはいかない。彼の孤独は同情に値するけれど、これまで行ってきた仕打ちは決して許されることではないのだ。

だからこれ以上罪を重ねさせてはいけない。奪った命に対する贖罪《しょくざい》をして、シェイドと和解までは難しくとも争わないでほしい。

「もうやめて。シェイドからなにかを奪っても、あなたは永遠に満足できないわ」

今やたったひとりの家族なのだからと彼を説得すると、突然教会の扉が開かれる。

そこには、供も連れずに現れたシェイドの姿があった。

「彼女から手を離せ」

危険な場所に単身で来るなんてどうかしている。彼を叱りたい気分だったが、本当は怖くてたまらなかった私は「シェイド！」と歓喜に震える声で呼んだ。

「アージェから聞いた、また無茶をしたらしいな。まったく、あとでじっくり話は聞かせてもらうぞ」

珍しく怒っていた。その顔に笑みはないけれど、肩で息をしている。その鬼気迫る形相からもわかるように、シェイドは必死に自分を探してくれていたのだ。

「兄上、話は聞かせてもらった。あなたの苦悩も理解できないわけではないが、すべては嘆くばかりで自分に打ち勝てなかった弱さが招いたことだろう」

「いいや、シェイド……すべてはお前が狂わせた」

ニドルフ王子は腰の剣を抜き、私の首筋に押し当てる。その瞬間、シェイドの瞳が怒りに燃え上がる。人を殺せてしまうのではないかと危惧するほどの気迫でサーベルを抜き放ち、疾風の如くニドルフ王子に詰め寄る。その剣先は突くように標的を狙ったが、ニドルフ王子はそれを自身の得物で弾いて後ろに飛びのいた。

「残念、もう少し彼女を使ってお前で遊びたかったのに」

シェイドの重い突きが響いたのか、ニドルフ王子は剣を握る手の甲を擦っている。

「若菜に傷ひとつでも負わせれば、俺は兄上だろうと斬るぞ」

私の前に立つシェイドが、知らない人のように見えて不安に駆られる。

憎悪に支配されるシェイドの姿を見たニドルフ王子は、下卑た笑みを浮かべて満足そうにしていた。

「シェイド、お前も俺と同じところまで堕ちてくればいい。いくら偽善を口上で並べたところで、目的のために身内を手にかけられる俺と本質は変わらないんだからな」

――違う。王宮奪還のときにニドルフ王子に斬りかかったシェイドは、ちゃんと踏みとどまった。その憎しみも乗り越えて大事なものを見失わなかったのだ。

「お前は俺を殺したくて仕方ないだろう？　半分しか繋がっていなくても血は争えないな」

こんなところで血縁を持ち出してくるなんて卑怯《ひきょう》だ。

シェイドは「俺は違う……」と言いながらも、本当にそうなのかと自問自答しているようだった。それがもどかしくて、私は拳を握りしめるとシェイドの背に向かって声をかける。

「どんなに憎んでいても、心の奥底では実のお兄さんを大切に思ってる。だからシェイドは、憎みたいのに憎みきれなくて迷ってるんでしょう？」

私の言葉の意味を図りかねているのか、シェイドはこちらを振り向いてわずかに首を傾げる。揺れる彼の瞳を安心させるように見つめ返すと、静かに語りかける。

「その胸の内にある怒りも悲しみも愛情もすべて本物。それを否定する必要はないと思う。ただ、王子として義弟として後悔しない道を選んで」

すぐに返事はなかった。下を向いて無言で葛藤している様子のシェイドを急かすことなく待つ。その様子をニドルフ王子もじっと面白そうに眺めていた。

しばらくして、シェイドは凛然と顔を上げる。いつもの輝きを取り戻した琥珀の目を見たら、なんとなく聞く前から答えがわかった。

「俺は王子として兄上を裁く」

「ははは、やはりお前も俺と同じだったな。結局、肉親を切り捨てる」

高笑いするニドルフ王子に「まだ話は終わっていない」とシェイドは続けた。ニドルフ王子は笑うのをやめて眉間にシワを寄せる。

「なんだと？」

「俺は義弟として、兄上が罪を償うまで支えるつもりだ」

それを聞いたニドルフ王子は目を剥く。動揺からか後ずさる彼にシェイドはゆっくりと歩み寄った。

「俺より五つも年上の兄上は博識で、剣の腕も立って、俺の憧れだった」

「なにを言う、お前は俺より優れていたではないか。聞こえのいい体裁はうんざりだ」

「そうじゃない。腹違いでも弟のように面倒を見てくれたあなたに追いつきたいと思ったから、今の俺がいる」

シェイドの話を聞きながら、このふたりにも王位など考えずに兄弟として過ごした思い出があったのだと、胸が温かくなる。同時に、ニドルフ王子が家族に手をかける前に、この悲劇を止められなかったのだろうかと悔やまれてならない。

それはシェイドも同じだったのか、もう二度と戻らない幸せな日々に悲痛な表情を浮かべる。

「ふとした瞬間、あなたの顔が寂しそうに陰るのは知っていた。ずっと、なぜだろうと思っていたが、やっと理解した」

コツリと、シェイドの革靴がニドルフ王子の前で止まる。

「兄上は地位でも国でもなく、愛情が欲しかったのだな」

「俺はそんなものが欲しかったわけではない！」

半狂乱に叫ぶニドルフ王子は、もはや余裕を失っていた。その場に崩れ落ちるようにして座り込み、耳を塞いでいる。

見て見ぬふりをしてきた本心を認めたくないからだろうか、見るに耐えないほど苦しんでいるニドルフ王子に私はそっと声をかける。

「存在証明を奪ったシェイドが、無価値という烙印を押したお父様が憎かったのは、誰よりも彼らに認めてほしかったから。無責任な期待を押しつけたお母様が、可愛がられていた弟のオルカさんが憎かったのは、愛されたいと願っていたから。どれも愛情の裏返しなのよ」

憶測だけれど、ほのかな確信がある。ニドルフ王子と接しながら感じた、孤独の中にある真実だと断言できる自分がいた。

「正直、肉親を手にかけたあなたを許せない。だが、兄上の心の嘆きに気づけなかったのは俺の責任でもある。王子としての俺はあなたの行いをなかったことにできないが、義弟としての俺はどんな罪を犯していても兄上から逃げずに向き合い続けると誓おう」

シェイドは決定打を放つように言い切った。ニドルフ王子は右目から涙を一滴こぼし、自嘲的に笑う。

「どうしたって俺は、お前には敵わないんだな……」

「兄上？」

「シェイド、お前が謝る必要はない。すべては俺の弱さゆえに招いたことだと、頭では理解していた」

でも心が受け入れられなかったのだと、ニドルフ王子の悲痛な叫びが伝わってくる。

自分の弱さを認められた彼は、もう私たちに剣を向けることはないだろう。

そう思った矢先、彼は愛剣を自身に向けて構えると一気に引き寄せた。

「――兄上！」

シェイドは瞬時に、ニドルフ王子の手に握られた剣をサーベルで弾き上げる。自殺を図ろうとしたニドルフ王子は死ねないとわかると、顔に絶望を浮かべてシェイドを見上げた。

「もう、解放してくれ」

「ふざけるな……兄上は俺の話をちゃんと聞いていたのか？　兄上を慕って騎士になったダガロフの気持ち、あなたと向き合おうとした俺の気持ちはどうなる！　罪から逃げるな！」

兄の肩を掴んで揺するシェイドは、いつになく声を荒らげていた。その目には光るものがあり、ニドルフ王子を大切に思っているからこそ憤っているのだと感じた。

「っ、すまなかった……」

シェイドの気持ちが伝わったのか、ニドルフ王子はうなだれる。そこへ騎士の皆さんが駆け込んできた。

「シェイド王子……と、ニドルフ王子！」

アスナさんが驚きの声をあげる。その隣にいたローズさんがニドルフ王子を確保しようと縄を取り出したとき、「俺がやる」と言ってダガロフさんが手を出した。

「団長、本当にいいんですね？」

覚悟を問うようにローズさんが尋ねる。

「ああ、俺もあの人を止めたいんだ」

縄を受け取ったダガロフさんがニドルフ王子のそばに膝をつく。そして抜け殻のように座り込んでいるかつての主を縄で縛ったあと、深々と頭を下げた。

「あなたを光ある場所へ連れ戻すことができず、申し訳ありませんでした。あなたは俺に人生をくれたというのに、なんの恩も返せなかった」

「……なにを言う。誰も俺を見ていなかったあの王宮で、お前だけは俺を必要としてくれていた。それが唯一の救いだったんだ」

力なく笑い、頭を下げるダガロフさんにニドルフ王子も頭を下げる。

「不甲斐《ふがい》ない主ですまなかった。これからは善き王となるシェイドを支えていってくれ。それが俺からの最後の命令だ」

「承知、しました……っ」

嗚咽を飲み込むダガロフさんの前で、ニドルフ王子はアスナさんとローズさんに連れられて教会を出ていく。

その場を動けずにいるダガロフさんの肩にシェイドは手を乗せた。

「あの人はずっと孤独だと思っていたが、お前が兄上の心を守ってくれていたらしい。

できましたから」

「いいえ、感謝するのは俺のほうです。あの人をようやく憎しみから解放することが

義弟として礼を言う」

ダガロフさんは清々しい表情をしている。

ニドルフ王子がくれた最後の命令は彼から受けた恩と共に、ダガロフさんの心に生き続ける。彼にとって主君は永遠に騎士という生き方をくれたニドルフ王子と、間違いを正して新しい道を示してくれたシェイドのふたりなのだろうと思った。

「俺は先に戻ります。シェイド王子は若菜さんとゆっくり帰ってきてください」

気を利かせてくれたのか、ダガロフさんはそう言葉を残して退散する。

教会内には私とシェイドだけになり、静寂が訪れた。

シェイドはサーベルを手に立つと、私の背後に回って鎖を断ち切ってくれる。ようやく解放された私はドレスの裾を踏まないように椅子から腰を上げた。

「助けに来てくれてありがとう」

目の前にやってきたシェイドにそう声をかけたのだが、反応がない。いろいろあってうやむやになっていたが、教会に飛び込んできた彼は今まで史上最高と言っていいほど怒っていた。私は顔を引きつらせながら、彼の顔をのぞき込む。

「お、怒ってる……？」

わかりきったことを尋ねれば、鋭い眼差しが向けられた。

どうしたものかと頭を悩ませているうちに、シェイドの文句が炸裂《さくれつ》する。

「自分を囮《おとり》にしてアージェを逃がすなど、女がすることではないだろう。物怖じしない若菜の性格は確かに好ましいが、心配する俺の身にもなってくれ」

これまではどんなに怒っていても基本的に笑顔だった彼が、私を想って繕うことを忘れているという事実がうれしい。彼には申し訳ないが、頬が緩まずにはいられなかった。

私が笑っているのに気づいたシェイドの顔が、みるみる険しくなる。

「笑い事ではないぞ」

そういうシェイドも、私が真面目な話をしていると笑うのに。

「ごめんなさい。でも、そんなに心配してもらえて胸がいっぱいになっちゃったのよ」

「……若菜は自分を過小評価するきらいがある」

どういう意味かと彼の目を問うように見つめた。するとシェイドは呆れを含んだため息をつき、私の腰を引き寄せる。

「俺にどれだけ想われているのか、もっと自覚を持ってくれ。でないと、そのたびにお前は俺の前から逃げるだろう」

「逃げるって……」

「ローズから叱られたんだ。俺がアシュリー姫との縁談をきっぱり断らないから、広間から出ていったんだってな」

目撃されていただけでなく、私の心の中まで読まれているなんて、ローズさんが恐ろしい。なにより本人に知られてしまったことがいたたまれない。

重い女だって思われたら嫌だな、と気落ちしていたら唐突に顎を掴まれた。

「前にも話したとは思うが、アシュリー姫との縁談の話は確かにあった。だが、それはきちんと断ってきた。俺には心に決めた人がいるからと」

「それって——」

全部を言葉にする前にシェイドに無理やり上向かされ、間髪入れずに噛みつくようなキスをされる。

「んっ、ふっ……」

濃厚な口づけに合わせて、ときどき上唇を食まれたまま「鈍感にもほどがある」と小言もついてきた。

唇を貪られながら、彼と出会ったのも月の美しい夜だったなと思い出す。

ステンドグラスの光を浴びる彼の髪は夜空をそのまま連れてきたように鮮明な濃紺色をしている。無意識にその髪に指を差し込むと、彼の唇がビクリと震えて離れていった。

「若菜から触れてきてくれるなんて、うれしくて理性が飛びそうだ」

苦しげに眉根を寄せて頬をわずかに上気させたシェイドは吐息交じりに告げる。普段見せない照れくさそうな表情も、低いバリトンの声からにじみ出る色気も、私を惹きつけてやまないからずるい。

「つい、触りたくなってしまったの」

いつか元の世界に戻ってしまうかもしれない私をこの世界に繋ぎ留めているのは、きっと彼への思いなのだろう。

「若菜、俺のそばにいてくれ。この世界、いや……どの世界を探しても俺ほどあなたを必要としている人間はいない。そう断言してもいい」

耳にかかる髪を、『受け入れてくれ』と乞うように指でかき上げられる。私は注がれる視線に観念して彼を見上げた。

「でも、私はいつ元の世界に戻ってしまうかわからないの。この世界に来たのも唐突だったから……」

つらつらと述べたのは、元いた世界に戻ってしまうかもしれない可能性。『じゃあ、一緒にはいられないな』と突き放されてしまったら。そんな想像をして、言葉尻がしぼんでいく。

「それで迷っていたのか、あなたは……」

ようやくわかったとばかりに頷いた彼は、私を安心させるように微笑む。

「いつか突然、俺の前からあなたが消えてしまうのかもしれなくても……。俺は、許された時間の分だけあなたといたい」

私の迷いを見透かした彼は、吐息ごと食らうような口づけをしてくる。それ以上悩まなくていいように、彼だけで頭を埋め尽くすような触れ合いに私の心は自然と固まっていった。

心では『彼の思いを受け入れてはいけない』と思いながら、私は彼を諦められなかった。彼の隣にいる自分を思い描いて幸福感を得てしまう段階で、もうこの恋心からは逃げられないのだ。

そんな結論めいた答えに心の中で苦笑いすると、私はそっと彼の胸を押した。再び唇が離れ、私たちは吐息が交じる距離で見つめ合う。

「あなたを残して消えるかもしれないのに、好きになる資格なんてないって思ってた。

「でも……シェイドを愛してるの」

それに……突然、戦場の真っただ中に放り出された私を疑いもせずに仲間に引き入れてくれた月光十字軍の皆をはじめ、ミグナフタ国の治療館の医師や看護師、兵たちとの出会いを通して、この世界が自分の居場所だと思えるようになった。

「あなたの隣で生きていきたい。きっと、ずっと前から答えなんて決まってたんだわ」

思いがあふれて目の奥が熱くなる。

体裁や責任、血の繋がりすらも凌駕《りょうが》して大事なものができた。もう迷わずに手放さずにいようと、私はできなかった告白の返事をする。

「愛してる、シェイド」

募った想いと比例して涙が頬を伝う。

私が泣いていることになのか、告白したことになのか。彼は目を見開いてから、くしゃりと顔を歪めた。

「……っ、ああ、若菜。俺も愛している」

言い足りない愛情をぶつけるように、私たちは唇を重ねた。

「もう、あなたは俺のものだ。どこへも逃がさない」

キスの合間に、束縛にも似た囁きが聞こえてくる。壊れそうなほど心臓が高鳴って、その息苦しさにさえ私は幸せを感じた。

お互いの存在を確かめ合うような触れ合いのあと、どちらともなく唇を離す。ガラス細工に触れるように、そっとシェイドの大きくて骨ばった両手が私の頬を包み込んだ。視線を上げると、コツンッと額が重なる。

真剣みを帯びる眼前の琥珀の瞳に吸い込まれそうになった。不思議な期待に胸を膨らませていたら、シェイドはそっと口を開く。

「あなたが俺を受け入れてくれたそのときは、絶対に伝えようと思っていたことがある」

「伝えたいこと？」

「俺と結婚してくれ。妻として妃として、永遠に共に歩んでほしい」

なんたる破壊力。その言葉ひとつで一生分の幸せをもらってしまったようだ。

私は信じられない気持ちで彼の言葉を心の中で噛みくだく。そして何度もその意味を解釈して、ようやく受け止めた私はまっすぐに彼を見つめた。

「うれしい……もちろん、答えはイエスよ」

「愛してる、俺の妃。ようやく手に入れた……」

優しく閉じ込めるような抱擁。私は彼の胸元の服を握りしめて、身体を寄せる。

もし、この世界にいられる理由があなたへの愛ならば。ずっと見失わずに、何度も心で、言葉で、再確認しよう。

――私はシェイドを愛してる。

ステンドグラスの煌めきの雨を浴びながら、私は心の中で生まれ育った世界に別れを告げる。そしてこれから生きていくこの世界で、彼と紡ぐであろう幸せな物語に胸を躍らせるのだった。

エピローグ

ニドルフ王子の一件があってから一週間後。

王宮内の別邸にいるシェイドのお母様に、結婚の挨拶へ伺った帰り道のこと。広大な庭を通って王宮へ戻りながら、隣を歩くシェイドの横顔を見上げる。

「お義母《かあ》様と、扉越しだけれど話せてうれしかったわ」

婚約したあとに彼から聞いたのだが、先王の側室であったシェイドのお母様は正妻であるニドルフ王子のお母様と王宮内で対立していた。食事に毒を混ぜられるのも日常茶飯事、政務官や貴族から側室は不憫だと噂され、頼りたい夫からの愛情も得られなかった。それで次第に精神を病んでしまい、息子であるシェイドとも直接お会いにはなれないのだとか。それが王宮の敷地内にある別邸で療養している理由だ。

「そうか、そう言ってもらえてうれしいよ。心残りなのは、若菜を父上や義弟に紹介できないことだな」

彼がポツリとこぼした寂しい呟きに、私の胸は締めつけられる。

「お義父《とう》様やオルカさんへの挨拶はお墓に行ってしましょう。あなたを育んだ方々に私もお礼がしたいから」

私が彼のことを幸せにするから、安心してくださいと伝えたい。その想いはたとえ肉体がなくとも届くと信じていた。

「あ、そうだ。あなたの家族の顔を見られる写真はない？」

お墓参りに行く前に、顔くらい知っておきたい。その一心で彼に詰め寄ると、シェイドは不思議そうな顔をする。

「しゃ、しん……とやらはないが、絵画ならあるぞ」

シェイドは城へ着くと、私の肩を抱きながら自室に連れていってくれる。部屋の奥にある花の浮彫が施された白亜の暖炉に私を誘導したシェイドは、そのすぐ上に飾られた大きな絵画を見上げる。そこには先王やお母様、シェイドやオルカさんの姿が描かれていた。

「オルカは政治的なしがらみも関係なしに、俺や俺の母親にも懐いていてな。こうして絵画にも一緒に映り込んでいるんだ。ちゃっかりしているだろう」

シェイドが弟のオルカさんを可愛がっていたのは、その言葉や優しい表情から伝わってくる。

写真のように鮮明に人物が描かれた絵をじっと見つめていると、弟のオルカさんの姿に目を奪われる。

待って、この子……。見覚えのある、癖のある茶髪と色素の薄いブラウンの瞳。十六歳くらいだろうか、絵画の中で微笑む彼の姿が病室で見たあの子に重なる。

「み、湊くん！」

九重 湊。服装こそ違えど、彼と瓜ふたつの男の子がそこに描かれていた。私は驚愕しながら食い入るように絵画を見つめる。

「間違いない、やっぱり湊くんだわ」

「どういうことだ？　若菜はオルカのことを知っているのか？」

「私がいた世界で看病していた患者だったのよ。余命三カ月の癌患者で、私が看取ったの。そういえばあの子、ふたりのお兄さんがいたって話していたわ」

今は遠くの地で暮らしていると言っていたけれど、まさか異世界だとは思わなかった。こんな偶然があるだろうか。これは直感だけれど、湊くんが話してくれたお兄さんはきっとシェイドとニドルフ王子のことだ。

「特に二番目のお兄さんは半分血が繋がっていないのに、本当のお兄さんよりも自分のことを可愛がってくれたんだってうれしそうに話してた」

それを聞いたシェイドは驚愕の表情を浮かべて、瞳を揺らす。

「そんなことが、あるのか……だってあいつは殺されて……」

戸惑っていたシェイドだったが、やがて事実を受け止めるように何度か頷く。それから私の肩口に顔を埋め、静かに震える息を吐き出した。

「……だが、あいつが若菜のように異世界に飛んで新しい人生を歩んでいたのならうれしい。たとえ短い生涯だったとしても、若菜と出会えたあいつは幸せだっただろう」

涙交じりの声だった。

私は彼の背をあやすように撫でて、それから強く強く抱きしめる。彼の中には悲しみと喜び、いろんな感情が複雑に渦巻いているだろうから寄り添ってあげたかった。

「私は彼を看取ったすぐあとにこの世界に来たの。だから、もしかしたら湊くん――オルカくんが私とシェイドを引き合わせてくれたのかもしれない」

ううん、きっとそうだ。そう思うと、私が看護師になったのも、湊くんを看取ったのも、シェイドと出会って結ばれたのも運命だったように思える。

シェイドは私に向き直り、そっと手を握ってきた。

「幸せになろう、必ず。それが生かされた俺たちの義務だ」

「ええ、必ず」

私たちの幸せを願ってくれた人たちの顔を思い浮かべながら、厳かに答えた。

お義母様への挨拶を済ませて晴れてシェイドの婚約者となった私は、翌日もエヴィテオール城の治療館にて王宮看護師としての激務に追われていた。

「オギ、薬草の補充ってできてる？」

看護師の勤務シフトを作っていた私は治療館の薬草棚の前に立つオギを振り返る。

「若菜さん、エヴィテオールの師長になってから少しも休んでいないですよね。さすがに働きすぎです。物品の在庫管理くらいなら、俺でもできますから」

心配と少しの呆れが交じった苦笑いをするオギに、私は肩をすくめる。

私は月光十字軍での働きが認められて、王宮看護師長になった。ミグナフタでシルヴィ先生が作った看護師長制度をエヴィテオールでも導入したいと、マルクやシェイドが議会で政務官たちに掛け合ってできた役職なので、私は初代看護師長ということになる。

「仕事が性分なのよ」

「若菜さんらしいですね」

私とオギのやりとりを聞いていたマルクが笑う。

「でも、今回のニドルフ王子とシェイド王子の王位争いに巻き込まれた町の治療院のいくつかは、まともに機能していませんからね」

マルクの言う通り、戦争に巻き込まれた町の被害は深刻だ。シェイドが王政の指揮を執ったことで町の再建や機能の回復は進んでいるものの、立ち行かなくなっている町はまだある。

「ええ、私たちの仕事が落ち着くのはまだまだ先になりそうね」

ため息交じりに答えると、治療館の扉が慌ただしく開かれる。そこにいたのはアスナさんだった。

「若菜ちゃん、大変だ！」

血相を変えて駆け寄ってくるアスナさんに、私は目を瞬かせる。とりあえずその両肩に手を置いて、落ち着かせるように声をかけた。

「なにがあったんです？」

「シェイド王子が訓練場でケガをしたんだよ。他の騎士が訓練に使ってた剣の先がもろくなってたみたいで、折れて見学してたシェイド王子に刺さったんだ」

そんな、シェイドは無事なの？

報告を聞きながら血の気が引いていき、ふらついた私の身体をマルクが支える。

「とにかく、止血薬と布を持っていきましょう」

マルクの声で我に返った私は、頷いてアスナさんと共に治療館を飛び出す。訓練場へ着くと、シェイドを囲むように人だかりができていた。

「シェイド！」

声をあげながら名前を呼ぶと、兵や騎士のみんなに囲まれながら彼が顔を上げる。

それから申し訳なさそうに手を挙げた。

「すまない、気が緩んでいたみたいだ」

「傷を見せて」

彼のそばに膝をついて傷を確認すれば、腕の服に血がにじんでいる。しかし、刺さっていただろう剣先がどこにもない。

「まさか、刺さってた刃を自分で抜いたの？」

「ああ、邪魔だったからな」

彼はなんてことないように言うが、傷口から乱暴に刃物を引き抜くのはご法度だ。傷が広がるし、それによって出血もさらに増える。いいことなんてなにもないというのに、なんてことをしてくれたんだとシェイドを睨む。

「戦場ならまだしも、今は時間的に余裕もあるでしょう？　どうして勝手な判断で刃物を抜くの」

「それは……怒ってるのか？」

顔色を窺うように尋ねてくるシェイドに、私は胸の内で燃えたぎる怒りを堪えるように息を吐いた。それから淡々と止血して、努めて冷静に返事をする。

「当たり前でしょう」

私の剣幕に怯えているのか、マルクはおずおずと水を差し出してくる。私はそれを受け取ってシェイドの傷を洗浄すると、薬草を塗って布を巻いた。

手当てが終わり、無言で立ち上がった私の腕をシェイドが掴む。

「悪かった。機嫌を直してくれ」

「心配してるの、自分の婚約者を」

「わかっている」

困ったように笑って、シェイドは私の手を引く。重力に逆らえずに、私は彼の胸の中へ落ちていった。

「シェイド、あなたはケガをしてるのに……」

「甘やかしているんだ、自分の婚約者を」

私の言葉を真似て返してくるあたり、彼は意地悪だ。なのに後頭部に回った手は何度も優しく撫でてくれている。

でも、ここには他にも人がいるのに……恥ずかしいわ。

赤くなっているに違いない顔を彼の胸に埋めて隠したとき、改まった声が頭上から落ちてくる。

「そうだ、あなたに報告があったんだ」

顔を上げると、私を腕の中に閉じ込めている彼は周りの目など気にしていない様子で柔らかい笑みを浮かべた。

「正式に議会で結婚が決まった」

寝耳に水とはこのことで、私は「えっ」と大きな声をあげてしまう。それを合図に、私たちのやりとりを固唾を呑みながら見守っていた騎士や兵たちが歓声をあげた。驚いてみんなの様子を眺めると、アスナさんがローズさんの肩に腕を回している。

「やっとか～、長かったねぇ」

「なに言ってるのよ、本番はこれからでしょう。あたしが若菜にぴったりの婚礼衣装をあつらえてあげるわ」

なぜか当事者以上にやる気満々のローズさんに、マルクは苦笑いする。

「ははは……それはシェイド王子の役目では？」

このままだと、ローズさん主催になりそうだな。

三人の姿を眺めて顔を引きつらせていると、ダガロフさんがいないことに気づく。

訓練場を見渡していると、みんなから離れた場所にある壁際で目頭を押さえながら号泣している男性を見つけた。

「ううっ、くっ……主の幸せは俺の幸せ……！」

ダガロフさんって、涙もろかったのね。

隠れて男泣きしているダガロフさんに苦笑いしつつ、私はシェイドに向き直る。

そういえば、さっきは慌てていて考えが至らなかったけれど、いつもなら俊敏に敵の剣に反応できるシェイドが折れた剣先を避けられなかったなんて珍しい。

そこまで思考を巡らせて、気づいた。

「待って、あなたの気が緩んでいた理由って……」

「ああ、浮かれていた」

シェイドは視線を逸らして、頬をかきながら照れくさそうに打ち明ける。私はうれしいやら恥ずかしいやらで顔が熱くなった。しかも、私たちの話を聞いていたみんなは口笛を吹いてはやし立ててくるから、余計にこそばゆい。

ここから逃げ出したくなっていると、それを察したシェイドは強く抱きしめてくる。

「まだ、この腕の中にいてくれ」

「シェイド、私も……」

あなたに抱きしめていていてほしい、そう言おうとしたときだった。訓練場に血相を変えた伝令役の兵が飛び込んでくる。

なんだろう、このデジャヴ。

数十分前にアスナさんが治療館にやってきたときのことを思い出す。嫌な予感がしながら、私は伝令役の兵の言葉を待つ。

「アイドナとサバルドの町境で、町民同士の争いが起こりました。負傷者も多く、医師や看護師の派遣も必要になりそうとのことです！」

思わず、シェイドと顔を見合わせる。

どうやら、まだまだ落ち着いて彼と過ごすことはできないらしい。それを悟ったシェイドはため息交じりに笑い、私の手を引いて立たせる。

「ついてきてくれるか」

手を繋いだまま確かめてくるシェイドに、私はフッと笑みをこぼして迷わず頷く。

「もちろん、どこまでもあなたと共に」

彼に手を引かれるまま、私たちは訓練場を飛び出す。迷いや恐れを微塵も感じないのは、隣に彼がいるからだ。

どんなに泥臭く過酷な場所でも、愛する人の行く道を私も行こう。居場所をくれた仲間とのなにげない日常を守るために、王宮看護師として戦う。それが、この争いの絶えない世界で私が生きる意味——。

幾度も胸に抱いた決意を思い出しながら、私は新たな戦場へ向かうのだった。

終

あとがき

こんにちは、涙鳴です。このたびは本作を手にしてくださり、ありがとうございました！

異世界ファンタジーとのことで、今回はサブキャラにも力を入れまして、読み手の皆さんが自分の推しキャラを見つけてくれたらいいな、と思っております。

ちなみに私はエドモンド軍事司令官が好きなのですが、本作ではなかなか活躍の場を作れなかったので、いつかどこかでサブキャラのお話も書きたいですね。

シルヴィ先生の上をいく、あの毒舌×横暴キャラを炸裂させるのがとっても楽しくて、恋愛対象が『心臓に毛の生えた強い女』なんて、エドモンド軍事司令官についてこれる女性は若菜くらいしかいないんだろうなあ、と思っています。

あとは〝自称〟ローズさんやアスナさんもなのですが、本作では書いてない裏設定などもありまして、これもまたどこかで明らかにしたいです（笑）。

それから、ダガロフさんを騎士団長に戻してあげたいです。彼ほど騎士団長に向いてる人はいませんせん！　大人で涙もろくて、苦労性のいい人なんです。

さて、サブキャラについてお話しするのはこれくらいにして。主役の若菜とシェイドの話をしたいと思います。

このふたり、本当はこの作品のラストで結婚するはずだったんですが、いろいろ試行錯誤した結果、先延ばしとなりました。ふたりが早く結婚できるように、異世界が平和になるといいなあと思ってます（泣）。弟のオルカ、湊くんのためにも幸せになってほしいです。

長くなりましたが、担当の丸井様、何度も編集協力をしてくださっているヨダ様、今作を形にするために尽力くださり、本当にありがとうございました。

それからキャラクターに命を吹き込んでくださったイラストレーターのすがはら竜様、デザイナー様、校閲様、スターツ出版の皆様にも深く感謝申し上げます。

そしてなにより、応援くださる読者の皆様。今作を手にとってくださり、うれしく思います。番外編のSSペーパーも書店にてもらえるそうなので、ベリーズカフェのサイトから詳細をご確認くださいませ！

それでは、またどこかで会える日を楽しみにしています。

涙鳴《るいな》

涙鳴先生への
ファンレターのあて先

〒104-0031
東京都中央区京橋1-3-1
八重洲口大栄ビル7F
スターツ出版株式会社　書籍編集部　気付

涙鳴先生

本書へのご意見をお聞かせください

お買い上げいただき、ありがとうございます。
今後の編集の参考にさせていただきますので、
アンケートにお答えいただければ幸いです。

下記URLまたはQRコードから
アンケートページへお入りください。
http://www.berrys-cafe.jp/static/etc/bb

異世界で、なんちゃって王宮ナースになりました。

2019年1月10日　初版第1刷発行

著　　者　涙鳴
©Ruina 2019

発 行 人　松島 滋
デザイン　hive & co.,ltd.
D T P　久保田祐子
校　　正　株式会社鷗来堂
編集協力　ヨダヒロコ（六識）
編　　集　丸井真理子
発 行 所　スターツ出版株式会社
〒104-0031
東京都中央区京橋1-3-1　八重洲口大栄ビル7F
TEL　販売部　03-6202-0386（ご注文等に関するお問い合わせ）
URL　https://starts-pub.jp/
印 刷 所　大日本印刷株式会社

Printed in Japan

ISBN 978-4-8137-0606-9　C0193

ベリーズ文庫　2019年1月発売

『授かり婚～月満チテ、恋ニナル～』　水守《みずもり》恵《え》蓮《れん》・著

事務OLの莉緒は、先輩である社内人気ナンバー1の来栖にずっと片思い中。ある日、ひょんなことから来栖と一夜を共にしてしまう。すると翌月、妊娠発覚!? 戸惑う莉緒に来栖はもちろんプロポーズ！　同居、結婚、出産準備と段階を踏むうちに、ふたりの距離はどんどん縮まっていき…。順序逆転の焦れ甘ラブ。

ISBN 978-4-8137-0599-4／定価：本体650円＋税

『イジワル御曹司様に今宵も愛でられています』　美森《みもり》萠《めぐむ》・著

父親の病気と就職予定だった会社の倒産で、人生どん底の結月。ある日、華道界のプリンス・智明と出会い、彼のアシスタントをすることに！　最初は上品な紳士だと思っていたのに、彼の本性はとってもイジワル。かと思えば、突然甘やかしてきたりと、結月は彼の裏腹な溺愛に次第に翻弄されていき…。

ISBN 978-4-8137-0600-7／定価：本体640円＋税

『クールな御曹司の甘すぎる独占愛』　紅《くれない》カオル・著

老舗和菓子店の娘・奈々は、親から店を継いだものの業績は右肩下がり。そんなある日、眉目秀麗な大手コンサル会社の支社長・晶と偶然知り合い、無償で相談に乗ってもらえることに。高級レストランや料亭に連れていかれ、経営の勉強かと思いきや、甘く口説かれ「絶対にキミを落とす」とキスされて…!?

ISBN 978-4-8137-0601-4／定価：本体650円＋税

『お見合い相手は俺様専務!?（仮）新婚生活はじめます』　藍里《あいさと》まめ・著

OL・莉子は、両親にお見合い話を進められる。無理やり断るが、なんとお見合いの相手は莉子が務める会社の専務・彰人で!?　クビを覚悟する莉子だが、「お前を俺に惚れさせてからふってやる」と挑発され、互いのことを知るために期間限定で同居をすることに!?　イジワルに翻弄され、莉子はタジタジで…。

ISBN 978-4-8137-0602-1／定価：本体630円＋税

『誘惑前夜～極あま弁護士の溺愛ルームシェア～』　あさぎ千夜春《ちよはる》・著

食堂で働く小春は、店が閉店することになり行き場をなくしてしまう。すると店の常連であるイケメン弁護士・閑が、「俺の部屋に来ればいい」とまさかの同居を提案！　しかも、お酒の勢いで一夜を共にしてしまい…。「俺に火をつけたことは覚悟して」――以来、閑の独占欲たっぷりの溺愛が始まって…!?

ISBN 978-4-8137-0603-8／定価：本体640円＋税

タイトル、価格等は変更になることがございますのでご了承ください。

ベリーズ文庫 2019年1月発売

『国王陛下は純潔乙女を独占愛で染め上げたい』　星野《ほしの》あたる・著

ウェスタ国に生まれた少女レアは、父の借金のかたに、奴隷として神殿に売られてしまう。純潔であることを義務づけられ巫女となった彼女は、恋愛厳禁。ところが王宮に迷い込み、息を呑むほど美しい王マルスに見初められる。禁断の恋の相手から強引に迫られ、レアの心は翻弄されていき…!?

ISBN 978-4-8137-0604-5／定価：本体650円＋税

『なりゆき皇妃の異世界後宮物語』　及川《おいかわ》 桜《さくら》・著

人の心の声が聴こえる町娘の朱熹。ある日、皇帝・曙光に献上する食物に毒を仕込んだ犯人の声を聴いてしまう。投獄を覚悟し、曙光にそのことを伝えると…「俺の妻になれ」――朱熹の能力を見込んだ曙光から、まさかの結婚宣言!?　互いの身を守るため、愛妻のふりをしながら後宮に渦巻く陰謀を暴きます…！

ISBN 978-4-8137-0605-2／定価：本体620円＋税

『異世界で、なんちゃって王宮ナースになりました。』　涙鳴《るいな》・著

看護師の若菜は末期がん患者を看取った瞬間…気づいたらそこは戦場だった！　突然のことに驚くも、負傷者を放っておけないと手当てを始める。助けた男性は第二王子のシェイドで、そのまま彼のもとで看護師として働くことに。元の世界に戻りたいけど、シェイドと離れたくない…。若菜の運命はどうなる？

ISBN 978-4-8137-0606-9／定価：本体660円＋税

ベリーズ文庫 2019年2月発売予定

Now Printing

『王様の言うとおり』 夏雪《なつゆき》なつめ・著

仕事も見た目も手を抜かない、完璧女を演じる彩和。しかし、本性は超オタク。ある日ひょんなことから、その秘密を社内人気ナンバー1の津ケ谷に知られてしまう。すると、王子様だった彼が豹変！ 秘密を守るかわりに出された条件はなんと、偽装結婚。強引に始まった腹黒王子との新婚生活は予想外の甘さで…。

ISBN 978-4-8137-0617-5／予価600円＋税

Now Printing

『恋する診察』 佐倉《さくら》ミズキ・著

OLの里桜は、残業の疲れから自宅マンションの前で倒れてしまう。近くの病院に運ばれ目覚めると、そこにいたのはイケメンだけどズケズケとものを言う不愛想な院長・藤堂。しかも、彼は里桜の部屋の隣に住んでいることが発覚。警戒する里桜だけど、なにかとちょっかいをかけてくる藤堂に翻弄されていき…。

ISBN 978-4-8137-0618-2／予価600円＋税

Now Printing

『年下御曹司の熱烈求愛に本気で困っています！』 砂川雨路《すながわあめみち》・著

OLの真純は恋人に浮気されて別れた日に"フリーハグ"をしていた若い男性に抱きしめられ、温もりに思わず涙。数日後、社長の息子が真純の部下として配属。なんとその御曹司・孝太郎は、あの日抱きしめてくれた彼だった！ それ以降、真純がどれだけ突っぱねても、彼からの猛アタックは止まることがなく…!?

ISBN 978-4-8137-0619-9／予価600円＋税

Now Printing

『十年越しの片想い』 田崎《たさき》くるみ・著

28歳の環奈は、祖母が運び込まれた病院で高校の同級生・真太郎に遭遇。彼はこの病院の御曹司で外科医として働いており、再会をきっかけに、ふたりきりで会うように。出かけるたびに「ずっと好きだった。絶対に振り向かせる」と、まさかの熱烈アプローチ！ 昔とは違い、甘くて色気たっぷりな彼にドキドキして…。

ISBN 978-4-8137-0620-5／予価600円＋税

Now Printing

『俺だけ見てろよ ～御曹司といきなり新婚生活!?～』 佐倉伊織《さくらいおり》・著

偽装華やかOLの鈴乃は、ある日突然、王子様と呼ばれる渡会に助けられ、食事に誘われる。密かにウエディングドレスを着ることに憧れていると吐露すると「俺が叶えてやるよ」と突然プロポーズ!? いきなり新婚生活をおくることに。鈴野は戸惑うも、ありのままの自分を受け入れてくれる渡会に次第に惹かれていって…。

ISBN 978-4-8137-0621-2／予価600円＋税

タイトル、価格等は変更になることがございますのでご了承ください。

ベリーズ文庫　2019年2月発売予定

『転生令嬢の幸福論』　吉澤《よしざわ》紗《さ》矢《や》・著

Now Printing

婚約者の浮気現場を目撃した瞬間、意識を失い…目覚めると日本人だった前世の記憶を取り戻した令嬢・エリカ。結婚を諦め、移り住んだ村で温泉を発掘。前世の記憶を活かして、盗賊から逃げてきた男性・ライと一大温泉リゾートを開発する。ライと仲良くなるも、実は彼は隣国の次期国王候補で、自国に戻ることに。温泉経営は順調だけど、思い出すのはライのことばかりで…!?

ISBN 978-4-8137-0622-9／予価600円＋税

『しあわせ食堂の異世界ご飯3』　ぷにちゃん・著

Now Printing

料理が得意な女の子が、突然王女・アリアに転生!?　ひょんなことからお料理スキルを生かし、『しあわせ食堂』のシェフとして働くことに。アリアの作る絶品料理は冷酷な皇帝・リントの胃袋を掴み、彼の花嫁候補に!?　そんなある日、アリアの弟子になりたい小さな女の子が現れて!?　人気シリーズ、待望の3巻！

ISBN　978-4-8137-0623-6／予価600円＋税